内心的
报 告

REPORT
FROM
THE
INTERIOR

〔美〕保罗·奥斯特 著

小庄 译

人民文学出版社
PEOPLE'S LITERATURE PUBLISHING HOUSE

著作权合同登记号　图字 01-2016-8884

Paul Auster
Report from the Interior

Copyright © 2013 by Paul Auster.
This edition arranged with CAROL MANN AGENCY
through BIG APPLE AGENCY, INC., LABUAN, MALAYSIA.
Simplified Chinese edition copyright ©
2018 Shanghai 99 Culture Consulting Co., Ltd.
All rights reserved.

图书在版编目(CIP)数据

内心的报告/(美)保罗·奥斯特著;小庄译.
—北京:人民文学出版社,2017
(保罗·奥斯特作品系列)
ISBN 978-7-02-013349-9

Ⅰ.①内⋯　Ⅱ.①保⋯　②小⋯　Ⅲ.①回忆录-美国-现代　Ⅳ.①I712.55

中国版本图书馆 CIP 数据核字(2017)第 230243 号

责任编辑	卜艳冰　潘爱娟　欧雪勤
装帧设计	钱　珺

出版发行	人民文学出版社
社　　址	北京市朝内大街 166 号
邮政编码	100705
网　　址	http://www.rw-cn.com
印　　制	上海盛通时代印刷有限公司
经　　销	全国新华书店等
字　　数	150 千字
开　　本	787 毫米×1092 毫米　1/32
印　　张	10
版　　次	2018 年 4 月北京第 1 版
印　　次	2018 年 4 月第 1 次印刷
书　　号	978-7-02-013349-9
定　　价	55.00 元

如有印装质量问题,请与本社图书销售中心调换。电话:010-65233595

目 录

内心的报告 /1

两次头脑爆炸 /91

时光胶囊 /155

相册 /245

内心的报告

一开始，什么都是活的。最小的事物也被赋予了一颗怦怦跳动的心脏，甚至连云都有名字。剪刀会走路，电话和茶壶是直系堂兄弟，眼睛和眼镜算亲兄弟。时钟的脸就是张人脸，你碗里每颗豌豆都有不同的性格，你父母座驾前头那护栅是长着很多牙齿咧着笑的嘴。铅笔是飞艇，硬币是飞盘。树的枝杈是手臂。石头也会想啊想的，而上帝他无所不在。

要相信月亮上的男人真的是大活人，这一点完全没问题。夜空中你能看到他脸朝下注视着自己，毫无疑问就是个男人的脸。有点小麻烦是他没有身体——但对你来说那仍然是个人，但也有可能这一切其实从未出现在你的脑子里。与此同时，一头母牛能跨过月亮这一点看来也相当可信。还有，一只盘子可能会和一把汤匙一起逃跑。

你最早期的想法，关于你如何作为一个小男孩活在自己体内的痕迹，能想起来的只有其中一些了，单独的零星碎片，在任意某个时刻不期而至地涌入，又转瞬即逝，这闪回——由一些事物的气味或触碰所带来，或以阳光照耀在成年的此时此地的方式。至少你认为你可以想起，你坚信自己能想起，但也许你并没有想起，或仅仅想起了最近的一段，在遥远的从前觉得代表着一切而今却已无可寻觅的一段。

2012年1月3日，离你开始着手写上一本新书恰巧一年，它叫《冬日笔记》，如今已经完成。它写的是关于你的身体，分类记载了你用身体经历过的各种碰撞与愉悦，但探索你自孩童以来的心灵世界无疑是个更加艰难的任务——或许是不可能的任务。再一次，你觉得是被迫去做一次尝试。做这种探索并非由于你发现自己能作为一个特殊的杰出对象去研究，更确切地说，倒是因为你没发现，你觉得自己是任何一个他人，泯然众人。

唯一能证实你的记忆并不完全算自己骗自己的事实是，你偶尔地，仍然会以从前的方式去想问题。退化正在慢慢步入六十岁的你，早年孩童时的万物有灵论再没有从你的脑子里往外冒，而在每个夏天，当你躺在草丛中，看着飘来飘去的云，注视着它们一会儿变成脸，一会儿变成鸟兽，一会儿变成州和国家的版图，以及想象中的王国；汽车的护栅还是让你想起了牙齿，螺丝锥也还是跳舞的芭蕾舞女的样子，则无需外界证据，你还是曾经的那个自己，即使你已不再是相同的那个人。

在考虑从哪儿开始想的当儿，你下定决心别越过十二岁的界限，因为十二岁后你就不再是个小孩了，青春期开始崭露，成人的想法开始在你的脑子里闪现，而你从小小人儿摇身变作一种完全不同的生物，那个小小人儿的生活持续地迎来新鲜变化，每天都要做一件第一次做的事情，或者好几件，或者好多好多件，也正是这个从无知到不那么无知的缓慢过程关乎现在的你。你是谁啊，小家伙？你是怎样变成一个能够思考的人？如果你能思考，那些想法从哪里而来？去老故事里挖啊刨啊，只要是能找到的东西你都要擦刮一遍，然后拿起碎片对着阳光端详。就那么干。试试那么干吧。

世界当然是扁平的。当有人试着和你解释地球是个球，是一颗行星，在一个叫作太阳系的东西里和其他八颗行星一起绕着太阳转时，你简直搞不懂那个大孩子在说什么。如果地球是圆球状的，赤道下面的那些人都得掉下去，要知道一个人每天头朝下过活是没法想象的。那个大孩子试着向你解释重力的概念，但那也超出了你的理解范围。你揣摩了一下那个场景：无数人头朝前跌进无限的、吞噬一切的黑夜。如果地球真是圆的，你告诉自己，那么唯一安全的地方就是北极点了。

毫无疑问，由于受了喜欢看的卡通片的影响，你觉得北极点上就该有一根杆，和那些理发店前面杵着的条纹状转啊转的柱子差不多。

星星，从另一方面来讲，是没法解释清楚的玩意儿。天上没有洞，没有蜡烛，没有电灯，没有任何与你已知的事物相似的东西。头顶上黑色空气的无边无际，在你和那些小小发光体之间的巨大空间，都让你难以理解。夜里飘浮着温良美丽的鬼魂，因为它们在那儿，不需要其他原因。这些都出自上帝之手，没错，但问题在于他到底在想些什么？

那时候你周遭的环境如下：上世纪中叶的美国；母亲和父亲；三轮车、自行车，还有四轮马车；收音机、黑白电视机；标准换挡车；两套小公寓和一套在郊区的房子；早期身体较差，后来也就普通资质；公立学校；奋斗中的中产家庭；一个人口为一万五千的小镇，有新教徒、天主教徒和犹太教徒，绝大多数是白人，少许的黑人，但没有佛教徒、印度教徒或穆斯林；一个妹妹和八个嫡亲堂表兄妹；漫画书；罗提·卡朱提和平克·李;《我看见妈咪亲吻圣诞老人》①;金宝汤、神奇面包②和罐装豌豆;加大马力的车(改装车)和二十三美分一包的香烟;大世界里含着的小世界,对于当时的你而言,就已经是整个世界了,既然那个大世界还不可得见。

怒气冲冲的农场主格雷手持一把干草叉穿过玉米地,追着那只叫作菲利克斯的猫。他俩都不会说话,但一系列动作伴随着丁零当啷的快节拍伴奏音乐。看着双方这场永无休止的战争一遍遍硝烟又起,你确信他们是真实的,这些粗糙绘制的黑白动画人物不会比你更不真实。他们每天都出现在一个叫《儿童欢乐时光》(*Junior Frolics*)的电视节目中,主持人名叫弗雷德·塞尔斯,对你来说,他就是弗雷德大叔,这片神奇之地的银发守门人。你对动画电影的制作原理一无所知,甚至都没法理解图画是怎么动起来的,于是猜测一定有另一个宇宙,格雷和菲利克斯就存在那儿,不是像电视屏幕里的铅笔简画那样存在,而是有着完整身体的三维生物,和成年人一般大。在逻辑上你认定他们的体型很大,是基于一般人都比他们出现在电视上的样子要大这一事实,而关于他们身处另一宇宙这一点,是因为在你的这个宇宙并没有生活着卡通人物,尽管你希望如此。

---

① 杰克逊五兄弟唱的一首歌——译注。脚注部分,若非特别说明是"作者注"者都是译注,一些过于常见的国外译名不加注释。遵循此体例,以后不再赘述。
② 二十世纪六十年代在美国风靡的一种富含维生素的面包。

五岁那年，你母亲答应带你和你的朋友比利去纽瓦克的《儿童欢乐时光》录制棚看看。她告诉你们说，能亲眼看到弗雷德大叔，并且出现在节目中。这太让人激动了，而更让人激动的是，经过几个月的揣测之后终于可以亲眼看见格雷和菲利克斯，总算能知道他们看起来到底是怎么回事了。在你的脑海里，你想象这场表演是在一个大型舞台上展开的，大约有一个足球场那么大，这位想法古怪的农场主和这只野性十足的黑猫在互相追逐，而这只是他们之间华丽战役中的其中一场。然而到了约定好的那天，你才发现没一样和自己想的一样。录制棚很小，弗雷德大叔脸上化着妆，为了让大家在节目录制期间保持安静，有人发了一袋薄荷糖，你和比利以及其他小朋友在正面看台上坐了下来。你朝下看舞台会是什么样子，但事实上只看得见混凝土地板，还有台电视机。它甚至不是台特殊的电视机，就和你家里的那台差不多大小。农场主和猫都没影儿。和观众道过欢迎语之后，弗雷德大叔请出了第一个卡通节目，电视机开始工作了，就是格雷和菲利克斯，一如既往地欢乐追逐着，依然被困在盒子里，依然和往常一样小。你完全被搞懵了，想不清楚怎么就错了。你问自己到底哪里想得不对。现实与想象如此格格不入，你没法不觉得是被耍了。被打击得一塌糊涂，你几乎再也看不进节目。录制结束后，你一边跟着比利和妈妈去找车，一边厌恶地把薄荷糖扔掉了。

草和树木，昆虫和鸟，小动物，还有小动物们发出的声响，就好像它们那看不见的身体正拍打着周围的灌木丛。五岁半那年，你们一家从尤宁搬到了南奥兰治市的欧文大街，原来住的是间带花园的小公寓，现在是一栋白色的老楼房。楼房不算很大，但却是你父母搬进的第一栋楼房，当然也是你的第一栋，尽管里面不是很宽敞，后面的院子对你来说却是十分广阔。事实上有两个院子，第一个是紧挨着房子的一小片草地，被你母亲的半月形小花园环绕，因为有座白色的木头车库挡在花的后面，所以整个地盘被一分为二；后面的那个院子比前面这个院子要更宽也更大，成了一个让你展开动植物研究、与世隔绝的新王国。唯一显示有人迹出没的是你父亲的菜园，实质上是个番茄园，1952年你们举家搬迁之后不久，他就开始了对这块地的耕耘。直至去世的二十六年半里，他都在种这块地。夏天里这儿被种上了有史以来最红最大的新泽西番茄，每到8月份，就摘满了一篮又一篮，多得他不得不赶在烂掉之前统统送掉。你父亲的园地沿着后院车库的一边延伸。对他来说是块补丁之地，但却是你的世界——在那儿你待到了十二岁。

知更鸟，雀，冠蓝鸦，金莺，猩红唐纳雀，乌鸦，麻雀，鹩鹩，主红雀，黑鹂，偶尔还有蓝知更鸟。鸟类对你来说不会比星星更奇怪，因为它们的家都在空中，所以和星星很有可能是一个族类。那不可思议的飞行天赋，更别说各种各样忽明忽灭的颜色了，都是研究和观察的好对象，但最让你着迷的还是它们发出的声音，每种鸟都会说不一样的语言，不管是优美的还是粗粝的鸣叫，而且一开始你确信它们相互在说话，这些声音出自特殊的鸟语发音，就像不同肤色的人会说不同的特定语言一样，这种情况也发生在你家后院的这些空中生物身上，每只知更鸟都会和它的小伙伴用知更鸟的语言说话，有它们自个儿的词汇表和语法，它们能够互相理解，就像你能理解英语一样。

夏天：分开一片草丛，吹着口哨走进去；到了晚上就开始抓萤火虫，装入罐子里，它们发出神奇的光，你带着到处晃。秋天：把枫树上掉下来的豆荚粘在鼻子上；从地上捡橡子朝远处扔，越远越好——直至扔到灌木丛中，超出了视力范围。橡子是松鼠们的美味，而松鼠又是你最喜爱的动物——跑得多快啊！还不怕死地在橡树顶端的枝条上跳来跳去！你曾仔细地观察到它们挖了一些小洞把橡子埋进去。母亲告诉你说，这是在为找不到食物的冬天做准备。不过你不这么想，你的结论是，它们纯粹是因为喜欢挖洞才这么做的，喜欢得没法管住自己不去挖挖挖。

直到五六岁的时候，说不定已经七岁了，你还认为单词 human being（人类）的发音是 human bean（人豆）。为什么这么一种小得不起眼的普通的蔬菜就能表示人呢？你觉得这挺神秘的，不过无论如何，为了把自己想法中的这个曲解给合理化，你认定其实是豆的微小使得它具有标志性的意义。我们不都是从母亲的子宫里长出来的嘛，一开始并不比一颗豆大多少，豆就是生命本身最真实、最有力的象征。

那无处不在、主宰一切的上帝并非某种善良或爱的力量，而是令人敬畏的力量。上帝与罪惩相关，掌管着上天的精神警察部门，看不见，无所不能，能够侵入大脑获悉你的思想，能够听到你的自言自语，把沉默翻译成言辞。上帝一直在看着你，监听你，因此你不得不随时都表现出最好的行为。如有违逆，可怕的惩罚就要降临到你身上，那简直是无法形容的折磨，你会被关进最黑最暗的地牢里，余生都只吃得到面包和水。等到你再长大一些，上学了，就开始认识到反抗会被镇压。你注意到朋友们都在使诈、偷偷地破坏此规则，他们搞出各种巧妙的新招来背着老师制造骚乱，而且还能一次次侥幸逃脱。而你自己一旦禁不住诱惑加入这些恶作剧，往往都要被抓住并受罚。那简直是一定的，没有做坏孩子的天赋，呜呼，你老是想到自己那位愤怒的上帝无比蔑视地对着你哈哈大笑，令你意识到自己必须做个好人——要不然，哼哼。

六岁那年，一个周六早上，你站在房间里，刚刚穿好衣服、系好鞋带（现在是大男孩了，很能干呢），一切准备就绪，正要下楼去开始新的一天，你站在那儿沐浴着早春的晨光，突然被一种欣喜甚至是狂喜的感觉所包围，那是一种无拘无束的幸福喜悦，过了一会儿你告诉自己：再也没有什么会比六岁更好了，六岁是一个人最好最好的年纪。现在你还能想起这个瞬间，就仿佛是发生在三秒钟前那么清晰，在离那个早晨五十九年之后那种感觉依然在体内激荡，半分也未曾损耗，就像上千、上万或上千万个你试图保存的记忆瞬间一样闪亮。到底发生了什么会让你有这种强烈到不可思议的情感？无从得知，但你怀疑和自我意识的产生有关，在孩子身上这一般都出现在六岁左右，那个内在的声音被唤醒，你开始能够形成一个想法并告诉自己正在思考它。我们的生命便从这个点上进入了新的维度，因为就在此时你拥有了给我们讲我们自己的故事的能力，从此以后就将连续不断地讲到死去那一天为止。直到那个早晨你才成为你。而现在你知道你是你。你能够思考活着是怎么回事，而一旦你能够这么做，也就能完全咀嚼存在于世这个事实，换而言之，能够告诉自己活着是多好的一件事了。

1953年，还是六岁那年，也就是那个福至心灵的早晨之后若干天或若干礼拜，又有一个关键转折点发生在了你内心深处，地点是新泽西某处的电影院。在那之前你每隔两到三个礼拜会去那里一次，去看儿童动画片（《木偶奇遇记》啦《灰姑娘》啦立马涌出来），而真人扮演的影片只能在电视上看到，主要是一些三四十年代的低成本西部片，豪帕隆·卡西迪，加比·海因斯，巴斯特·克拉比，阿尔·圣约翰[①]，都是沉闷的老片子，里面的主人公永远戴着白帽子，反面人物则永远留着黑胡须，你完全沉浸其中并对他们怀有热烈的信念。然后，那年某一天，有人带你去看了一场夜场电影——没啥好怀疑的，带你去的人应该就是你的父母，尽管记不起他们在那儿的具体情形了。这是你第一次非周六下午场的观影，非迪士尼的卡通，或古老的黑白西部片——而是给成人看的彩色片。你记得电影院里人山人海，记得灯光暗下来后坐在黑暗中的那些幽灵，你有一些期待，一些不安，好像你同时在场又不在场，不再处于自己的身体内，就仿佛一个人被梦抓走自行消失了那样。这部电影是《世界大战》，改编自 H. G. 威尔斯的小说，在那个时代属于电影特技领域的一个重大突破——比此前任何一部电影的制作都更精良，更有说服力，更先进。你是直到最近这些年才读了小说原著，但在 1953 年那会儿你一无所知，只不过是一个年方六岁的小男孩，在观看一大队火星人入侵地球，大得不能再大的银幕挂在你面前，颜色比你见过的任何颜色都要生动耀眼，如此有光泽，如此清澈，如此热烈，你的眼睛都被刺痛了。一群圆石状的金属太空飞船出现在夜空中，翻盖依次打开，

---

① 这四个人都是西部片里的主人公名。

然后从其中一艘里头慢慢走出一个火星人，非常高，长得像昆虫，有着棍子似的手臂和令人望而生畏的手指。他那球根状的古怪眼睛无比专注地盯着一个地球人看，一道光闪过，几秒钟后，这个地球人就会玩完。消匿，逝去，变成地面上的一道影子，然后影子也化为乌有，就仿佛此人从未在那儿，从未活过。说来也奇怪，你不记得自己对此感到过害怕。你当时的状态可能用惊呆来形容是最合适的，被敬畏感笼罩，好像这个场景已经把你催眠，让你陷入一种麻木的狂喜中。接下来发生的事情就有些可怕了，比那些地球士兵被消除还要可怕。这些士兵试图用小儿科的武器来对付火星人，可能他们错误地以为这些入侵者是有敌意的，而火星人也可能仅仅是自卫，如果发现自己被攻击时，任何生物都会这么做。你更愿意把他们往好的方面想，因为你认为人类不应该那么快地把自己的恐惧变成害怕然后诉诸暴力。后来主张和平的人倒也出现了，他是女主角的父亲，那个年轻美丽的女子可能是男主角的女友也可能是他的妻子，而这位父亲可能是个牧师或者使者或者诸如此类，一个圣徒，他用镇定而平静的声音建议身边的人以和善友好的态度去接近外星人，怀着上帝赋予的爱心去接触他们。为了证明自己的观点，这位勇敢的牧师老爹开始向一艘飞船走去，一只手拿着《圣经》，一只手拿着十字架，他对火星人说不要害怕，我们地球上的人愿意和宇宙中的所有人一起和平共处。老爹的嘴唇因为激动而颤抖不已，眼睛因为信仰的力量而熠熠发光，就在他走到离飞船只有几英尺远的地方，翻盖打开了，一个棍子似的火星人出现了，没等牧师老爹再抬起脚，一道闪光刷刷刷，这位满嘴圣洁语言的信使变成了一道影子，稍后，影子都不见了——啥也没剩下。上帝，这位全能之主，可没什么力量。在邪恶面前，上帝和最无助的人一样无助，那些坚信他的人是被诅咒的。以上是你那天晚上从《世界大战》里学到的重要一课。这是一次自此以后你就没能从中恢复过来的重创。

原谅他人，不管什么时候都要原谅他人——但永远不原谅自己。说"请"和"谢谢"。不要把胳膊肘搁在桌子上。不要自吹自擂。永远不要在别人背后说坏话。记得把脏衣服放到大篮子里。离开房间的时候要关灯。和别人说话的时候要盯着对方的眼睛。不要和父母顶嘴。用肥皂洗手并且要确保擦洗过指甲。永远不要说谎，不要偷窃，永远不要打你的小妹妹。握手的时候要有力。下午五点钟以前回家。睡觉前要刷牙。最重要的是要记住：不要在楼梯下说话，避开黑色的猫，还有别把自己的脚伸到人行道上的罅隙里去。

你为那些不幸的人忧虑，那些被压迫的人，那些穷人。尽管你还太小，根本不知道政治和经济是怎么回事，也没法理解资本的力量对于那些没什么财产或者说一无所有的人意味着什么。你只不过是抬起头看看自己的周围，就发现世界是不公平的，一些人比其他人承受了更多的苦难，"平等"这个词实际上只是一个相对而言的术语。这一定和早期你接触纽瓦克和泽西城的黑人贫民窟的经历有关。礼拜五晚上，你父亲去他的租户那儿收房租，你会和他一起四处走动，于是一个新生的中产阶级男孩有机会进入那些穷人和一贫如洗之人的公寓，看到并嗅出贫困的处境是怎么回事，全是疲惫的妇女和她们的孩子，偶尔才看见一个男人，由于父亲的黑人租户通常会非常友好地对待你，于是你开始怀疑为什么这些好人必须住在这么小的房间里，比你的小得多了，你在你郊区舒适的房子里，是那么温暖而安逸，而他们空荡荡的房间里只有破破烂烂的家具，或者几乎没有家具。种族对你来说不是一个问题，至少当时还不是，因为你在父亲的黑人租户那里觉得挺舒服，而且也不在意他们的皮肤是黑色或者白色，归根结底是钱的问题，或者是钱不够的问题，或者是他们没有机会找到工作赚足够的钱所以没法住在像你家那样的房子里的问题。后来，等你大了一些，开始读美国历史，发觉那个时间其实正好和公民权利运动兴起处于同一时间段，你开始能够明白当你自己还是一个六七岁的孩子时看到的到底是什么。然而，回到当时，在那些意识刚刚有点觉醒的懵懂岁月里，你其实一无所知。生活对于一些人来说很友好，对于一些人来说很残酷，你为此而感到心痛。

然后，还有那些挨饿的印度小孩。对你来说这很抽象，难以理解，因为距离过于遥远，但尽管如此仍对你的想象施加了强大的影响。半裸的孩子，没有吃的，肢体瘦得像根笛管，没有鞋子，穿得破破烂烂，在人满为患的大城市里流浪，乞讨一点面包皮为生。每次你母亲说起那些孩子时你脑子里浮现的就是这一形象，而除了餐桌之外她不会在其他地方提，二十世纪五十年代所有的美国母亲都惯用此伎俩，她们不厌其烦地用印度那些营养不良、极度贫困的小孩来教育自己的孩子要吃干净盘子里的食物，搞得你每每希望可以邀请一位印度小孩来家里共享你自己那份晚餐。因为事实上，小时候你的确是个挑食的家伙，大约三岁半或四岁时消化系统出了毛病留下的后遗症，有一些食物是你无法忍受的，看一眼都会觉得难受。于是每次当你没吃完盘子里的东西，都会想起印度的小男孩或小女孩们，内心因罪恶感而撕裂。

你想不起来大人们为自己朗读的情形，也想不起来自己是怎么学会阅读的。你最多能想起来和母亲聊天时说到某些喜欢的角色，来自书里的角色，这些书肯定是她读给你听的，但你记忆里已经找不到你手上拿着这些书的情景，也找不到坐在或躺在母亲身边听她指着插图大声念故事文字的情景。你听不到她的声音，感觉不到她挨着你的身体。如果使劲想，眼睛闭上的时间足够长，以至于进入一种半出神状态，勉强能回忆起某些有印象的神话故事，像是"鬼怪密林"，那是吓得你最厉害的一个,另外还有"侏儒怪"和"长发公主",伴随着看小飞象、小熊维尼和一只名叫皮维的达尔马提亚狗的模糊画面。但你最在意的,心里多少记得一些情节的是彼得兔,也就是说一定有人向你朗读过几十遍,讲的是可怜又淘气的彼得,兔子太太那任性的儿子,在麦克格雷戈先生家菜园里的冒险记。哪怕现在你翻起这本书,还会为自己对它的熟悉感到震惊,每张图的每个细节,正文的几乎每一个词,尤其是第二页兔子太太让人打寒战的话:"你可以到外面田地里或小路上走走,但千万不要去麦克格雷戈先生的花园,你爸爸就是在那儿出事的,他被麦克格雷戈太太做到一个派里头去了。"毫无疑问这个故事对你的影响太大了。故事本身很好看,再加上田园牧歌般的设定,曾陪你度过一些无忧无虑的午后悠闲时光,但它真正打动你的却是,彼得偷偷潜入麦克格雷戈先生的菜园,其实是傻傻地冒着生命危险去做的一个举动,现在当你再次沉思书里的那些内容时,可以想象那个时候自己有多么紧张,害怕彼得丢了命——而当他成功逃走时你又是多么欣喜。记忆不只是记忆,它部分还活在你的身上。二十四年前你女儿出生时,她收到的礼物中有一只瓷杯,上面绘有两幅毕翠克丝·波特[1]的插画。无论如何,这只杯子挨过了她的婴儿期和童年,过去十五年来你一直是用它来喝早茶的。直到距离你六十五岁生日不到一个月的时

---

[1] Beatrix Potter(1866—1943),英国作家、插图画家、自然保护主义者。

候，你还在用一只原是为孩子们设计的杯子来喝水，上面绘有彼得兔。你对自己说，之所以选用这只杯子而没有选用家里其他的，是因为它的大小刚刚好。比一只马克杯来得小，又比一只传统茶杯来得大，杯口曲线也设计得讨人喜欢，抿起来感觉非常舒服，茶又可以恰到好处落入你的喉咙不会溢出来。一只实用的杯子，而且也是一只基本款的杯子，与此同时，若你声称你对上面的绘画不感兴趣，它不会泄露真相。享受同彼得兔开始的每一天，你的这位老朋友自童年以来就一直陪伴着你，从那么遥远的一个时期，甚至找不到有意识的记忆。而你一直担忧某个早上自己会失手把它摔落。

青春期的某天，母亲提到你三四岁就能把字母表认全了。不太确定这个说法是否可信，因为母亲总在讲到你孩童时代的技能时夸大其词，而你进入一年级后是被分到中级阅读小组，这个事实似乎也在说明你并不像母亲认为的那样早熟。看着迪克跑跑，看着简跑跑[①]，就这样你六岁了，有关那个时期印象最生动的记忆是，你被安置到教室后头的单人课桌，一张和其他孩子分开来的课桌，你暂时被流放到那里，作为你在班上不当行为的惩罚（原因有可能是你在不该说话的时候说了话，或者对你不当的惹是生非加以惩戒的方式之一），当你坐在这个单独

---

① 二十世纪三十年代到七十年代美国儿童教育读物《迪克和简》（*Dick and Jane*）中的人物。

的位置上偷看一本肯定是二十世纪二十年代印制的书时（插画中男孩们穿着灯笼裤），老师走到了身边。她叫多尔斯小姐，或者多尔西小姐，也有可能是多尔斯太太，或多尔西太太，一个和善的年轻女人，手臂上汗毛浓密，有很多雀斑。老师把手放在了你的肩上，温柔甚至是怜爱地搂了搂，这让你很吃惊但很快觉得非常舒服，然后她弯腰在你耳边说，你的进步让她很受鼓舞，你的作业水平也提高得很迅速，所以她决定把你调到顶尖的阅读小组里面去。然后，你一定会变得更好。你在入学前几周遇到的所有麻烦此时都成为过去，不过，当你找到你在学会如何读写的那段日子里唯一清晰的其他记忆时，你除了困惑不解地摇头别无他法。不大记得以下这件事发生在你进入最高级阅读小组之前还是之后，不过你能确切地回想起来那天早上因为先去看了医生，你稍微晚了一些才到学校，第一节课已经过半。你赶紧坐到熟悉的位置上，邻座是一个体格硕大有点笨拙的男孩，肩膀不寻常地宽，他叫马尔科姆·富兰克林，一直被猜测和本杰明·富兰克林是亲戚，不管是不是真的如此，这一点都让你印象深刻。多尔斯或多尔西小姐（太太）站在讲台的黑板前，讲怎么写出字母 w。学生们都拿着一支铅笔，伏在桌上，小心地模仿她，写出一长串 w。你朝左边看了看本杰明·富兰克林的亲戚，他正在做课堂练习，他没有将一连串的 w 分开（*wwww*），而是将它们全连在一起（*wwww*），这把你逗乐了。你被迷住了，这个拉长的字母是多么大胆和有趣啊，虽然你清楚地知道正常的 w 就只有四画,但你草率地决定要和他写成一样,于是,你没有按照正确的方式来写,而是照抄了这位朋友的版本,也就是蓄意破坏了这次课堂练习,并以此一劳永逸地证明了,不管之前有多大进步,你仍然是个世界一流的大笨蛋。

有一阵子,六岁左右——年份有些分不清了——你相信字母表中有两个额外的字母,两个除了你谁也不知道的秘密字母。一个是翻过来的 L,就是⌐;一个是头下脚上的 A,就是∀。

你进的那所小学有个最大的优点,就是从学前班一直到六年级都没布置过家庭作业。此地教育委员会的管理人是哲学家约翰·杜威的追随者,杜威用他的自由主义主张和以人性手段来指导儿童发展的主张改变了美国的教学方法,所以你是他的智慧的受益者,一个随着每天最后一堂课的铃声敲响就可以自由自在地跑开的小男孩,可以和你的朋友们自由玩耍,可以自由地回家、看书,可以自由地什么也不做。对那些让你的童年保持完整的不知名的绅士,你怀着莫大感激,是因为他们,你才无需负担毫无必要的家庭作业;是因为他们的睿智,才让人明白课堂里学那些就好,剩下的时间得留给孩子们自己。他们证明了所有需要学的东西都能在学校以外学到,因为即便没有遇到最有创造力的老师,你和你的同学们仍然在这个系统下接受了良好的早期教育，他们把三个R[①]传达给你，受益终身。不像你自己的两个小孩，在一个充斥着教育学迷思的年代长大，每天晚上都被折磨人的、多得不能忍的家庭作业捆绑，经常需要父母的帮忙才能完成，一年接一年，你看着他们的身体越来越弱，眼睛开始近视，真心充满愧疚，悲哀于年轻生命被迫浪费在一个已经该关门的教育体制上的事实。

你家里几乎没有书。你父母自高中结束后就没再接受正规教育，他们两个对阅读都没有兴趣。不过，在你住的那个镇子上有座相当不错的图书馆，你经常去那儿，每周都找两三本或四本书回来。等你八岁的时候，已经养成了阅读小说的习惯。其中大多数质量都不咋地。是五十年代早期写给年轻人看的消遣故事。举例来说，有一个哈迪男孩的系列，册数多得数也数不清，后来你知道是一个住在梅普尔伍德的人写的，就在邻镇。你最喜欢的是体育题材的小说，特别是克莱尔·比写的奇普·西尔顿[②]系列，这是主人公奇普和朋友比吉·科恩的高中历险故事，他们一场接一场地打胜仗，经常出现的情节包括最后一秒的突破、半场结束时的压哨投射和决胜局的本垒打。你还记得一本引人入胜的小说，《飞刺》，讲述一个年事已高、已

[①] 指 reading, writing, arithmetic, 读、写、算。
[②] Chip Hilton，著名的美国篮球教练克莱尔·比（Clair Bee, 1896—1983, 入选过篮球名人堂）写的一系列体育小说中的主人公。

过气的前大联盟球员在低级联赛中为荣誉的最后一击而战的故事。还有大量的非虚构,都是和你最喜欢的运动有关的,比如《棒球场上最伟大的日子》,以及讲述贝比·鲁斯[①]、卢·格里克[②]、杰基·罗宾森[③]和年轻的威利·梅斯[④]的书籍。传记带来的快乐和小说不相上下,你怀着热切的好奇心去阅读,特别是生活在遥远的过去的人们:亚伯拉罕·林肯、圣女贞德、路易斯·巴斯德,还有那个多才多艺的人,你以前同学的祖先或非祖先:本杰明·富兰克林。"里程碑系列"[⑤]你记得非常清楚,小学图书馆里都是这种,但更吸引人的是鲍伯斯-梅瑞尔出版社的硬皮书,有着橘红色的封面和书脊,一套大型传记,书里面常出现黑色大剪影。你读了大约有一打那么多,如果说没有二十本的话。然后是你外祖母当作礼物送给你的那本书,很快它就成了你最宝贵的财产之一,那是一本大部头,书名叫《勇气与勇敢》(作者的名字叫 Strong,"强大"的意思,哈特图书公司出版于 1955 年),包括五十多位已故的英雄道德人物的传记,其中有:大卫(击败巨人歌利亚)、以斯帖女王[⑥]、

---

① George Herman Ruth, Jr. (1895—1948), 昵称贝比·鲁斯, 是美国棒球史上最有名的球员。
② Henry Louis Gehrig (1903—1941), 美国职棒大联盟史上最伟大的一垒手, 职棒生涯都效力于纽约扬基。
③ Jack Roosevelt Robinson (1919—1972), 昵称杰基·罗宾森, 是美国职棒大联盟现代史上第一位非裔球员。
④ Willie Howard Mays Jr. (1931—), 前美国职棒大联盟的著名球手。
⑤ *Landmark Books*, 兰登书屋在二十世纪五六十年代出版的一套传记。
⑥ 波斯女王, 传说中她拯救了濒临灭绝的犹太民族。

桥上的贺拉提斯①、安德鲁克里斯和狮子②、威廉姆·特尔③、约翰·史密斯和宝嘉康蒂④、沃尔特·雷利爵士⑤、内森·黑尔⑥、萨卡加维亚⑦、西蒙·玻利瓦尔⑧、弗洛伦斯·南丁格尔、哈莉特·塔布曼⑨、苏珊·安东尼⑩、布克·华盛顿⑪、爱玛·拉札勒斯⑫。为了祝贺你的八岁生日,这位亲爱的外婆又送给你一套

---

① 公元前六世纪罗马受到伊特鲁丽亚军进攻,不得不毁掉比列河上的桥来阻止敌军,贺拉提斯独自一人站在桥头奋战,直到和桥共同坠入河流,而他却得以生还。桥上的贺拉提斯就是孤胆英雄的意思。
② 安德鲁克里斯是一个信仰基督教的裁缝,在罗马帝国受到宗教迫害,因此逃到森林里。有天一只狮子伸出爪子向他求助,他发现狮爪上刺入了荆棘,就帮它拔出来了。不久,他被罗马帝国的士兵抓捕,被带到竞技场上和狮子决斗。当他走到竞技场才知道面对的狮子是自己救助过的那只,于是上前和狮子拥抱在一起,君主和贵族都惊呆了,遂下令结束迫害基督徒,并且放走了安德鲁克里斯和狮子。
③ 瑞士民间传说中的英雄,带领农民们反抗奥地利暴政。
④ 宝嘉康蒂,又译波卡洪塔斯,美国弗吉尼亚低洼海岸地区印第安部落联盟的酋长波瓦坦的女儿。根据历史上知名的传闻,她救了一个被印第安人俘虏的英国人约翰·史密斯的命。
⑤ Sir Walter Raleigh(1552—1618),英国伊丽莎白时代著名的冒险家,同时也是作家、诗人、军人、政治家,更以艺术、文化及科学研究的保护者闻名。
⑥ Nathan Hale(1755—1776),美国独立战争中,被英军以间谍罪绞死,成为美国的民族英雄。
⑦ Sacajewea(1787—1812 或 1884),肖肖尼族印第安人女子,曾背负幼儿,随刘易斯与克拉克远征队跋涉蛮荒,进行考察。
⑧ Simon Bolivar(1783—1830),拉丁美洲革命家、军事家、政治家、思想家,他与圣马丁遥相呼应,为南美洲脱离西班牙帝国统治,争取独立发挥了关键作用。
⑨ Harriet Tubman(1820—1913),杰出的美国黑人废奴主义运动家。她本人就是一个逃跑的奴隶,帮助许多黑人奴隶逃亡,被称为"黑摩西"或"摩西祖母"。
⑩ Susan Brownnell Anthony(1820—1906),著名的美国民权运动领袖,在十九世纪美国女性争取投票权的运动中扮演了关键角色。
⑪ Booker Taliaferro Washington(1856—1915),美国政治家、教育家和作家。他是 1890 年到 1915 年之间美国黑人历史上的重要人物之一。
⑫ Emma Lazarus(1849—1887),美国诗人。她曾创作十四行诗《新巨人》,为建造自由女神像的底座筹款,这首诗被刻在塑像底座的一块铭牌上。

多卷本的罗伯特·路易斯·斯蒂文森作品集。对那个年龄的你来说，《绑架》和《金银岛》的语言还是太难懂了（举例来说，你记得很清楚，第一次读到fatigue这个单词的时候把它念成了fatagew），但是你仍然雄心勃勃地挑战着不那么厚的《化身博士》，即便其中大部分内容只在你的脑子里逡巡一圈就出去了。你喜欢《孩子的诗歌花园》，它要简单得多，不管怎样，因为你知道斯蒂文森写这些诗的时候已经是个成年人了，不由得不被他能如此熟练地运用第一人称来模拟一个小孩的语言技巧所折服，而现在，你突然明白这是你第一次窥见文学创作那隐藏的齿轮，一个人可以通过这个神秘的过程滑入另一个人的思想之中。第二年，你自己写下生平第一首诗，直接就是受到了斯蒂文森的启发，既然你唯一读过的诗就来自他，这一首可怜兮兮好像干鼻涕似的诗，开头两句如下：*春天到 / 欢呼吧！感谢上帝*，你已经忘了剩下的，不过你仍然记得当你写完这首诗时掠过你的那份幸福，毫无疑问，那是迄今为止你写得最烂的诗。那个时候确实是一年里的早春，当你独自走在格洛芬公园的新草之中，感到温暖的阳光照在了自己脸上，简直欣喜得发狂，而且感觉到有必要用词语，用写成文字的押韵的词语，将这股狂喜表达出来。遗憾的是你的韵文实在有点蹩脚，但没关系，重要的是那股冲动，那种努力，你吭哧吭哧地用铅笔在纸上写下这些惨兮兮的诗句时，能够借此更强烈地感觉到自己是谁，自己属于这个世界。还是那个春天，有生以来第一次，你用自己的钱买了一本书。你已经盯上它好几个礼拜甚至好几个月了，但攒够所需要的钱花了不少时间（现在想起来的是三美元九十五美分这个数字），你把那套"现代文库版"的爱伦·坡诗歌故事全集抱回了家。坡对你来说也太难了，对一个九岁孩子的大脑而言过于华丽和复杂，难以理解，但即便你只弄懂了其中一小部分读过的东西，你喜欢那些句子在脑中发出的回响、语言的厚度、坡的巴洛克式长句中渗透出来的异常的阴郁。一年之后，大多数的困难都消失了，在你十岁那年，你有了第二个重要发现：夏洛克·福尔摩斯。福尔摩斯和华生，是你独处时最好的伙伴，这对迟钝普通人医生和古怪智多星先生的奇怪组合，你聚精会神地追随着众多案件的来龙去脉。最让你高兴的还是他俩的对话，生气勃勃，一来一回，完全相反的情感方式，特别是有一个因此带来的转变让你自己都大吃一惊，因为它如此强烈地推翻了原先被教导的对这个世界的见解，在接下来的几年里这些发现会继续烦扰你、挑战你。实证科学主义者华生给福尔摩斯讲了一些太阳系的知识——就是这个太阳系，为了领会它是怎么回事你小时候没少费脑子——他解释说地球和其他行星都以精确有序的方式绕着太阳转，而福尔摩斯这个自大得不可理喻的万事通先生，马上告诉华生自己对学习这些没兴趣，了解它是一种对时间的浪费，他要做的是尽力去忘记刚刚所听到的。读到这一段的时候，你还是个十岁的小学四年级生，也有可能是十一岁，五年级了，此前从未听过任何反学习的论调,特别是从像福尔摩斯这么有声望的人口中说出来,一个被认为是本世纪最伟大的思想家的人物,而此时他告诉朋友说不在乎这个。在你的世界里,你被设定是要在乎的,你被设定为要对所有领域的知识都感兴趣,要学数学,也要学书法,要学音乐,也要学科学,而你顶礼膜拜的福尔摩斯却说不,一些事比另一些事更重要,不重要的事情要被扔出去、忘得一干二净,既然它们除了以无效信息来搞乱人的脑子之外毫无用处。多年以后,当你对数学和科学再也没有兴趣时,你想起了福尔摩斯的这段话——并用它来捍卫自己对那些科目的漠不关心。这是一个白痴的态度,毫无疑问,但你仍然接纳了它。可能,这也是小说的确会荼毒脑子的进一步证明吧。

在你的世界里最负盛名的人物是托马斯·爱迪生,他在你出生前十六年才去世。爱迪生的实验室位于西奥兰治区,离你所在的东奥兰治区不远。这位发明家死后这里就成了一座博物馆,一个国家级的纪念地标,因此你还是个孩子时就在学校组织的旅游中多次拜访过这位"门罗公园的魔法师"[①]之家,他因有超过一千项发明而被世人膜拜,发明中包括白炽灯、留声机和电影放映机,于是对你而言他成了世界上所有活过的人当中最重要的一位,是人类历史上位列第一的科学家。参观完实验

[①] The Wizard of Menlo Park,托马斯·爱迪生在新泽西州门罗公园建立了著名的实验室,被人称为"门罗公园的魔法师"。

室，游客们会被带到外面一幢叫"黑玛丽"的小楼，是个巨大的沥青窝棚，曾是世界上第一个电影工作室，你和你的同学们在那儿看了一场投影放映，《火车大劫案》[①]，这是史上第一部剧情片。你觉得自己进入了天才们的密室，就像一个圣地。此前，夏洛克·福尔摩斯是你最喜欢的思想家，一位睿智的正义之士，无所畏惧的楷模，他向你展示了严丝密合的理性推理的魔法与力量，但他不过是个虚构人物，只是在文字上存的人，而爱迪生是真人，有血有肉，而且因为他的发明都是在离你家那么近的地方发明出来的，简直喊一声就能听得到，你感到自己和他之间有一种特殊的联接，对他有一种奇特的崇敬之情，而不仅仅是百分之百的爱慕。十岁以前你至少读过两本关于你的英雄的传记（前一本是"里程碑系列"，后一本是那些带剪影插图的橘黄色书里的其中一本），还看了两部关于他的传记电影——米基·鲁尼演的《小爱迪生》[②]和斯宾塞·屈塞演的《伟人爱迪生》[③]——并且出于某种原因（这原因现在你觉得很荒谬），你觉得你的生日和爱迪生的生日都是2月初，这当中一定有某种玄机，而更玄的是，你正好就生于爱迪生出生的一百年之后（其实要减去一个礼拜）。不过证明你和爱迪生之间具有深远关系的最好最重要的证据乃是，给你理发的人曾经是爱迪生的私

[①] *The Great Train Robbery*，埃德温·鲍特导演，爱迪生电影公司1903年发行。
[②] *Young Tom Edison*，诺曼·陶罗格导演，米高梅电影公司1940年发行。
[③] *Edison, the Man*，克拉伦斯·布朗导演，米高梅电影公司1940年发行。

人理发师。他名叫洛克，一个矮矮的、不怎么年轻的男人，在一家位于西东大学校园旁边的理发店里工作，那儿离你家只有几个街区。这是五十年代中期和后期，一个平头盛行的时代，到处是白色复古平底鞋、白袜子、马鞍鞋，以及凯迪软底帆布鞋和硬邦邦的夹克。自从你把自己的头剪得和其他所有男孩子一样之后，就开始频频光顾这家理发店了，平均一月两次。那就意味着每隔一周就会坐在洛克的理发椅上，看着镜子左边那张巨大的爱迪生肖像，画框右下有一行签名题字："给我的朋友洛克，天才是百分之一的灵感和百分之九十九的汗水。——托马斯·A. 爱迪生。"洛克是你和爱迪生之间的直接联系，那双曾捯饬过伟大发明家的脑袋的手，如今在捯饬你的脑袋，谁敢说爱迪生脑子里的那些伟大想法不会传到洛克的指头上呢，而且因为这些手指正触碰着你，那么是不是也可以设想其中的一些想法可能会掉到你的脑袋里去？当然你并不相信这些，但你愿意假装相信。每一次你坐到理发店的椅子上去时，都乐于想象这魔法般的意念转移游戏，就好像你这个注定啥也发明不出来、在接下去的这些年里被证明一点机械方面的天赋都没有的家伙，却是爱迪生大脑的合法继承人。接下去，让你吃惊的一件事是，有一天，父亲平静地告诉你他高中毕业后在爱迪生实验室工作过。1929年，他的第一份全职工作，像很多为门罗公园的主人卖过苦力的年轻人一样。就说了这些。可能他想照顾你的感情而没有说更多的，但爱迪生曾经是你家族历史中的一部分也就意味着现在他是你历史中的一部分这个小小的事实，很快就超越了洛克的手指，成为你和这位伟大人物之间最重要的联接。你开始为父亲感到无限自豪。毫无疑问，这是他迄今为止和你分享过的最为紧要的信息，你总是将这一信息传达给你的朋友，乐此不疲。我父亲为爱迪生工作过。你现在回想起来，这个事实意味着，那位疏远隔阂沉默寡言的父亲从此对你而言不再是个没用的人，他也是个人物啊，好歹也曾为让这个世界变得更好的事业尽过力。然后直到十四岁，父亲才告诉你剩下的故事。他与爱迪生仅共事了几天，那时你知道了——并不是因为他做得不好，而是因为，爱迪生发现他是个犹太人，因为门罗公园这一教区是不雇用犹太人的，这个老头把你父亲叫到办公室，当场解雇了。所以你的偶像其实是个疯子，充满仇恨的反犹太主义者，而这个众人皆知的事实并没有在任何一本你读过的关于他的书中提过。

无论如何，比起死去的英雄，即便是像爱迪生、林肯和年轻的牧人大卫——大卫只用一块石头就杀死了巨人歌利亚——这样的杰出人物来，活着的英雄对你的影响力更大。像所有的小男孩一样，你想要自己的父亲成为一个英雄，但那个时候你对英雄的定义太狭隘了，认为只有那些伟人才是英雄。在想象中，英雄行为就是在战场上无所畏惧，也就是关于一个人在战争中怎么表现的问题了，这样你父亲立刻被撤出了英雄之列，因为他没打过仗。你说的战争就是第二次世界大战,在你出生前十八个月才结束。你朋友们的父亲大多数都是士兵,他们以这样或那样的方式服役于那场战争,一帮小伙伴纠集起来在你家后院玩战争游戏时,会假装是在欧洲战场(和纳粹干)或太平洋战场(和日军干),其他人都会拿出几样战争装备(头盔、餐盒、金属杯、弹带、双筒望远镜之类),都是他们父亲给的,这样就会让游戏更像是真的。你却经常只能两手空空。后来,你得知父亲当时被免除服役的原因是他做的是电报行业,政府认为这对战争来说至关重要。这对你来说是个不痛不痒的解释,事实上,你的父亲比其他人的父亲要老一点,美国宣战的时候他已经三十岁了,这意味着他很可能都没被召集过。和朋友们玩士兵游戏的时候,你大约五六岁或七岁,还太小,没法搞清楚你父亲在战争时期的处境。于是你开始质问他为什么没有装备让你带到游戏中去,这可能让他犯难,因为父亲无法当面告诉你自己没在军队里服过役(他是不是感到羞愧——或仅仅因为他觉得这样会让你失望?),他捏造了一个说法来满足你的期望——或者,也许是为了提高他在你眼中的地位,为了看起来像个英雄——但是这个把戏出卖了他并让你失望受伤,就像父亲曾经害怕真相会让你失望一样。有一天晚上,他在你上床之后偷偷走入你的房间。他以为你睡着了,但你没有,你仍然睁着眼睛呢,你没有说一句话,看着他把两三样东西放到你桌子上,然后踮着脚离开了。第二天早上,你发现那些是旧旧的军事装备——其中只有一样你比较确定是什么：一个马口铁餐盒，用绿色帆布包着。早餐桌上，父亲和你说他找出了几件战争时期自己的存货，但事实上你不会被这个说法骗到，你从心底明白这些东西从来都不是他的，应该是前一天下午从军用品商店里买来的，尽管你什么都没说，还假装对礼物感到很开心，但你其实有些恨父亲用那种方式对自己说谎。而今，这些年过去了，你剩下的只有深深的愧疚。

相比之下，五岁那年夏天你参加日间夏令营遇到的一位指导老师，才真正担起了你心目中的英雄形象。他名叫伦尼，是个年轻人，不超过二十三或二十四岁，深受男孩们的喜爱。嗯，和那些严厉的教条相比，他显得有趣而温暖。他曾在朝鲜服役，不久前刚回到新泽西的家中。你知道那儿正在发生一场战争，但你对细节完全模糊，就你所能记得的而言，伦尼从来没有讲述过他在战斗中的经历。还是你的母亲告诉了你关于他们的事情。她当时只有二十七岁，和伦尼是同时代人，有个下午来接你回家，在你收拾东西的时候就和伦尼交谈了一会儿。然后你和母亲一起坐车回家了，途中你能察觉到她非常悲伤，比你想得起来的任何一次都要悲伤（这也是这次事件能够让你如此印象深刻的原因）。她开始给你讲冻疮，讲朝鲜冬天无法忍受的那种寒冷，讲美国士兵脚上不御寒的靴子，那些设计得糟糕的靴子没法保护步兵们的脚，导致长冻疮，于是他们脚趾发黑并且经常有人要被截肢。伦尼,她说,可怜的伦尼经历了所有的一切。这样一解释你就明白了,伦尼的手也在寒冷中受过伤,因为你曾注意到他手指上头那排关节有些异样,比正常人的更僵硬也更多皱褶,之前以为是遗传的原因,现在你知道是战争作的孽。尽管你之前一直就很喜欢他,但此刻伦尼在你的评价中已经成了一个高尚的人。

如果父亲对你来说不是个英雄,也不能成为你的英雄,那并不意味着你放弃了去其他地方寻找英雄。巴斯特·克拉布[①]和其他电影里的牛仔成了早期的英雄模范,他们构建了一个值得学习和模仿的男性符号,话不多的男人,也从不惹是生非,但一旦麻烦找上来,他们就会勇敢而精彩地去解决。他们平静地为正义而战,低调,在善与恶之争中愿意付出生命。也有女英雄存在,有些时候甚至比男人更有勇气。但女英雄从来不会是你的模范,很简单,因为你是个男孩,不是女孩,命中注定你会长大成为一个男人。七岁那年,牛仔在你心目中让位给了运动员,主要是棒球运动员和橄榄球运动员,同时困扰你的问题就变成了,你认为必须擅长球类运动才能够告诉自己如何活着,现在你开始成为一个热烈的运动爱好者,一个把这些娱乐活动当作是自己存在核心的男孩。当你看见这些伟大运动员在

---

① Buster Crabbe(1908—1983),美国演员,曾经是游泳运动员。二十世纪三四十年代出演过一系列电影。

五六万人的围观下创造出扭转乾坤的奇迹时,你觉得在你的世界里他们才是无可争议的英雄。从危难时刻的勇气到紧急时刻的技术,从顶住重压射出子弹的能耐到顶住对方的打跑投出中场双杀的手艺,道德上的伟岸被体格上的勇猛取代了,或者说,身体上的价值被转化成精神方面的价值,再一次地,好吧,你在你的整个童年中段都滋养着这种崇拜情怀。八岁那一年你写下了第一封狂热粉丝的信件,邀请当时最顶尖的橄榄球运动员、克利夫兰·布朗斯队的四分卫奥图·格雷厄姆来参加你即将在新泽西举办的生日派对。让你无比惊讶的是格雷厄姆竟然写了回信给你。用一个官方的克里夫兰·布朗斯信封装着一封用打字机打的简短的信。不用说,他拒绝了你的邀请,告诉你那天早上他有事儿不能前来。但他的温暖回应平复了你感到的失望——尽管你知道这几乎是痴心妄想,但还是会想他也许会到来,而你的脑子里更是想象了几百遍他到来的场景。然后又过了几个月,你给当地高中橄榄球队的队长和四分卫鲍比·S写了一封信,告诉他你觉得他是一位多么伟大的球员。因为你当时还是这么个小不点儿,这就意味着你的信简直近乎搞笑,满纸的拼写错误和无意义的错误用词,鲍比·S倒是不嫌其烦地给你回了信,显然是被自己还有这么一位小粉丝给打动了,而眼下橄榄球赛季将近结束,他邀请你作为他的嘉宾去观看他的篮球赛(他秋天的时候打橄榄球,冬天的时候打篮球,春天的时候打棒球,是一个三球超级明星),并拜托你在他们热身阶段走到台阶下，好让他确认你是哪一个。你这么做了，然后鲍比·S就在场边运动员休息区找了个位置让你坐下，也就是和球员们坐在一起观看比赛。鲍比·S那时候也就十七八岁，还是个青少年，但对你来说他已经完全长大成人，一个巨人，场上的其他选手也一样。你观看着比赛，隐隐地觉得幸福，待在一个二十世纪二十年代修建的老式高中体育馆里，听着周围人群激昂的喊叫声，感到既刺激又兴奋，还惊叹于暂停时跑出来蹦跶的那些拉拉队员的美貌，为你崇拜的男人加油助威，是他使得这一切美梦成真，但对于那场比赛本身你什么也不记得了，一个投球、一个篮板球、一个暗中传球都不记得了——除了你身处那儿这么一个事实，欣喜若狂地和高中球队队员们一起坐在板凳上，就好像自己走进了一本奇普·希尔顿的小说。

你父母的一位朋友，罗伊·B，曾经在纽瓦克熊队当三垒手，那是一支传奇的乙级联赛球队，曾经是纽约扬基体系的一部分。他的昵称是乌普斯（Whoops）——因每次在球场上犯错都会大吼一声"哎哟"——他从未在那些有名的队里待过，但和许多未来的全明星球员打过球或比赛过，每个人都很喜欢语速很快、总是兴致勃勃的乌普斯。他在22大道经营着一家廉价男性服装店，仍然和很多曾经打过球的朋友保持着联系。他和妻子多莉共生有三个小孩，都是女孩，没一个对棒球有兴趣的。因为他知道你对这项运动有多么热衷，作为一个球手也作为一个球迷，所以就索性把你当作替代儿子或侄子了，逮着机会就和你讲他在球场上的往事。1956年春天的一个周末晚上，你正要上床睡觉，电话响了，天呐，完全没想到的是菲尔·瑞佐托在电话那端，从1941年起他就是扬基队的游击手，直到这个月早些时候退役了。他问你是不是保罗，乌普斯的小哥们。"听说你是个超棒的内场手，"他说，用他那出了名的欢快嗓音，"我就是想和你问个好，告诉你要坚持下去。"你猝不及防，简直不知道该说什么，结结巴巴只能勉强发出一个音节来回应瑞佐托，但这是你第一次和一个公认的英雄对话，即便持续了不到几分钟而已，仍然被这个不曾预想的电话鼓舞了，为能和这位伟大人物说话而备感荣耀。一两个礼拜后，家里的邮箱还收到一张明信片：正面是乌普斯服装店的彩色照片，闪耀荧光灯下一排排的男装货架，好像鬼魂一样的套装，因为衣服里没有人的身体，犹如一支迷失军队；而反面有一行手写的字："亲爱的保罗，快快长大，这张明信片是送给一位优秀三垒手的。你的，斯坦·穆夏尔[①]。"菲尔·瑞佐托是一回事，一位极好的退役球手，穆夏尔可是不朽传奇，在美国职业联盟创下过.330打击率的记录，与当红的泰德·威廉姆斯[②]属于同一量级的伟大球手，被称为"真男人斯坦"，你可以想象某个下午他溜达到乌普斯的店里看望老朋友，而机灵的乌普斯就请他给自己的小朋友写几

[①] Stan Musial（1920—2013），被认为是美国历史上最优秀的棒球打击手之一。
[②] Ted Williams（1918—2002），被认为是美国历史上最优秀的棒球打击手之一。

个字,给小孩的一则短讯,现在,这些话就拽在你的手心,让你感觉好像上帝伸出手摸了摸你的前额。不仅如此,好心的乌普斯还给过你一件超越其他所有赠予的慷慨礼物。"你想不想见到怀特·福德①?"有一天他这么问你。仍然是1956年,不过已经是10月中旬,世界系列赛结束后不久②。"当然,我当然想见到怀特·福德。"你回答道,你超级想见到冠军扬基队的制胜投球手,他得到了有史以来的最高比重分,短暂闪耀的左手选手,刚刚完成了他最完美的赛季。谁不想见到怀特·福德啊?接下来的安排是:乌普斯和怀特会在下周某个下午3点半到4点之间来你家,这个时间点足够让你从学校赶回来。你简直不知道该期盼什么,但你希望这次拜访能够长一些,他俩能坐在你家起居室里和你谈几个小时棒球,而怀特能够透露一下投球的绝密秘诀,因为他看一看你就能看到你灵魂深处的投手天赋,尽管年龄尚小,但你绝对是那个值得他传授秘诀的人。到了说好的那一天,你从离得很近的学校冲回家里,等啊等,也就一个半小时,但好像有一个礼拜那么长,在房间地板上烦躁不安地走来走去,父母都在外上班,五岁的小妹妹也不知去哪儿了,所以你是在欧文大道的这所板房里单独待着,对这次伟大的会面忧心忡忡,不确定乌普斯和怀特会不会真的出现,担心他们忘记了这次约会,或因为某些不可预见的情况而晚到,或遭遇

---

① Whitey Ford(1928—),被认为是美国在世的最伟大棒球人物。
② 世界系列赛,指美国职棒大联盟每年10月举行的总决赛。

了车祸，最后，当你开始感到绝望，觉得怀特·福德永远不会踏进你家的时候，门铃响了。你打开门，台阶上站着五英尺六英寸高的乌普斯和五英尺十英寸高的扬基队投手。乌普斯脸上挂着大大的微笑，紧接着是和那位大师一次简洁而友好的握手。你邀请他们进来，但他们中的一人（没法再想起来到底是哪一个）说他们晚点了，只来得及顺便过来打声招呼。你尽全力掩藏好自己的失望，明白怀特·福德不会走进你的房子来传授他的秘技了。你们仨站在那儿最多说了四分钟话，这已经足够让你满足了，而且也足够让你开始去想站在你家台阶上的怀特·福德是不是真的怀特·福德。这个人身高是对的，说话也带着明显的昆斯地区口音，但脸庞和你在照片里见过的有点不一样，没那么英俊，下巴也没有应该显现出的那么圆，即便他的头发是金色的，和怀特·福德本人一样，但剪了很严肃的平头，而在所有你看过的他的公开照片里，头发都应该更长一点，向后梳成一种改良式样的蓬巴杜发型。你怀疑是不是怀特·福德本人取消了这次拜访，而乌普斯为了不让你失望，就找来一个多少有些失真的替身。为了消除疑惑，你开始询问这位怀特或非怀特关于他这个赛季的成绩。19胜6负，答对了。2.47，还是答对了。但你仍然没法抛开这个也许是赝品的怀特·福德在来之前做了功课以防被一个万事通的九岁小孩抓住马脚的念头，当他伸出右手和你握手道别时，你不确定自己握的是怀特·福德的手还是别人的手。直到如今你也不确定。这种经验在生命中还是第一次出现，带你进入了一个完全无法辨认的地带。一个问题出现了，但无法得到答案。

无聊是无法忽略的、沉思和想入非非之源，童年时期有成百上千个小时你发觉自己是孑然一身的，枯燥无味，无所适从，没精打采地玩着你的小卡车和小汽车玩具，没事找事地组装着你的小牛仔和小印第安人模型，你把这些红红绿绿的小塑料人儿撒得房间里一地都是，好假装他们在进攻和搞伏击，要么就开始整林肯积木或伊雷克特合金拼装玩具（这些玩意儿你从来没真心喜欢过，显然是因为你对机械不在行），没有画画的冲动（这方面你也是极其无能，没能从中找到乐趣）或找到彩色蜡笔来把愚蠢的色彩练习本中的另一页填满。因为外面在下雨，或太冷了离不开屋子，你只好闷在里头，心情恶劣，无精打采，等着发霉，你还太小，读不了什么书，也没法给谁打电话，渴望有个朋友或玩伴来陪你，大多数时候就只能坐在窗户边上看雨水沿着玻璃流下来，又臆想自己能有匹马，若是匹帕洛米诺马并且带华丽的西部造型马鞍那最好了，就算没有马，有条狗也行啊，一条极其聪明的狗，能训练它听懂人话，遇到有小孩子遭遇不测时，你下个命令，它就会快速冲上前去解救。一旦你不再想这些不一样的生活时，你就开始止不住地冥思苦想永恒的问题了，问自己一些从来没法回答的问题，直到现在也还在问，比如世界是如何诞生的啦，我们为什么会存在啦，比如人死了以后会去哪儿啦。即便当时你那么小,却已经开始思考整个世界是不是被装在一个玻璃瓶里面,和其他玻璃瓶一起摆放在一个巨人家的食品储存室里。或者,还有更令人头晕的,你告诉自己说如果亚当和夏娃是最早的人类祖先的话,那么每个人必然都和其他人是有联系的,这一点在逻辑上简直无可辩驳。可怕的无聊,冗长和孤独的空白与沉默,整个早晨和下午,你周围的世界都不再运转,但实际上那空落落的地板比绝大多数你去玩耍过的花园都更重要,因为那是你学会与孤独相处的地方,一个人只有在孤独中才会让思想自由奔跑。

时不时的,毫无缘由,你会突然不知道自己到底是谁。就好像赖以栖身的那个身体变成一个冒名顶替者,或者,更确切地说,进入无主境地,自我从你这儿一点点逸出,而你步入了神晕目眩的解体状,不确定是昨天还是明天,不确定眼前世界是真实如此还是来自某人想象的虚构。以上情形经常在童年时期发生,以至于你还给这种精神游离取了个名。发眩,你对自己说,我正在发眩。即便这种做梦式的插曲转瞬即逝,每次持续时间不会超过三四分钟,但那份空虚带来的奇异感会继续盘桓好几个小时。这感觉并不好,但也不至于吓着你或困扰你,而且你没法说出可以解释清楚的原因,诸如精神疲乏或体力透支,这种状态的到来或消失也没有模式,因为不管你是独处还是和其他人在一起都发生过。有一种睁着眼睛陷入沉睡的古怪感觉，而同时又明白自己全然是醒着的，能意识到自己在哪儿，但不知怎么的又完全不在那儿，而是飘到了体外，一个无重量无实体之灵，一个骨肉未被占据之壳，一个微渺不足道之人。晕眩贯穿了你的童年并跟着进入青春期，每一两个月就会到来一次，有时频次高一些，有时频次低一些，即使现在已经是老年，每隔四五年还会出现一次，持续十五到二十秒钟，这意味着你从未因为年龄增长而完全失去想要从自我意识中脱身的意向。神秘莫测难以理解，却是当时乃至此时之你的一个基本组成部分。好似你滑入了另一个维度，一个新的时空构造，以茫然、冷漠的目光观看你自己的生活——或者说，排演你的死亡，研究当你消失时会发生什么。

你的家庭必须拿进来一起看，你的母亲、父亲和妹妹，特别需要注意的是你父母悲惨的婚姻，即便你这么做的目的只不过是在给自己的想法历程绘制张地图，把自己隔离开来，去勘探童年时代的内部地形，可事实上你不是孤单单活着的，而是一个家庭的一分子，一个奇怪的家庭，而且毫无疑问这种奇怪对于还是个孩子的你来说是会产生很多作用的。你没有恐怖故事可以说，没有被打过或虐待过之类的戏剧化经历，但你有一种经常性的潜在的悲伤感觉，你尽全力想去忘掉这个，从性格上来说你不算一个特别悲情或过分痛苦的小孩，但等到长大一点点，开始能把自己的处境和其他小孩做比较了，你终于明白你的家庭是个破碎的家庭，父母双方都不知道该怎么处理家庭关系，大部分父母给他们的孩子营造的是堡垒，他们则只是一个破窝棚，你觉得自己被暴露在风雨中、没有庇护、易被攻击——这就意味着为了活下去必须自个儿强壮起来、找到一种方式保护好自己。他们对婚姻里该做什么一无所知，你非常清楚这一点，而等到你六岁那年，母亲开始工作，他们很少有什么交集，很少会交谈，在彼此漠然中和平共处。没有冲突，没有谩骂，没有看得出的敌意——仅仅是两人都缺乏热情，他们是出于偶然被搭配到一起的，在可怕的沉默中用光了语言。当然，你爱他们俩，你热切地希望父母之间的关系能好一些，但随着时间流逝你开始丧失希望。大部分时间里他们都在外面，全都会工作到夜里很晚，房子永远显得空荡荡，家庭晚餐很少，四个人待在一起的机会也很少。你七八岁之后，你和小妹妹多半是管家带的，管家是一位名叫凯瑟琳的黑人妇女，在你大概五岁就来了，然后在你们的生活里待了很多年，在你父母离婚、你母亲又再婚之后，她还继续为你妈妈工作，后来她老了你也仍然和她有联系，1979 年你父亲过世了，你和她也还继续保持通信。不过凯瑟琳可不是一个母亲般的角色，她是个奇怪的人，从马里兰的一个边远地区出来，结过好几次婚，也离过好几次婚，喜欢咯咯笑着开玩笑，偷偷喝酒，抽着薄荷烟，把烟灰弹在摊开的手掌中，更像一位朋友而非母亲。因此你经常和妹妹单独在一起，你那总是紧张兮兮、敏感脆弱的妹妹，她会站在窗边等着母亲在特定钟点回到家，如果她的车没有那么准时地出现，妹妹就会开始哭哭啼啼，认定母亲死了，要是再过一阵子还没出现，抹眼泪就会变成号啕大哭继而发脾气，而你，当时八九岁或十岁，简直要使上浑身解数来安抚她、消除她的疑虑，但也基本不见效。你可怜的妹妹在二十岁出头就真的精神崩溃了，接下来好几年都处于精神病状态中，现在是靠精神科医生和药物支撑着，她是比你严重许多的这个奇怪家庭的牺牲品。现在你知道母亲当年是多么不开心了，你也知道父亲以自己笨拙的方式爱着她，更确切地说，达到了他所能爱别人的极限，但他俩把这事儿弄糟了，这个悲剧的部分结果就是把你这个小男孩变得很内向，等到你长成一个男人了，也只会孤零零地坐在房间里度过生命中最好的时光。

你花了好一阵子才明白不是每个人都像你这么想事情的，有些怒气冲冲、争强好胜的男孩巴不得你生病，也有些人拒绝相信你说的真相，仅仅是出于他们的信条。你容易相信他人，且心胸坦荡，总是先去设想别人好的一面，而不是等着回报给自己什么好处。在孩童时代这为你带来了很多温暖的友情，因此，当你偶尔遇见心胸狭隘的男孩时会特别不好受，他们无视你和朋友们都奉行的公正原则，为了自己的利益去挑起纷争、不和睦，并以此取乐。此处你在谈论的是道德执行方面的事情，不仅仅是好的教养或者有礼貌的行为对社会的意义，而是比那更基本的东西，所有事物的道德根基——没有那个大家都要玩完。对你而言，世上最大的不公就是，你说出了真相却被怀疑，你没有撒谎却被安上说谎者的名号，因为那时你没有了追诉权，在指控者面前无法捍卫自己的诚实，而这种精神伤害带来的挫败感将深深灼烧你，持续地灼烧，成为一团无法熄灭的火。你第一次遭遇这方面的挫伤是五岁那年，遇见英雄伦尼的那个夏天，和另一个男孩因为微不足道的事情在日间夏令营里吵起来了。那是件小得简直可笑的小事，但你那时是个小小男孩，所以你的世界也小小的，若非它对你带来了巨大冲击，也不会如此当作一件大事来牢记。争论本身也不算大事，它其实无足轻重，真正激怒你的是自己说了真话却不被相信的那种被出卖的感觉。当时情况如下——像你记得的那样，且记得非常清楚：你这组的男孩正在为夏令营结束那天举行的舞台演出做准备，有点像印第安人的露天盛会，而你们都要参与到这个仪式的道具制作中去，任务是用各种不同颜色的颜料去装饰一个卡梅吕发酵粉的罐子，用干的豆子或者小卵石把罐子填满，然后用一根小棍子穿过罐子底部作为手柄。能想得起来罐子是红色的，在正面是一张印第安首领的豪华肖像，你勤勤恳恳地干着自己手上的活儿，作为一个在艺术方面没啥上佳表现的人，这一次涂完的结果好得超出了自己的预期，画面处理得干净、精准并且很美，令你骄傲不已。在所有完成的道具中，你的成果即便不是唯一最好的，也是最好的之一，但那天不是所有男孩都在规定时间内完成了任务，这就意味着第二天早上有人的头等大事是要接着干。然而第二天你感冒了就没有去，而且可能接下来的一天也没有去，等你终于返回营地时，已经是最后一天了，也就是盛会的那天早上。你到处找几天前做的杰作都找不到，一件件排查，慢慢才明白过来是有人在你不在时把它据为已有了。有一位指导老师（不是伦尼）从盒子里找了另外一件出来，让你用这个作为替代，不必说，这叫你很失望，因为替代品做得极其糟糕草率，没法和自己做的那件相比，而现在你却不得不和这丢人的道具捆在一起，让其他每个人都以为是你做的。等到你跟着表演的队伍出发之后，你发现自己跟在一个叫迈克尔的男孩旁边，他比你大一岁，整个夏天都在隐隐约约地奚落你，把你当作一个啥也不懂的笨学生，一个五岁的无能者，而当你把这丑陋的道具举起来给他看，解释说这不是你原本的那件，原本那件要好得多时，迈克尔对着你大笑起来，说，确实，可能是这么回事；你继续为自己辩护，强调这真不是你的，迈克尔叫了你一声"说谎精"就转过身去了。或许这只不过琐事而已，但你当时是多么地被"烧杀"啊，而被这么错怪所带来的挫败感又是多么巨大啊，不仅仅因为你被错怪，还因为你明白这次错怪怎么也没法扳回来。

早年的另一段插曲中还出现了一个叫丹尼斯的人，在你七八岁时他搬到另一个镇子去了，然后永远地离开了你的生活。

那段时间许多事件都已经从你的记忆中擦除了,你发现有趣的是,这个故事也是围绕着一个关于公平、公正和试图纠正错误的问题。你相信自己那时候是六岁。丹尼斯是你一年级的同学,没过多久你们俩就成了很好的朋友。你记得你这位同学是很安静的,天性善良,很喜欢笑,但有些沉默寡言,常常一个人在想事儿,好像藏着什么重大秘密,可你却因他的这种沉思而崇拜他,因为在这样的年纪具有这种特质是不太寻常的。丹尼斯来自一个天主教大家庭,他们家有好几个孩子,很可能是很多孩子,因为不宽裕,父母给他穿的都是破旧的便宜衣服,不合身的衬衫和裤子,应该是他的兄长们穿过的。他家不算一个贫困家庭,却是一个生活得比较艰苦的家庭,住在一所巨大的房子里,看上去有着不计其数的房间,里面装着阴冷而稀稀落落的家具,你每次去那里吃午饭时,都是丹尼斯的父亲准备的食物,一个温和可亲的男人,你不知道他是做什么的;但很少见到丹尼斯的母亲。她在楼下一间房里自己孤单地待着,在少数几次见到她的机会里,她都穿着浴袍和拖鞋,蓬着头,不停抽烟,脾气很坏,挂着黑眼圈,你觉得是一个女巫式的吓人角色,而且因为你太小了,也不知道她到底出了啥状况,比如说是不是酗酒啊,或者生病了,或者有某些精神和情绪方面的问题。无论如何你为丹尼斯感到难过,愤愤不平于他有这么一个母亲,但显然丹尼斯自己从来没有对此说过什么,因为小孩子都不会抱怨自己的父母,哪怕是最糟糕的父母,他们只会接受被给予的一切而长大。有个礼拜六,你和丹尼斯受邀去参加班上另一个男孩子的生日派对,那意味着你也差不多七岁或快七岁了。考虑到这种场合的礼节,你谨慎的母亲为你准备了一件送给小寿星的礼物,一个讲究的包裹,有明亮的包装纸和彩带。你和丹尼斯两人一起步行去聚会,但路上有些不对劲,因为你朋友的父母没有给他买送人的礼物,当你发现丹尼斯在研究你手上拎着的礼物,立刻就明白了他感到多么不幸,两手空空地前去让他非常羞愧。你们俩当时一定就这件事有过讨论,丹尼斯一定和你分享了他的感觉——羞愧、难堪——但你已经想不起那场谈话中的哪怕一个词。所能记起的是对他的怜悯和同情,由朋友的不幸所激起的刺痛感,因为你喜爱并欣赏这个男孩,眼见他承受磨难,你也难以忍受,于是,为了自己也为了丹尼斯,你冲动地把礼物塞到他的手中,说这个现在是你的了,你到了后应该把它送给过生日的朋友。但你怎么办呢?丹尼斯问道,如果我拿着它,那你就会成为没带礼物的那个。别担心,你回答道,我会告诉他们我把礼物落在家里,我忘记拿了。

大多数时候,你是温顺守规矩的。除了这种和朋友在一起时偶发的利他主义行为,倒也不算具有什么圣人心肠,更没什么出于同情而把自己的东西无私送出的习惯。你尽你所能争取永远说实话,但偶尔地,也会以撒谎来掩饰内心罪恶,你不会在游戏中作弊或偷朋友的东西,不是因为你要努力地做个好人,而是因为从来不会有来自内心的诱惑让你去那么做。到目前为止,你能确切想起来的只有两次动过坏脑筋去搞破坏,去蓄意毁掉某件东西,把它们拆得体无完肤,而那么做也从根本上有悖于你的性格,和原本认识的那个自己不一致。第一个例子发生在五岁那年,你有计划地拆开了家里的收音机,二十世纪四十年代制造的大电器,里头都是玻璃管和六千根金属线,一开始你是觉得能把它装回去的,自欺欺人地告诉自己这就是个科学实验练习而已,但随着你一样样把机器内的部件拿出来,情况就变得很清楚了,复原它完全超出你这位"科学家"的能力,但你依然不管不顾继续拆,疯狂地把每个螺栓每条电线都从盒子里取出来,其实这么做只有一个简单的理由,那就是别人认为你不会这么做,该行为是完全被禁止的。是什么导致你去攻击这台老飞歌收音机,把它卸了又拆,让它变成垃圾,彻底毁掉它?是因为对你父母不满而发火?是你觉得他们对你做错了事情,所以你选择这样反击?或者只是陷入一种易怒、叛逆的情绪里,而这种情绪有时会支配小孩子?你不知道,但记得自己为此被结结实实地教训了,即便你不断声明自己很无辜,坚持自己这宗罪行的目的其实是为了学习科学知识。不过更诡异的却是另一个关于树的插曲,收音机惨剧发生一年之后,你大约已经六岁了,当时也是一个人,气呼呼地祈求可以有个人和自己一起玩,你无精打采,躁动不安,在你家屋后的院子里转来转去,突然间,一个念头冒出来,你觉得能把花园旁边那棵小果树砍倒是个不错的主意,那是棵可怜兮兮瘦骨伶仃的新树苗,树干细得你可以用双手抱住。这么小一棵树不是个问题,你想,所以跑到车库里找来了父亲的斧子,已经有点年老失修,毫无疑问是西半球还在使用的最老的斧子,柄长得可以和你身高一拼,刀片则钝得要命,又厚又生锈,拿去削一块黄油都可能不利索。更要命的是,这斧子死沉死沉,也许拖过后院还勉强可以,但当你站到那棵树前,就发现把它举过头顶都很困难——不像你想象的那样就是举一个棒球拍而已,简直是七个棒球拍,不,二十个棒球拍,因此几乎没法把它提平,没法把它对成一条直线,你把这钝斧对着树砍下去的时候,腰和手臂一直在晃,砍了六七下之后就已筋疲力尽,不得不放弃。树皮被凿开了几处,灰白的隔膜卷起来,露出了里面新鲜的绿色和下面光秃秃的亚麻色,然后就没有更多了,砍倒这棵树的计划完全失败,甚至被你折磨过的伤口过了段时间也愈合了。再一次,还是那个问题:你为什么这么做?想不起来自己的动机了——仅仅是想这么做的渴望,或需要——但你猜这可能和乔治·华盛顿砍倒樱桃树的故事有关,这是你童年时期最至关重要的美国神话,一个令人困惑、费解的故事,年轻的乔治毫无理由就把树砍倒了,仅仅因为他想这么做,他觉得是个好主意,这恰好也是你决定砍倒你家树时的感受,就好像每个男孩在童年时期的某个时刻都注定会砍倒一棵树,纯粹出于砍树带来的快乐,但是,显然,因为乔治·华盛顿是国父,你国的国父,他挺着胸脯站到老爸面前承认了罪行——我不能说谎——由此证明了他是个诚实的男孩，一个有着值得称赞的美德和精神力量的男孩，而你可不是哪国的国父，因此当你还是个男孩时偶尔会撒谎，你撒谎是因为——和华盛顿不同，眼下的环境需要你撒谎时你可以撒一个谎，即使你心里清楚上帝最后会因此惩罚你。不过你认为，是上帝也好过是父母。

高尚，威严，他的荣耀无可置疑，所有美国人都尊敬他，独立战争期间华盛顿在新泽西打过很多次重要战役，每年你们班都要去这位将军当年位于莫里斯镇的指挥总部朝圣一番，这是一个比爱迪生的门罗公园还要值得尊重的圣地。白炽灯和留声机是令人惊叹的纪念物，但这座白色的殖民地公馆则是美国的心脏，哥伦比亚特区的荣誉之地。在童年早期，你被教导说美国的一切都是好的。没有任何一个国家可以和你所在的这个天堂般的国度相比，你的老师们就是这么说的，因为这是自由之国、财富之国，每个男孩都可以梦想长大以后成为总统。勇敢的新移民穿越重洋而来，就为了寻找这片脱离了野蛮的沃土。一波波随之而来的移民散落在美利坚伊甸园，遍布了整个大陆，从大西洋到太平洋，从加拿大到墨西哥，因为美国人是勤劳聪明的，全地球最富创造力的人民，每个男孩都可以梦想长大以后变成富人和成功者。没错，奴隶制是不好的，但是已经被林肯废除了，如今这个不幸的错误已经成为过去。美国人是完美的。美国人赢得了战争，接管了世界，他们中唯一一个坏蛋叫作本尼迪克特·阿诺德[①]，邪恶的叛国者，他的名字被所有的爱国人士所咒骂。而其他所有历史人物都是好人，是公正的。每一天都有新的进步，而且就像美国的过去那样非凡，美国的未来还要光明。永远不要忘记你有多幸运。成为美国人就是参与了创世以来最伟大的人类事业。

一句也没提到你父亲出租房里的可怜黑人，显然，也没有一句提到在朝鲜的士兵们穿的靴子，但那个夏天结束很久以后，你仍然在想着伦尼的事，脑海里一遍遍浮现发黑了被截掉的脚趾，无数被截下来的残肢，那成堆的腿都是从发着颤、长着冻疮的士兵们身上截下来的，像是烧焦的烟屁股躺在烟灰缸里，烟灰缸有一栋房子那么高、那么宽。

1952年秋天，你经历了生命中第一次总统竞选，艾森豪威尔对阵史蒂文森。你的父母都是民主党，这就意味着你也要被纳入伊利诺伊州的民主党阵营，但是支持史蒂文森也意味着你和自己当时迷恋的女孩帕蒂·F成了对头，她矮矮胖胖，长着张圆脸，梳了两条一模一样半垂在背后的诱人辫子，而突然

[①] Benedict Arnold（1741—1801），美国独立战争期间的一名美国少将，负伤残废调往费城后开始迷恋奢靡生活，为了钱向英国出卖美军情报，后叛逃成为英军准将，在伦敦度过余生，并被乔治·华盛顿判处缺席死刑，他的名字是"叛徒"的美式代名词。

间,这个诱惑就与你无关了。有天早晨,你和她一起坐在学校门前的台阶上,等着老师们打开门让大家进去开始新一天的学习,你震惊地听到她在反复哼一首支持共和党的曲子,歌词里强烈的谩骂攻击吓到你了:史蒂文森是个混蛋,史蒂文森是个混蛋!艾森豪威尔更强,史蒂文森是个混蛋!你和你喜爱的女孩怎么会在谁将成为下一位总统这么重要的事情上眼光不一致呢?政治就是场肮脏的比赛,现在你懂了,愤愤地没完没了吵个不停的自由混战,而最刺痛你的是,像政治选举这样抽象又遥远的事情,一样可以造成你和圆圆的小帕蒂之间的裂痕,她被证明是另一派的顽固党羽。那么关于统一和谐的美国这种神话该怎么解释,你问自己,怎么保证所有人都齐心协力为了共同利益而奋斗呢?把某个人叫作混蛋是很严重的指控,它破坏了这片最完美土地上到处可感受到的礼仪,证明了美国人不仅仅是分裂的,而且这种分裂常常被丑恶的激情和诽谤辱骂所激化。那时也正处于冷战最剑拔弩张的时期,"红色恐怖"进入了最大危害阶段,但你太年轻,还理解不了这些,上个世纪五十年代早期你正蹑手蹑脚地走在童年大道上,唯一一种响得能让你也听到的时代思潮是警告说共产主义者想要毁了美国的喧哗论调。毫无疑问每个国家都会有敌人,你告诉自己,战争就是这么打起来的,无论如何,美国人赢了第二次世界大战,这证明了美国比地球上的其他国家都优越,那么问题来了,为什么共产党觉得美国这么糟糕,糟糕得必须毁掉才行?他们是傻子吗,你想知道,或者他们对美国的敌意意味着世界上另一半的人对于生活有着和美国人不一样的见解,非美国人的见解?如果是这样的话,是不是进一步意味着美国的伟大之处——对于所有的美国人来说是不言自明的——其他那些人还看不清晰?而如果他们看不到我们所看到的,谁能说我们所看到的就真正在那儿?

没一句讲到靴子——更没有一句讲到印第安人。你知道他们是最早来到这里的,知道在欧洲白人踏上海岸之前,他们就已经在这片如今叫作美国的土地上居住了两千年,但是当你的老师们讲起美国历史的时候,印第安人只是这段历史中很少的一部分。他们不过是土著,我们的土著前辈,曾经统治过这部分世界的原住民,而且关于中世纪的美洲人,盛行着两种完全对立的看法,是完全矛盾的,每一种都自称真理。一方面是你从电视里看到的黑白分明的西方电影,总会一成不变地把红种人刻画成毫无怜悯之心的杀人者,与文明为敌,掠夺成性的恶魔,仅仅是为了肆虐的快感而去攻击白人农民。另一方面,卡梅吕发酵粉罐子上又是国王一般的印第安首领的肖像,就和五岁那年表演道具上画的一样,那次你参加的印第安盛会表演讲的也不是关于他们如何凶残,而是关于他们如何具有智慧,对自然的了解如何深,比白人强多了,他们和宇宙永恒之神做交流,他们信仰一位热情友好的女神,和你想象中以恐怖手段和折磨惩罚来实施统治的报复之神完全不同。再后来,等你上二年级或三年级了,你在一出戏剧里扮演威廉·布莱福特总督[①],和宽宏大度的斯匡托[②]还有马萨索伊特[③]一起制定了第一个感恩节,那时候就知道印第安人其实有着善良好心肠,要没有他们慷慨而持续的救助,没有他们的礼物和食物以及生存经验,早期那些流浪而来的移民都没法在新世界挨过第一个冬天。于是两种证词对立分明:既是天使又是魔鬼,既是暴戾的原始人又是高尚的原住民,对同一现实有着不可调和的两种观点,并且这种混乱当中还冒出来了第三个词,它占据着你内心最秘密的部分:印第安野人。这是每次你行为不端时母亲就拿出来呵斥的用词,意思是你表现得太粗野、不守规矩了,而事实上,你确实有些想撒野的念头,这股冲动会通过把你自己想象成一个印第安人表现出来:拿着弓箭半裸着跑过砂糖松林,骑着巴洛米诺马一整天驰骋在平原上,或是和部落里的人一起猎杀大水牛。"印第安野人"这个词代表着一切性感、自由、不受拘束的事物,它吐露着身体的欲望,和戴着白色帽子的牛仔英雄的超我完全相反,代表一个有不舒适的鞋子、闹钟以及不通风、热得要死的教室的压迫的世界。当然,你还从来没有遇见过一位印第

---

① William Bradford(1590—1657),"五月花号"上的领导者,《五月花号公约》的主要起草人,后成为普利茅斯殖民地的总督,美国第二重要的节日"感恩节"就是由他提出来的。
② Squanto,原属于帕丢赛特部落,后加入万帕诺亚格部落,曾在英国生活了很多年,说服其他人接受"五月花号"上的难民。
③ Massasoit,当时的印第安万帕诺亚格部落的大酋长。

安人，除了在电影和照片上看过，但卡夫卡不也从来没看过印第安人一眼嘛，这样的事实也没法阻挡他写下只有一个段落的故事"希望成为红色印第安人"："如果你是印第安人，那就时刻保持警惕，于奔跑的马上，迎风驰骋……"[1] 一个不分段的单句，充分地体现了想抛弃束缚、什么也不管不顾、从西方传统文化中逃脱的愿望。到了读三年级或四年级的时候，你又被以下说法所吸引：十七世纪二十年代来到这片大陆的白人还很少，不得不和周围的部落搞好关系，等到英国来的移民开始大量增长，人口越来越多，情况就发生了变化，印第安人一点点被驱逐出去，被剥夺了产业，被屠杀。当时你还不知道"种族灭绝"这个词，但每次看到电视里印第安人和白人互相攻击的画面，你就知道，真正的故事可不是那么简单。唯一受到尊重的印第安人角色是唐托，独行侠的忠诚死党，由杰伊斯·沃黑尔扮演，你崇拜他的勇敢、智谋以及长时间的沉思默想。到了五年级，也就是你十岁或十一岁了，你成了《疯狂》杂志[2]的忠实读者，其中有一期出现了一则对《独行侠》的著名恶搞，戴着面具、被冤枉的复仇者和他忠诚的同伴发现他们被一伙满怀敌意的印第安武士包围了，独行侠转

---

[1] 全句为：如果你是印第安人，于奔跑的马上，迎风驰骋，在颠簸的大地上颠簸着前进。直到你脱掉了马镫，因为你不需要马镫；直到你脱掉了马缰，因为你不需要马缰。在马的脖子和头部都看不见了的时候，你也就看不见前面广袤的大地是一片被割得光光的野地。
[2] Mad 杂志，时代华纳旗下 DC 漫画公司出版的杂志，创刊于 1952 年 8 月，内容以幽默、恶搞、讽刺著称。

身对他的朋友说:"这下好了,唐托,看来我们被包围了。"这位印第安朋友回答道:"你说'我们'是什么意思?"你领会到了其中的笑点,觉得这是个极好的、非常有趣的笑话,因为毫无疑问它根本不是一个笑话。

《安妮日记》。印度独立。亨利·福特去世。托尔·海尔达尔①一百零一天航行从秘鲁穿越至波利尼西亚。《全是我儿子》,阿瑟·米勒的作品。《欲望号街车》,田纳西·威廉姆的作品。《死海古卷》被发现。在美国西部沙漠上空的某处,一架美国飞机突破了声障。杜鲁门任命乔治·C. 马歇尔为美国国务卿,马歇尔计划开始。贾科梅蒂②的雕塑《指示者》。《鼠疫》,阿贝尔·加缪的作品。联合国制定了巴勒斯坦的分割方案。演员工作室在纽约成立。安德烈·纪德获得诺贝尔文学奖。帕布罗·卡萨尔斯③宣誓只要佛朗哥还执政就不再公开演出。阿尔·卡彭④去世。长达五年的糖定量供给结束。杰基·罗宾逊成为大联盟的首位黑人棒球职业运动员。杜鲁门签署了9835号行政命令,要求所有政府雇员进行忠诚宣誓,并成为有史以来

---

① Thor Heyerdahl(1914—2002),挪威人类学者、海洋生物学者、探险家,因为乘坐一个仿古的木筏"康提基号"从秘鲁卡亚俄港到南太平洋图阿莫图岛的四千三百海里(约八千公里)的航海而名动一时。
② Alberto Giacometti(1901—1966),瑞士超现实以及存在主义雕塑大师、画家。
③ Pablo Casals(1876—1973),杰出的西班牙大提琴演奏家。
④ Al Capone(1899—1947),美国黑帮教父,1925—1931年掌权,强硬残忍的作风令其他黑帮胆寒。

第一位在电视上做全民演讲的美国总统。《审判者》，米奇·斯皮兰的作品。《浮士德》，托马斯·曼的作品。众议院非美活动调查委员会展开对电影工业的调查，查处共产主义思潮的影响。《杜尔先生》，查理·卓别林的作品。扬基队在世界职业棒球大赛中打败道奇队。玛利亚·卡拉斯首演。纽约下了超过二十八英寸厚的雪，是这个城市历史上遭遇的最大一场暴风雪。《漩涡之外》，雅克·特纳导演的电影——还有《灵与肉》[1]、《血溅虎头门》[2]、《交火》、《天生杀手》[3]、《血海仇》[4]、《绝望》[5]、《陷害》[6]、《死吻》[7]、《湖底女人》[8]、《玉面情魔》[9]、《作茧自缚》[10]、《火车道》[11]、《逃狱雪冤》[12]和《大骗子》[13]。这些随机、不相干的事件，唯一连接点是它们都发生在你出生的那年，1947年。

你记得那些飞机，那些超声速飞机在夏日的蓝天上轰鸣着飞过，以如此得意洋洋的高速划过以至于不大容易被看见，只

---

[1] *Body and Soul*，罗伯特·罗森导演。
[2] *Brute Force*，朱尔斯·达辛导演。
[3] *Born to Kill*，罗伯特·怀斯导演。
[4] *Dead Reckoning*，约翰·克隆威尔导演。
[5] *Desperate*，安东尼·曼导演。
[6] *Framed*，理查德·华莱士导演。
[7] *Kiss of Death*，亨利·哈撒韦导演。
[8] *Lady in the Lake*，罗伯特·蒙哥马利导演。
[9] *Nightmare Alley*，爱德芒德·古尔丁导演。
[10] *Possessed*，柯蒂斯·伯恩哈特导演。
[11] *Railroaded*，安东尼·曼导演。
[12] *Dark Passage*，德尔默·戴维斯导演。
[13] *They Won't Believe Me*，欧文·皮切尔导演。

有一道银色闪光短暂出现而已,它们消失于地平线后不久,就会有轰隆隆的雷声紧随而来,在四面八方尖啸,空中巨大的爆炸声象征着声音屏障被再一次突破。你和朋友们都被那些飞机的力量吓到了,它们常常是毫无警示就到来,老远发来狂怒喧哗,几秒钟之后就到头顶上了,而在那个时刻,不管你们正在玩什么游戏,都会半当中停下来,保持姿势看向天空,等着那些嚎叫的机器从上空掠过。那是个航空奇迹喷涌的年代,飞机飞得越来越高,有的没有机身,有的看上去像外国的鱼而不像鸟。在美国小孩的想象中这些战后飞机是如此厉害,所以他们玩新款飞机卡,就像玩棒球卡和橄榄球卡一样,五六张一沓包在一起,里面还有一条粉红色的泡泡糖,每张卡正面是一款飞机的照片(棒球卡就是一位球手的照片),背面印着这款飞机的信息。你和朋友们都在搜集这种卡,当时你大概五六岁,着迷于这些飞机,为它们惊叹不已,现在都能记得(一瞬间,所有一切如此清晰地涌向你)那是空袭演习和同学们一起坐在学校大厅的地板上看到的。和防火演习不一样,防火演习的时候要想象学校被烧着了,大家纷纷向着临时出口撤离,空袭演习的时候大家都待在屋子里,不是教室而是大厅,假设外面有战斗机、导弹、火箭、共产党从高空飞机投掷下来的炸弹。就是在这次演习中你第一次看到了飞机卡,当时你们正背靠墙坐在地上,寂静无声,不能说话,因为在气氛严肃的演习期间不允许说话,这是为可能发生的死亡和破坏而进行的无用的准备,但那个早上有个男孩带来了一沓飞机卡,并把它拿给其他男孩看,偷偷地在无声坐着的人群中传阅,当传到你手上时,你被飞机的绘图惊到了,那是种奇怪而意想不到的美,所有机翼,所有机身,最高天[1]诞生的金属野兽,包围在一片纯粹的、永久燃烧的火焰之中,你不止一次地想,这次空袭演习就是要教会你从这样一架飞机的轰炸下逃生,它由你的国家的敌人们所制造,和卡上的这架长得差不多。一点也不害怕。你从没担心过炸弹或火箭会落到你的身上,如果说你对拉响空袭演习开始的警报是抱着欢迎态度的,那仅仅是因为它能让你离开教室,从上课的苦差事中逃脱几分钟。

1952年,你正好五岁,那年的经历包括有伦尼的夏天,开始进入学校接受教育,还有艾森豪威尔和史蒂文森的竞选,以及一场脊髓灰质炎[2]流行病的爆发席卷了美国,有五万七千六百二十六人中招,大部分都是孩子,其中有三千三百人死去,还有不知多少人因此而留下永久的后遗症。那是一种恐惧。没有爆炸也没有核弹攻击,但是有小儿麻痹症。那个夏天,走在你家邻近的街道上,常常可以撞见一堆堆女人围在一起悲伤地窃窃私语,有的推着婴儿车或遛着狗,眼中带

---

[1] 原文为empyrean,早期基督教认为此处是上帝的家园,有纯火。
[2] 即小儿麻痹症。关于这段历史,戴维·M. 奥辛斯基在2006年美国普利策奖获奖作品《他们应当行走——美国往事之小儿麻痹症》(*Polio: An American Story*)中有详尽描述。

着恐慌，安静的声音中带着恐慌，说话的主题总是和小儿麻痹症有关，那已经扩散到各地的看不见的灾难，它能在白天或黑夜的任何时候侵袭任何一个男人、女人或孩子的身体。更糟糕的是，你最好的朋友家的街对面有个年轻人也得了这种病，他是位哈佛大学的学生，名叫富兰克林，特别有才华的一个人，用你母亲的话来说就是那种生来要做大事的，现在也被不治之症缠住了，日益消瘦，动弹不得，注定难逃一死，而每次你去找你的朋友比利玩，他的母亲都会嘱咐你们出门后不要大声说话，免得吵到富兰克林。你会看着街对面富兰克林家的白房子，夜色降临在每个窗口，安静得可怕，像是再也没有人住在那儿。你会想象高大英俊的富兰克林，过去见过好几次，此刻正平躺在楼上卧室一张白色的床上，缓慢而痛苦地等待着死亡。在这场脊髓灰质炎大流行引起的大恐慌中，你从来不知道还有谁染上了这病，但富兰克林最终是死掉了，就像你母亲告诉你的那样。葬礼那天，你看到他家房子前停了一排黑色的轿车。六十年过去了，那些黑轿车和那栋白房子还历历在目。在你的脑海里，它们就是悲伤的典型标记。

　　你记不清确切是什么时候意识到自己是个犹太人了。印象里好像是在你年纪足够大到能确认自己是个美国人之后，但你也许搞错了，可能它从一开始就成了你的一部分。你的父母都不是来自有信仰的家庭。家里没有举行过宗教仪式，周五晚上没有过安息日餐，不会点蜡烛，在至圣日不会去犹太教堂，更别说平常的周五晚上或周六早上了，你也从来没听过一句希伯来语。亲戚聚会时有过几次不是很正规的逾越节家宴，每年12月不过圣诞节，但作为补偿会收到光明节礼物。唯一参加过的一次正式仪式是在你出生后八天发生的，实在太早，所以你什么也记不得，那是一次标准的割礼，你的阴茎包皮被一把相当锋利的刀割掉了，为了在新生的你和祖先的神灵之间订下一个誓约。因为你父母对于信仰的这种漠然，他们从来不认为自己是犹太人，也从不称自己为犹太人，他们对这一事实倒也坦然，从不试图掩藏，不像这个世纪以来这个国家许许多多的其他犹太人那样，他们使尽一切力量，就为了匿身到周围的基督徒世界里去，改名字，改宗教信仰，去信天主教或某一个新教，摈弃自己，悄无声息地抹掉自己的过去。你父母完全不这样，他们立场坚定，从不为种族身份而担忧，但是在早年间他们也没啥东西能和你讲的，关于你的宗教和背景。他们只不过恰巧是犹太人的美国人而已，他们自己的父母移民到此为生活而拼搏，之后就被整个地吸纳了进来。在你的脑子里，"犹太人"这个词首先是和外国人联系起来的，举例来说，你的祖母身上就有这种外国人气息，她大多数时候仍然用意第绪语说话和阅读，说起英语来你简直根本没法听懂，因为口音太重；还有一位偶尔出现在你外祖父母位于纽约的公寓里的男子，大约是个亲戚，名字叫作约瑟夫·斯塔瓦斯基，穿着剪裁良好的三片式正装，抽着一支长长的黑烟斗，显得很优雅，是一位见多识广的世界主义者，他那波兰口音的英语你能听得很明白，等到你年纪足够大（七岁、八岁或九岁？）可以理解这种事情了，你母亲告诉你这位表亲是战后在你外祖父母的帮助下来到美国的，他在波兰结过婚，还生了一对双胞胎女儿，但妻子和女儿们都在奥斯维辛遇害死了，只剩他一个人活了下来，从前在华沙当律师，家庭幸福，现在在纽约勉强靠卖纽扣度日。那时候战争已经结束好几年了，但它依然没消失，飘荡在你和你认识的每个人身边，不仅出现在你和朋友们玩的战争游戏，还出现在你家人的谈话里。如果说你第一次知道"纳粹"这个词是在新泽西小镇后院里假扮士兵的玩耍中，没过多久你就会真正明白纳粹到底对犹太人做了些什么，比如说，对约瑟夫的妻子和女儿做了些什么，对你自己家族的成员做了些什么，只因为他们是犹太人。现在你终于完全搞清楚你是一个犹太人这一事实了，纳粹不仅仅是美国士兵的敌人，他们还是丑怪恶魔的化身，是一股带来全球性破坏的反人类力量，即便被击败了，从这个地球表面清除了，他们还活在你的想象中，像一支全能的死亡军团潜伏在你心底，如恶魔般阴险，永远在进攻，而从那一刻开始，也就是，从你知道自己不仅仅是个美国人而且是个犹太人的那一刻开始，你的梦里便不断出现一队队纳粹步兵，每天晚上都梦见自己从他们当中跑出来，绝望地拼命跑，在开阔的田野和潮湿、迷宫般的森林里被武装纳粹追逐，那些面目全无的德国士兵弯下腰来对着你射击，把你手脚扯断，或者把你投进火堆中烧成一抔灰。

到七岁或八岁的时候，你就开始有点懂了。犹太人是隐身的，他们在美国社会没有一席之地，他们从未以英雄的面目出现在书里、电影和电视里。除了有一部唱反调的《君子协定》在你出生那年获得了奥斯卡最佳影片奖，没有牛仔会叫作伯恩斯坦或者施瓦茨，没有私家侦探会叫作格林伯格或科恩，也没有总统候选人的父母会是从波兰或俄罗斯的犹太人小村庄移民过来的。没错，有些拳击手在三四十年代打得很不错，也有四分卫席德·勒克曼和三位棒球领域的名人（汉克·格林伯格、阿尔·罗森和桑迪·科伐克斯，桑迪在1955年服役于洛杉矶道奇队），但和正常运动员相比这些人纯属例外，他们存在的意义对于统计学而言不过是一种偏差。犹太人会拉小提琴和弹钢琴，有时候还会担任交响乐团的指挥，但是流行歌手和音乐家都是意大利人或黑人或来自南部的乡巴佬。滑稽演员，没错，杂耍演员，也有（马科斯兄弟[①]、乔治·伯恩斯[②]），但没有电影明星，即便有的演员是犹太人出身，也总会改名换姓。乔治·伯恩斯曾叫内森·伯恩鲍姆。伊曼纽尔·戈登堡易名为爱德

[①] Marx Brothers，马科斯一家四兄弟的喜剧组合，活跃于二十世纪三十年代的美国，母亲是德国犹太杂耍演员，父亲是法国人，他们被称为无政府主义四贱客，是影史最成功的喜剧团体之一，擅于塑造装傻的人物，堪称无厘头的鼻祖。
[②] George Burns（1896—1996），美国著名喜剧演员，原名纳塔·比恩鲍斯（Nathan Birnbaum）。

华·G. 罗宾逊。伊瑟·达尼埃洛维奇易名为柯克·道格拉斯，海德维格·基斯勒易名为海蒂·拉玛。《君子协定》在当年或许不温不火，这部电影情节不够自然，然后一副假装正确的政治口吻（一名非犹太人的新闻记者假扮成犹太人，为了揭露对犹太人的歧视偏见），如今看起来还算是有教育意义的，可以通过它快速了解在1947年的美国社会中，犹太人处于什么地位。那就是你以一名婴儿所降临的世界，从逻辑上来讲，1945年德国战败的事实可以或者说应该可以让反犹太主义终结，但事实上国内的情况没有多大改变。大学里给犹太学生的配额是强制执行的，俱乐部或其他机构也不对犹太人完全开放，每周纸牌游戏时关于犹太人的笑话还是令男孩们大笑不已，夏洛克[①]仍然被当作犹太人的形象代表。即便在你成长的新泽西小镇，也有着无形屏障，那是过于年幼的你无法理解、无法注意到的，当你最好的朋友比利在1955年跟着家人搬到另一个地方去了，还有另一个好朋友彼得，第二年也离开了——他俩奇怪的离去令你不解又难过——母亲和你解释，很多犹太人因为歧视搬离了纽瓦克，他们想要自己的一片草地，就像其他美国人一样。然后老保姆也走了，离这家她无意中进入的非基督徒家庭的主人远远的。她当时有说过"反犹太"这个词吗？你想不起来了，但其中的意味已经不言而喻：作为一个犹太人就意味着和其他

---

① 莎士比亚名剧《威尼斯商人》中狠毒吝啬的放高利贷者。

人不一样,得站在一边,被看作局外人。而你,在此之前一直把自己当作彻头彻尾的美国人、一个流着"五月花"正统血统的美国人,现在总算明白了,别人并不觉得你是其中一员,就算是在你叫作家的地方,你也不完全属于那里。

是其中的一分子而又不是其中的一分子。被大多数人所接受但又被其他人以怀疑的眼光看待。作为一个小男孩,在倾情拥抱了美国例外主义[1]的胜利叙事之后,你又开始把自己排除在这些故事之外,开始明白你属于另一个世界,不同于现在住的这个世界,你的过去抛锚在东欧某个遥远的地方,如果你的祖父母或你的曾外祖父母没有足够的智慧离开那个地方,那么基本上你们家没有谁能活下来,基本上你们每个人都会在战争期间被杀死。生命充满不确定性。你脚下的地随时可能垮掉,现在,你的家族落户在美国,被美国救了,但那不意味着你就可以期望自己在美国是受欢迎的。你开始觉得和流浪汉、被鄙视和被虐待的人们、那些被从自己土地上赶出来并遭到大屠杀的印第安人、被铁镣铐着用船贩卖来的非洲人……是同声同气的了,而既然你依然依附在美国领土上,没法与之决裂,因为最终它仍然是你的地方、你的国家,你就得重新调整,小心谨慎和带着不安地生活下去了。在你小小的世界里,体现立场的

---

[1] American exceptionalism,一种认为美国和其他国家不一样的论调。

机会并不多,但任何时候你都尽己所能去捍卫,当镇上那些粗暴的大男孩喊你犹太崽或犹太屎的时候你会反击,在学校你拒绝参加每年一度的圣诞庆祝会唱圣诞歌,当同学们成群离去到礼堂和其他班级一起排练时,老师们允许你一个人留在教室里。你坐在座位上,突如其来的安静包围着你,你读着爱伦·坡、斯蒂文森或者柯南·道尔,有着罗马表盘的老机械钟的分针发出咔嗒声,一个自我宣认的被抛弃者,顽固地坚守自己的立场,但是你骄傲,不管怎样都为自己的顽固而骄傲,为拒绝去假装你不是的某个人而骄傲。

在你的脑海里,这和宗教几乎或完全无关。你认为自己是拥有无穷力量的,并希望通过确认自己和别人的不同来发现自己在道德或智力上的力量。但犹太人被很特殊地区分开来,甚至不只是作为一个神学教派,在"二战"的灾难中,犹太人的苦苦挣扎和被排斥达到了史无前例的程度,而这段历史完全和你有关。你九岁那年,父母加入了当地一所犹太教堂。不用说,是改良教派,做了简化打了折的犹太教,专门为如下这种人的兴趣而服务:中立的、无教派的、不行教门的美国犹太人,试图加强他们和祖先传统的联系。直截了当地说——但都是真话——希特勒该对此负责。战后美国人中犹太生活的复兴是死亡集中营带来的直接后果,而驱使你父母这样的人也加入的直接原因是罪恶感,他们生怕自己的孩子不被教导成犹太人,那么犹太教义就要在美国大地生生消失了。你父亲还是个小男孩的时候并没有学希伯来文，在准备严格的受诫礼时也没有过关，而你母亲是一个社会党成员的女儿，从来就没有踏足过犹太教堂，但他们却极力强迫你去做他们自己从没做过的事情，因此，升入四年级的这个9月，你也进入了一所希伯来小学，这就意味着每个周二和周四下午的4点到5点半、每个周六的早上9点半一直到中午，你都要去犹太教堂上课。于是很不情愿地，整整长达四年的时间里每周要去三次无趣的监禁场所，你是宁肯做任何其他事也不愿意接受这个的，每时每刻都在恨这种被监禁，慢吞吞地学着希伯来语入门；还有《旧约》里的故事，大多数都让你十分惊恐，特别是该隐谋杀亚伯（为什么上帝要拒绝该隐的提议？），诺亚方舟和大洪水（为什么上帝要摧毁这个他一手创造的世界？），亚伯拉罕几乎牺牲了艾萨克（什么样的上帝会让一个人杀死自己的儿子？），雅各布从以扫那里夺去了他父亲那与生俱来的权力（为什么上帝保佑一个偷窃者，一个没有道德的人？），所有这些都更加证实了你对上帝的不佳评价，你一次次觉得他就是个易怒的神经病而已，一个坏脾气的孩子，一个愤愤不平的杀人犯——比你以前想象中的那个上帝还要吓人和危险。更糟糕的还有，你去的这个班级就只有男孩子，其中大多数人比你还要对那里没兴趣，他们认为这种强制性补充教育是一种不公平的对生存原罪的惩罚，十五或二十个犹太男孩在他们的长裤里装着蚂蚁，还有个轻蔑地对老师的每句话都唱反调的造反者,一个取了个不幸的名字"费雪"的助理教师,既矮又笨拙,脸很大,额头很高,他待在教室里的大多数时间都在躲避大家投向他的湿纸团,冲着男孩们喊让他们住嘴,用拳头狠狠地在讲台上砸。可怜的费雪老师。他曾经被和一群野蛮的印第安人一块儿丢到一个房间里,而且每周要被剥掉头皮三次。

八岁那年你第一次离开父母。这是你自己的主意,是你求他们让你走,因为想和比利再待在一起,他是你五岁以来最好的朋友,过去三年都一起玩耍,但最近和他的父母一起搬到了另一个镇子上,离得很远。你唯一能见到他的机会是参加新罕布什尔州的夏令营,他是跟着他哥哥去的,一次持续八周的野外宿营,7月初开始8月末结束。这对于一个从未在家外头待过一个晚上的小男孩而言,可是很长的一段时间。母亲有些犹豫,担心离开那么久你会应付不了,但最终,为了不让你失望(或很可能是她也不知道夏天让你干什么),她和父亲一起同意了。新罕布什尔是北方的中心,因怀特山而著名,在1955年,那时还没有修州际高速公路,至少那一片还没有,从新泽西到新罕布什尔真是一次非常漫长的汽车旅程,你记得那段百无聊赖的驾车行程,在后座上坐了十个小时,或者十一个小时,甚至是十二个小时,现在你有些怀疑这段朝北进发的旅程其实延长到了第二天,中途停下来过一次,你们在一家小旅馆或汽车旅馆睡了一觉。要记得那个细节是不大可能的，就像你到了营地之后同样记不起和要返程的父母说再见，这也就意味着那一刻你到底在想什么或感觉到什么，对于现在的你来说是不得而知了——难过还是高兴，害怕还是兴奋，重新考虑还是意志坚定，你完全不知道了。那八个礼拜里你记得最清楚的是味道，那挥之不去的来自周围松树林的味道，住所小屋和食堂大厅之间小道上扬起的尘土被午后的太阳烤得干干的味道，还有公共厕所的味道——很原始的木头结构，长长的槽，没有遮挡的蹲位，尿液的恶臭味扑鼻，无论何时你走进那儿，都像有一股氨水在你鼻孔里烧起来，刺鼻而强烈，永不会忘记。绿色羊毛毯无法抵御夜的寒冷；仿造的印第安篝火赞美着自然的奇迹和"大神"的仁慈；所有男孩扎着束发带，上面伸出一簇灰色羽毛；棒球；马术；射箭；使用 .22 的来复枪进行短程射击；在湖里游泳，裸泳。在那儿，你觉得离什么都远了，在你一生中从来没有像那次那样远离熟悉的一切，好似长长的车程把你带到了世界边缘。奇怪的是，你不大记得比利和其他男孩，每天持续加诸于身的新事物好像把一切"特别"都挤掉了。只有两件事突出而清晰地留在了记忆里。第一件是你外祖父的突然造访，他正在前往缅因州的路途中，完成和好朋友一起的每年一度为期一周的假期，他们主要的日间活动是"钓龙虾"，这个词稍微有些用得不当，因为人们其实不采取钓的方式来捕龙虾，而是坐着小划艇，把一些木制笼子放到水里，等着龙虾自己缓缓爬进来。这听起来实在有些无聊,但事实上"钓龙虾"可能也意味着喝喝酒、抽抽烟、打打牌或者开开恶趣味玩笑,更不要说一些朴素的调情了,你的祖父是个很会和其他女人逗趣嬉戏的家伙,其人生就像是为派对而活,你超爱他。那天,他前来拜访的时候正好是你午餐后的休息时间,离开始下午的活动还有一个小时,而在那特别的一天,你没有按照惯例阅读或书写,而是睡着了,从孩童时代你就是睡得特别死的那种,一旦睡过去就毫无意识,很少有什么东西能唤醒,打雷刮风都没用,哪怕一群蚊子、一支巨响的乐队也无济于事,所以,在你祖父来的那天,一个辅导员好不容易把你弄醒了,午觉的劲儿没过,脑袋还是摇摇晃晃的,你简直搞不清楚自己是谁,半睡半醒,跌跌撞撞地到门外去,他正在位于营地大门旁边的办公室里等着。见到他当然很高兴,但因为你还没怎么清醒,仍在拼命摇晃着头想把脑子里的迷糊和困顿甩开,所以你发现自己说话困难,回答祖父的问题时每句话都不超过一到两个单词,整个儿和他说话的短暂期间,你都在想自己到底是不是还在睡梦中,是不是只是梦到了他而已。因为这是第一次见到他没穿着白衬衫、西装,打着领带,你这位秃头的肥胖祖父穿着那件开领的亮色短袖 T 恤是多么稀奇啊。在你舌头利索过来和他谈你俩都很着迷的棒球之前,他拍了拍膝,站起来,告诉你说他要走了。来了一会儿,然后就消失了,好似一个不合常理的鬼魂。你对自己当天的表现很厌恶,觉得简直是个低能肉疙瘩,不过几天或几周后发生的另一件事更是让你对自己厌恶到了极点，因为醒来的时候发现自己——尿床了。这简直是整个童年时期的灾难，你比同年龄段的其他男孩更长时间地被这一诅咒所笼罩，过了五岁，甚至六岁，你的床垫上都会放一块用以保护的橡皮床单。这是个不小的耻辱，你母亲会说这不是因为心理问题，也不是因为膀胱功能不行（谁知道她说得对还是错呢），只因为睡得太沉，因为睡眠之神的手臂没有抱着你而是压着你，压得你透不过气，那些年里母亲可没少踮着脚尖走进你房间把你叫醒去上厕所，有多少次这种把你从梦乡里拉出来的企图以失败告终了？等到六岁或七岁之后，你已经逐渐克服了这个缺陷，夜里尿床的耻辱不再那么经常烦扰你了，但不时地还是会回到老路子上去，每一两个月要被光顾那么一次，在人生的那个时候从湿冷的床单上醒来的恶心感是如此令人丧气、如此幼稚白痴，简直不堪忍受，让你有时怀疑自己到底能否长大并摆脱它。现在好了，都已经八岁了，你又干了一次。还不是在家里，家里谁都知道你的状况，不会对此说什么，这可是在夏令营小房间这么一个公共场所，还住着其他七个男孩子以及一位二十岁出头的辅导员。不幸中的万幸，这事儿发生在周日，起床号比平常要吹得晚，早餐也延长到一个小时或一个半小时，不是仅仅只有三十分钟或四十五分钟，所以你一直等到其他男孩都离开小房间去食堂了才起床，脱下湿冷的睡衣，塞到洗衣袋里。当你和他们一起坐到早餐桌上之后，越坐越恐慌，想着接下去该干什么。尿在床上已经够糟糕的了，你的骄傲和男孩自尊都受到了伤害，但更糟糕的是被发现的恐惧，一旦被其他男孩知道他们会嘲笑你，永远给你打上烙印，像是长不大、傻瓜、不配瞧得起，等等。时间在一点点地流逝，再过十五分钟或二十分钟其他人就要回到小屋，你不知道该向谁求助，于是决定冒个险和辅导员说，一个名叫乔治的年轻人，他安静而严肃，一直也都和蔼地对待你，但怎么知道和他说了这事儿之后他不会嘲笑你呢？然而此时除了乔治还有谁拥有能让你从乱哄哄的大厅里离开然后冲回小屋的权力呢？别无选择，必须和他说，并祈祷有个好运，所以你站起来走向坐在桌子一头的乔治，凑到他耳边说你出了点状况，能不能获准回去把床单洗掉，晾到小屋后面的晾衣绳上去？乔治点点头，示意你赶紧去。就这么简单——一次意想不到的奇迹，得到了同情和理解。那天早上晚些时候，他还对你说了他在你这个年龄时也遭遇过相似的困境。一位盟友，拥有同样痛苦秘密的兄弟，尿湿过床单！你跑了出去，冲回小屋，抽出床上最下面的白色床单，上面有一块黄色污渍罪证，形状看上去像法国地图。然后又冲向公共厕所，里面闻起来充满腐蚀性的尿味，找了个水槽就开始擦洗尿渍。你一直没被人发现。乔治的善良保护了你，使你免受最大的窘迫，不至于因为被发现而蒙受痛心疾首的耻辱，有那么几分钟或者几秒钟，那简直要跳出来的心脏证实了你有多么害怕。

为什么现在会去追溯？这段久远、充满害怕的窘境，最终结果还不错，事实上，你走了出来，原先担心的种种并未产生什么后遗症。这是因为，最后，都会有个结果，即便它不是那个让你心跳加速的害怕的结果。你有了一个秘密。你身上有个缺陷得向全世界隐藏，仅仅是想到它会被发现就让你陷入无法想象的悲哀，因此你被迫去掩饰，去以一副不是真面目的样子面对世界。等到那天早上晚些时候乔治和你说了他的过去，透露说他也曾经活在和你一样的秘密中，你意识到大多数人都有着自己的秘密，可能是所有人都有，全人类都在心里带着罪恶和耻辱的刺，行走在地球上，所有人都被迫去掩饰，去呈现并非真实的面目。这对世界来说意味着什么？它里头的每一个人都或多或少地隐藏了一部分，而且因为我们都和表现出来的不一样，那么几乎不可能知道谁是谁。你想知道这种不可知感是不是导致你对书本如此热衷的原因——因为小说里那些人物的秘密最终总是会被知晓的。

如果说那个夏天你有些想家，那有些夸张。你不怎么想念父母亲，也没写信抱怨过自己的境况，或觉得自己需要被救回去，相反，在新罕布什尔松木林里逗留的那颇长一段时间里，你过得相当心满意足。而同时你在那里找不到什么同伴，有一点空虚和孤独，所以第二年差不多时候母亲问要不要再去夏令营，你说不，宁肯待在家里和朋友们打棒球。事实证明，这不是最明智的选择，因为就算你一天打三四个小时的球，也还剩下一大把时间需要打发，更不要提那些大雨滂沱的早晨根本没球可打，这意味着你拥有着太多时间，你有很长一段时间无所事事，不知道自己该做什么，而即便是孑然一身的时光，实际上也给了你很多很好的东西，回到1956年那个你觉得异常失落的夏天。你的第一辆自行车还在，两个橘色的轮子，有脚刹和肥肥的轮胎，是父母在你六岁那年买给你的（第二年，你就换了一辆更适合逐渐长大了的自己的车——时髦，黑色，有手刹和瘦瘦的轮胎），每天早上你都骑着这辆特小的自行车去朋友彼得的家里，大概四分之三英里远。棒球场就在彼得家后院，当然这不是个正规棒球场，但却是一片开阔地，长满草堆满泥，对当时的你们来说很富余了，至少够几个九岁的孩子打打球，用石子堆垒，一般来说，每天早上会有八到十个小孩戴着手套举着球棍带着球前来，分成两队，每个队的成员都会在各个位置上轮换，因为每个人都希望在一场比赛中有一局能当当投手。打了许多比赛，每天连赛两场，有时甚至连赛三场，你们全都严肃地对待比赛，很拼，每人都会记下自己的本垒打次数（球飞进超出左边场地的灌木丛），这个夏天最愉快的时间就这样度过了，在你朋友家后院的临时场地，十五次本垒打，一百次本垒打，五百次本垒打，打进灌木丛里。

在你们班上，你最喜欢的男孩是彼得，他顶替了现在已经不在的比利，成了你最好的朋友，但一年之内他也会离开，去到另一个镇，并从你的生命中永远消失。你不知道他们家为啥要搬走，因此不会把原因锁定在是镇子上住了太多的犹太人，你母亲把所有其他家的离去都归咎于此。但无可置疑的是，你朋友的家人的确把你看作来自不同世界的人，特别是他那个瑞典祖父，一个有着白头发和浓重口音的老男人，曾有天下午对你大发雷霆，把你赶走并禁止你再踏进他们家一步。这一定发生在后院打棒球的那个夏季之后，可能是9月初，在你见到真的或并非真的怀特·福德的一个月前。放学后你和彼得跑到他家，因为那天下午下雨，你俩就躲在屋子里，最后又跑到楼下去翻地下室。都是些打包的箱子、蜘蛛网和旧家具，你在里面发现了一根老高尔夫球杆，可真是个重大发现，你俩之前都没有玩过这玩意儿，所以接下来你们就开始在潮湿的地下室里轮流挥一根7号铁杆，之所以轮流，是因为里面堆满了东西，没有足够的空间让你俩同时挥杆。某一刻，轮到你挥杆了，在你不知道的情况下，彼得站在身后想看得更清楚一些，因为他凑得太近，到了挥杆的弧度范围之内，而你既听不到又看不到他，正双手握杆使尽全力向后抡，没想过会遇到任何阻碍，并确信这一挥将直贯空气而过，而彼得跨入了本来不该有其他东西的盲区，于是你手上球杆的后端在挥到一半时打到了什么固体上，停下来的瞬间，你听到一声惨叫，一声突然爆发、使尽全身力气喊出来的尖叫在地下室里回荡。铁杆的一头径直刺入彼得的前额，划穿皮肤，血从伤口直流而下，你的朋友痛苦地蜷成一团。你吓坏了，因害怕而感到不舒服，既觉得无辜又充满罪恶感，在你还不知道能做啥之前，彼得的祖父从楼梯上冲进地下室，把你推搡到一旁，命令你离开他家。尽管如此，你完全明白他为什么如此愤怒，在那一刻没了好脾气实在再自然不过，因为那是他孙子，头上被高尔夫球杆给豁开一道口子，哭喊着流血，不管是不是你的错，你伤害了他心爱的孩子，所以他要你滚。你明白那种愤怒是冲着自己，无论如何，你得说自己很少见到这么强烈的愤怒——可能从来也没见过。那是巨大的愤怒，爆发程度可与《旧约》里的上帝——你最黑暗的梦里那个报复心重、嗜杀成性的耶和华——相提并论，你听着这个老人对你大喊，很快就清楚他不仅仅是在让你滚回家，还在禁止你再踏入他们家半步，他说你不是好孩子，是个可恶的孩子，像你这种人一无是处。你跌跌撞撞地出去了，深受打击并觉得震惊，为自己对彼得所做的而痛苦，但最糟糕的是那个老人的话不停地在你脑海里回响。他说的你这种人是什么意思？你想搞清楚。是用高尔夫球杆打得自己朋友的头鲜血淋漓的那种男孩——或其他更邪恶的东西，你灵魂里永远擦不掉的什么污点？或者你这种人仅仅是你这个肮脏的犹太人的另一种表示？可能吧。不过话又说回来，也可能不是。那天晚上，当你告诉母亲关于7号铁杆、流血和你朋友的祖父，她的回应可能并不曾提到过这个词[1]。

　　第二年夏天，你回到了新罕布什尔的过夜野营。不对时间进行规划的试验不过是部分成功了，也就是说，大部分失败了，因此你再一次要求在7月和8月之间去北方，你的父母虽不富有但也不贫穷，拿出几百美元让你去参加不是问题，所以又一次同意了。尿床已经成为历史，但除了拿不准这是否必要的成就外，你也几乎完全和以前不同了。从八岁到十岁的距离不仅仅是两年的距离，简直是数十年的裂缝，在你生命中是一次巨大的跳跃，从一个时期到了另一个时期，相当于你将来会经历的比如说从二十岁到四十岁那么长的一段距离，而现在是1957年，比起1955年的你来说，你更大、更强、更聪明了，一个更加独立的男孩，离开父母独处一阵子能不感到任何痛苦或焦虑或后悔。接下来的两个月你住到了棒球之乡，这是你对这项运动产生了最热烈最神奇的迷恋的一段时期，几乎每天都在打棒球，不仅仅是早上和下午的正常运动时间，甚至在吃过晚饭后的自由活动时间也在打，非常努力认真，为了成为一名更好的三垒手，一个更加训练有素的击球手，但出于对比赛的热情，你也经常自告奋勇去担任一个接球手，尝试挑战不熟悉的位置。慢慢地，教练注意到你进步得非常快，短短几个礼拜的时间里

---

[1] 指犹太人。

你就跨出了一大步，到了盛夏时节，你被分到了大男孩队，由十二岁、十三岁和十四岁的男孩组成的队伍，曾经参加过全国夏令营巡回挑战赛，尽管你一开始为了适应新场地的大小而挣扎（垒和垒之间的距离为九十英尺而不是六十英尺了，从投球区土墩到本垒的距离为六十英尺六英寸而不是四十五英尺了，这已经是标准球场的设置），教练盯着你，你的位置是击球手，球队里最小的球员，但你想办法自己搞定，你如此专注于做到好，所以把所有失败的念头抛到了脑后，每次投错了或投失了都要惩罚自己，即便在这群比你大的孩子中不是最突出的，但你也没丢脸。然后最后的盛宴就到了，这场盛大的礼仪晚餐标志着夏天的结束，那也是颁奖晚宴，各种奖杯将颁发给那些当选为最佳游泳员、最佳骑手、最佳公民、最佳综合选手等等的男孩。突然，你听到首席教官在喊你的名字，宣布你获得了最佳棒球手的奖杯。你不确定自己是不是听错了，因为你不可能赢，你太小了，非常清楚自己不是夏令营里最好的棒球手——可能是你这个年龄中最好的，但离所有人中最好的还差不少。无论如何，首席教官是在让你登上领奖台，他们要颁给你奖杯，因为这是你有史以来获得的第一个奖，你骄傲地上前握着首席教官的手，虽然也有点儿局促不安。过了几分钟，你离开乱哄哄的大厅去往公共厕所，那个从未从你的记忆里消失的臭气难闻的地方，在那儿，四五个比你大的队友站在旁边，彼此说着话，所有人都带着敌意和厌恶盯着你，当你把膀胱里的东西清空到槽里时,他们说你不配得到这个奖杯,它应该属于他们中的某一个,你不过是个十岁的小屁孩,可能需要他们揍你一顿好让你知道自己是谁,或者把奖杯摔个稀巴烂,或更好的做法是,摔完奖杯接着揍扁你。你开始对这些恐吓感到些许害怕,但唯一能做出的回应是说真话:你并未要求这个奖赏,也没预期过自己会赢,即便同意他们说的你不应该赢,但现在又能怎样呢?然后你走出厕所,回到了晚宴。从那晚一直到两天后你离开夏令营,没有人揍你,没有人摔烂你的奖杯。

慢慢地,你趋近了童年的终结点。十岁到十二岁这一段大型旅程毫不亚于八岁到十岁的旅程,但每一天你都没有自己在快速前行的感觉,没有意识到自己正向着青春期的悬崖边缘疾驰而去,因为那些年都是缓慢度过的,不像现在,早晨醒来眼睛一眨就又是一个生日到了。十一岁那年,你变异成一个群体生物,在荒诞不经的混乱青春期里奋力挣扎,那时每个人都被抛进一个微型的封闭社会,开始拉帮结派,有人来了有人走了,"流行"变成"欲望"的代名词,男孩和女孩之间的童年战争也结束了,对于异性的迷恋却开始了。这是个自我意识强烈到极端的时期,你常常从外部审视自己,想知道别人怎么看你,并为此感到烦恼,如此必然造成了许多骚动,导致许多愚蠢的行为,在这个时期,一个人内心的自己和他想表现给这个世界的自己之间,差距达到了最大,而灵魂和肉体更是强烈地不一致。

拿你自己来说，你开始满脑子都在琢磨自己的外形，担心自己的发型对不对，鞋对不对，裤子对不对，衬衫和毛衣对不对，你这辈子都没像十一二岁时那样为自己的衣着操心过，投身于小团体中有人进进出出的游戏，渴望被接纳，在从五年级某个时间开始的周五周六晚上的少男少女派对上，你总想让自己看上去最帅，因为有女孩子，年轻的女孩子。她们正经历身体上的巨大变化和折磨，开始穿挤着平胸或勉强肿胀的乳头的少女内衣，以及有着硬邦邦衬裙和滑溜溜丝绸的舞会裙，还生平第一次绑上了宽宽的腰带，套上了长筒袜。现在，这么多年过去了，你还能记得随着夜晚消逝而看到长筒袜从她们瘦骨嶙峋的腿上滑下来时的伤感，即便你也记得当年把她们挽在手臂中一起跳舞时闻到香水味的场景。摇滚乐突然就吸引了你并令你激动不已。查克·贝里[①]、巴迪·霍利[②]和平均律兄弟是你最喜欢的音乐家，你开始收集他们的唱片，这样就可以在自己楼上的卧室里独自听他们的歌了，把这些四十五转的小盘叠在唱片轴上，周围没有人时就把声音按钮旋大。在放学后没事可干的日子里，你冲回家打开电视机看《美国音乐台》[③]，新摇滚天团们的演出每天狂轰滥炸着这个国家的家庭起居室，这些演出吸引你的不仅仅是音乐，事实上是一屋子青少年随着音乐跳舞的景

[①] Chuck Berry（1926— ），美国黑人音乐家、歌手、作曲家、吉他演奏家。
[②] Buddy Holly（1936— ），美国摇滚乐坛最早的"青春偶像"之一。
[③] *American Bandstand*，1952 年到 1989 年间由著名电视节目主持人迪克·克拉克（Dick Clark）主持一档著名的音乐节目。

象令你目不转睛,而今这成了你最渴求的东西——活在青少年时期——你从屏幕上的他们那儿去学习如何应对接下来的生活,去年是"活宝三人组"①,今年是迪克·克拉克还有他的摇滚青年组合们。青春痘和牙箍的时代开始了。谢天谢地,那种日子此生只得一次。

你依然持续地阅读,并写自己的小故事和诗歌,从不怀疑从今往后余生都将继续这么做,而你那么小就开始这么做,仅仅是因为非常享受。十一岁那年,你第二次花大手笔买了一套"现代文库"《欧·亨利选集》,一度你也沉醉于这些易碎的精巧的故事,沉醉于它们那出乎意料的结局以及跌宕的叙事(接下来那年你醉心于《阴阳魔界》的早期剧集也是出于同样的原因,罗德·塞林②的想象力简直是彻彻底底的欧·亨利的中世纪版),但说到底你知道这些故事有些廉价感,比起你认为的一流文学还差得远。1958年,鲍利斯·帕斯捷尔纳克获得了诺贝尔文学奖,新闻头条在播报他,一篇接一篇的文章报道说苏联警察怎么阻止这位作家前往斯德哥尔摩领取奖杯。如今《日瓦戈医生》已经译成英文,你出门给自己买了一本(下一个大手

---

① Three Stooges,活跃于 1928 年到 1970 年间的美国喜剧组合,因拍摄的一系列短片而成为当时最受欢迎的银幕形象。
② Rod Serling(1924—1975),美国剧作家、电视制作人。1959 年到 1964 年间,他制作的科幻电视连续剧《阴阳魔界》在美国播出一百五十多集,收视率长盛不衰。

笔），渴望阅读这个伟大人物的作品，并确信这才是可以称得上一流的文学，但一个十一岁的男孩怎么能领会一本俄罗斯象征主义小说的复杂性呢，一个毫无文学基础的男孩怎么能阅读这么一部长篇巨著？你不能。你豁出世界上最大的努力，顽强地读到第三遍第四遍第五遍，但这本书依然超出你的能力范围，能读懂的内容不到十分之一，在不知花去多少时间和持续受挫之后，你最终接受了被打败的事实，把这本书扔到一边。直到你十四岁那年才又开始对付大师们，这时候再回头去看十一二岁那会儿看的书，就太没难度了，像是 A.J. 克罗宁[①] 的《城堡》，此书曾让你想当个医生；还有 W.H. 哈德逊[②] 的《翠谷香魂》，以其充满异国风情的丛林色欲挑动你的生殖腺——这是那段时间你最喜欢、记得最牢的两本。至于你自己在涂鸦之作上的幼稚努力，你仍然大受斯蒂文森文风的影响，大多数写下的故事都会用这种不朽的句子开头："在我主诞生的第 1751 年，我发现自己在暴风雪中跌跌撞撞，盲目地想要回到先人的家中。"你十一岁的时候是多么喜欢这种假大空的措辞啊，但十二岁那年你恰好读了一些侦探小说（已经忘了是哪几本），从此明白最好还是用一种更简单、不那么浮夸的散文，你第一次试图用新风格来整点什么，于是坐下来写了自己的第一篇侦探小说。大概不超过二三十页手写的稿纸，但对你而言已经太长，比以往写

[①] Archibald Joseph Cronin（1896—1981），苏格兰物理学家和作家。
[②] William Henry Hudson（1841—1922），阿根廷作家、博物学家和鸟类学家。

过的任何一篇都要长，你都把它叫作小说了。再也想不起来它的标题，或者这个故事（大概是两对同卵双胞胎什么的，还有一条藏在打字机的滚筒里偷来的珍珠项链），但你记得你曾把它给自己六年级的老师看，这是你遇见的第一位男老师，当他表示喜欢这故事时，你觉得备受鼓舞。这就够了。但他接下来建议你把自己的小书连续读给全班听，每天的最后五到十分钟，直到3点的下课铃响，于是，你突然就被置身于一个作家的角色，站在你的同学们面前，大声给他们朗读自己的作品。批评家们都很和善。每个人都挺享受你写的东西——如果这样就可以从课堂中逃逸片刻的话——但也就仅限于此。事实上，你再次尝试写这么长的东西，已经是好些年以后了。即便年轻时的这次努力也没那么重要，但如今往回想，会觉得何不就把它当作一个开端，跨出的第一步呢？

1959年6月，十二岁生日过后四个月，你和你六年级的同学们一起从小学毕业了。那个夏天之后，你进入初中时代，和另外一千三百名学生一起开始了为期三年的学习，他们曾散布于你们小镇的各个小学，如今被组织到一块来。每件事情都不一样了：不再一整天坐在一间教室里，老师也不再只有一个而是好些个，每个科目都有特定的老师，每堂课四十六分钟，下课铃一响，你就要离开教室，穿过过道去另一间教室上下一堂课。家庭作业成了生活中的现实，每天每个科目都要交作业

（英语、数学、科学、历史和法语）。还有体育课，以及它那吵闹的储物间、按规定必须穿的护身三角绷带和公共澡堂。还有工艺课，老师是一个半秃头但仍然飘满头屑的老古董，比德尔科姆先生，仿似狄更斯时代的回魂，不仅名字如此，其做派也如此，把自己教的小孩称作蠢材和流氓，还惩罚不守规矩的那些孩子，把他们关到储物壁橱里。学校最好的一点也是它最糟的一点。一个严丝合缝运转的体系，这意味着每个学生都是一个特定组群的成员，组群用字母表中的随机字母做编号——以掩饰其中埋藏的等级制度——但也只有眼瞎了或耳聋了才会不知道这些字母代表的意义：快班、中班、慢班。就教学方法而言，这显然对整个系统有好处——聪明学生的进步不会因为有笨学生的存在而受到阻碍，跑得慢的不会威胁到跑得快的，每个学生都可以按照自己的步调来前进——但在社会层面而言这就是场灾难，预先设定成功者和失败者的社区，规定哪些人命中注定是有成就的，哪些人命中注定是一事无成的，而且因为每个人都知道组群的意义何在，所以快班对慢班带有一丝势利和鄙视，而慢班对快班则怀有一丝不满和仇恨，阶级战争的一种微妙形式，偶尔会爆发为真实的打斗，要不是还有体育课、手工艺课和家政课这些中立地带，那里所有组群的成员都聚在一起，学校还会像战后柏林那样划分区域：慢区、中区、快区。这就是二十世纪五十年代那个发生转折的月份里你进入的机构，粉红色砖块搭造的新建筑，有着当下最先进的教育设备设施，它是你家乡的骄傲，因为能去到那里，能够在这世界上得到等级提升，你是如此激动，头一天晚上自己就把闹钟定好在第二天7点，当早上你睁开眼睛时——闹钟响之前——看到的正正好是7点钟，秒钟刚刚跳过9向着12而去，意味着你比应该醒来的时间早了十多秒，这有些不可思议，因为你一向是个睡得很沉的人，每次闹钟不吵爆了就绝不醒来，在记忆中这是第一次安静地自然醒，好像你一直在梦里倒计时似的。

有很多新面孔，几百张，但最让你着迷的是一个叫凯伦的女孩，也是你所在快班编组的成员。毫无疑问是张漂亮的脸，甚至是美丽的脸，而且她头脑敏锐，既自信又幽默，让世界也充满喜悦和生机，遇见她之后没几天你就被搞得神魂颠倒。开学后一两周，为七年级学生举行了一场舞会，星期五晚上在体育馆举办的舞会，你去了，几乎所有人都去了，大概总共有三四百人，你想方设法地和凯伦多跳舞。眼看这个晚上就要结束的时候，主持人宣布要举行一场比赛，跳舞比赛，想要参加的舞对们就站到场地中心来。凯伦想试一试，而你愿意做任何她想做的事情，于是就成了她的搭档。这是你有生以来第一次参加跳舞比赛，也是唯一一次，即便你跳得不怎么样，你也不是完全不抱希望，因为凯伦跳得很好，事实上是很棒，她脚尖走位很快，对音乐天生敏感，你明白自己得完全跟着她做，一切照做。早年的摇滚舞还是接触型舞蹈。扭臀舞是一两年之后才开始的，1959年的舞蹈和二十世纪四十年代的吉特巴舞没什么不同，虽然换了个名字叫作林迪舞。舞伴两个要搂着对方，很多旋转和扭动，脚步比臀部重要：步法快速是制胜绝招。当你和凯伦走到场地中间时，两人都决定用最快的速度来跳，比平常要快上两三倍，且时间要长到引起裁判的注意。凯伦是个生气勃勃的女孩，一个准备接受任何挑战的人，所以你俩开始了一套疯狂的动作，就像一对快进默片里的猴子那样满场飞奔，并为自己过度的夸张私下发笑。这场表演差不多是场狂欢，十二岁的身体简直不知疲倦，你记得最清楚的是她是多么紧地抓着你的手，每一次滑出去都不会松开，然后又拉回来，一次接着一次。因为没有其他舞对能跟得上你们的节奏——甚至只是想跟上——因为你们两个都极其疯狂，你们赢得了这场比赛。这是你早年生活中一个荒诞但值得纪念的镜头。主持人给了你们每人一个奖杯，舞会结束后你和凯伦手拉着手跑向镇子中部的冰激凌店，十二岁的你拉着凯伦小手的那份欣喜一闪一闪地，然而走到离那家店还有一两个街区时，凯伦的奖杯从她另一只手上掉下去，摔在人行道上。你能看得出此时她有多难过——一个小小的悲伤，因为是突然发生的，奖杯未曾预料地撞地发出一声轻响，在地上磕得粉碎，也没法修补了，但对你来说一个跳舞奖杯是无足轻重的（棒球奖杯是另一回事），所以立刻就把自己那个放到她手中告诉她拿着。第二年，你就没怎么见着凯伦了。你在不同的圈子里转，你们也不再是一个班级，她几乎成了一个女人而你依然是个男孩,从那时开始直到1965年你们俩从那所学校毕业,你们几乎没有再说过话。后来参加高中毕业二十周年庆时,无论如何,那时距离奖杯摔碎的那晚整整二十六年,凯伦也有到场,一位三十八岁的年轻寡妇,你再一次和她跳起了舞,这一次跳得很慢,她告诉你她还记得你十二岁时那个晚上发生的所有事情。记得,她说,它就好像发生在昨天。

你七年级时的英语老师S先生,想要鼓励学生们尽可能地多读书。按说这是个很高尚的目标,但他所设计用来达到这个目标的系统却有些问题,因为重数量不重质量,一本一百页的普通图书和一本三百页的好书对他而言是一回事。更令人不安的是,他把这个计划框定成竞赛性质,在教室后墙竖起一块大的钉板,每个学生各一列,那是一条垂直通道,上面是一格格的圆孔,他们可以用一个类似于小火箭那样(这些年正好是美苏太空竞赛的早期)的木钉去做标记。S先生告诉孩子们将木钉插入他们那列最底部的圆孔里。每次你读完一本书,就可以在自己那一列中把木钉往上挪一格。S先生想让这个游戏持续进行两个月,然后他会检查结果,看每个人处于什么位置。你知道这是个烂主意,但这毕竟是新学校第一个学期的开始,你想做得优秀,在一定程度上表现得出类拔萃,所以采取了合作态度,勤勤恳恳去读完尽可能多的书,这没有问题,因为你已经是个书虫了，你也没有想去反对竞赛规则，因为这些年来一直在玩棒球、橄榄球和其他一些运动，它们已经把你变成个争强好胜的男孩，所以不仅仅是要做好，还得赢才行。两个月过去了，每隔两三天你就会把自己的木钉往上挪一格。没过多久，就已经领先于其他人，时间越往后推移，你的优势就越明显，已遥遥领先。到了 S 先生检查成果的那天早上，他被你将别人远远甩在身后的距离震惊了。他从那块钉板前走回讲台，直视着你的眼睛（你坐在第二排，离他相当近），然后，脸上露出了敌对的、挑衅的神情，指责你作弊。任何人都不可能读完这么多书，他说，这不合逻辑，违反常理，而如果你认为像这种故作惊人之举能蒙骗过关，那就太蠢了。这是对他智力的侮辱，也是对其他学生辛苦努力的侮辱，在他当老师的这些年里你是他遇过的最不要脸的说谎者。他的话就像子弹一样射向你，把你在其他孩子面前给击毙了，公开地指责你是一个骗子，一个罪犯，你之前从未遭到任何人如此的非人攻击，事实上你只是那么战战兢兢地渴望证明自己是个好学生而已，即便你试图反诘他的指责，告诉他，他弄错了，你真的读过这些书，读过每本书中的每一页，他那巨大的怒火对你而言还是太过了，突然间你就哭了起来。下课铃响了，把你从继续丢人的窘迫中解救出来，随着其他学生陆续离开教室，S 先生让你留下来，他要和你好好谈谈，片刻后你就站在他的桌旁，和他面对面。泪眼滂沱中你有些抽噎，简直有点喘不过气的窒息感，但仍然坚持说自己说的是真话。你不是一个作弊者或说谎者，如果他想看你读过的那些书的单子，你可以明天早上带过来，那会证明你是清白的。一点点地，S先生开始不再坚持原先的主张，慢慢意识到他可能搞错了。他从口袋里掏出手帕递给你。你把它举到脸上擤鼻涕、擦眼泪时，闻到了这条刚洗过的手帕的味道，尽管这张布很干净，但仍然泛着股酸酸的、令人生厌的气味，那是失败的味道，被用烂了的味道，而此后每当想起半个多世纪之前那个早晨发生在你身上的这件事，你又好像在拿着那张手帕，把它按到脸上。那年你十二岁。那也是你最后一次在一个成人面前崩溃并哭出来。

两次头脑爆炸

1

1957年。你十岁，不再是个小男孩了，但也还算不上大男孩，这种一般被描述成半大孩子，正处于童年中后期的巅峰。在"人造卫星一号"和"人造卫星二号"的那年，你仍然与世隔绝，但已经没有去年那么厉害，你模模糊糊地知道：苏伊士运河危机已经解除；艾森豪威尔向阿肯色的小石城派去了联邦军队，为了镇压暴动，也为了帮助解除学校的种族隔离；奥德丽飓风在得克萨斯和路易斯安那杀死了超过五百人；一本关于世界末日的书《海滩上》[①]出版了；但你对塞缪尔·贝克特的《终局》和杰克·克鲁亚克的《在路上》一无所知，对约瑟夫·麦卡锡的死和吉米·霍法的卡车司机工会被美国劳工联合会及美国产业工会联合会开除更是毫不知情。这是5月的一个

---

① 指内尔·舒特（1899—1960）的小说。

礼拜六下午，你和在学校里认识的新朋友马克·F一起去看了一场电影。这位新战友也是你在少年棒球联队的队友。开车带你们去的是你父亲或母亲中的一人，让你们下车后自行去观看。那天下午看的电影是《不可思议的收缩人》①，就像四年前《世界大战》带给你的震撼一样，这部电影也颠覆了你，彻底改变了你对宇宙的看法。你六岁那年感受到的震撼可以称之为一种信仰休克——突然间意识到上帝力量的局限，提出了一个令人气馁的疑问：为什么无所不能的他也会被限制？——但《不可思议的收缩人》带来的则是一种哲学休克，一种形而上学休克，这就是那部阴郁的黑白小短片的力量，让你兴奋得喘不过气来，觉得自己好像给换了个新的大脑。

听着片头字幕浮现期间那令人不安的音乐，你明白自己将

---

① 《不可思议的收缩人》(*The Incredible Shrinking Man*)。环球影视发行。1957年4月。81分钟。导演：杰克·阿诺德。剧本：理查德·马瑟森（根据其小说改编）。制片人：阿尔伯特·佐格史密斯。演员：格兰特·威廉姆斯（司各特·凯里），兰迪·斯图尔特（露易丝·凯里），爱普乐·肯特（克拉丽丝），保罗·兰顿（查理·凯里），雷蒙德·巴克（托马斯·西尔弗医生），威廉·沙勒特（阿瑟·布拉姆森医生），弗兰克·斯坎内尔（巴克），海伦娜·马歇尔（护士），戴安娜·达林（护士），比利·柯蒂斯（侏儒），约翰·西斯坦德（电视新闻播报员），乔·拉·巴尔巴（送奶人），奥伦齐（猫），鲁斯·珀特（维奥莱特）。音乐：欧文·格茨，厄尔·E.劳伦斯，汉斯·J.索尔特，赫尔曼·斯坦。摄影师：埃利斯·W.卡特。剪辑：阿尔·乔瑟夫。艺术指导：拉塞尔·A.高斯曼，鲁比·R.利瓦伊。演出服设计：杰·A.莫里，玛萨·巴奇，莱多·罗沙克。化妆：巴德·韦斯特莫。发型：琼·圣欧格。道具：弗洛伊德·法林顿，艾德·凯因斯，怀蒂·麦克马洪，罗伊·尼尔。音响：莱斯利·I.凯里，罗伯特·普里查德。音效：克里奥·E.贝克，弗雷德·科努特。视效：埃弗雷特·H.布鲁萨德，罗斯维尔·A.霍夫曼。特殊摄影：克利福德·斯泰恩。——作者注

要开启一段黑暗恐怖之旅,真正开演之后,你的恐惧不知为何因为画外音的出现而有所缓和,那叙述者正是"收缩人"本人,他以第一人称向观众讲述,这意味着不管前方将要经历多么可怕的历险,他都会活下来,不然一个死人怎么能自己来讲关于自己的故事呢?这个奇怪得几乎不可思议的关于罗伯特·司各特·凯里的故事开始于一个普通的夏天。这个故事我比任何人都清楚——因为,我就是罗伯特·司各特·凯里。

凯里和妻子露易丝穿着泳装,并排躺在一艘观光游艇的甲板上晒太阳。船身懒洋洋地随着太平洋的海水摇晃,天空晴朗,一切都好。他们都年轻而迷人,彼此相爱,不是在亲吻,就是开玩笑称对方为终生灵魂伴侣。露易丝走下甲板去拿些啤酒,就在这时事情发生了,一团浓密的乌云或者雾突然出现在地平线,并疾速向游艇逼近,一片巨大的、从四面八方包围过来的雾气在海面上飞快地涌来,带着奇怪而嘈杂的声音,响声大得惊动了正躺在甲板上闭目养神的凯里,他坐起来,然后又站起来,注视着这团雾快速逼近并笼罩了游艇。他本能地以一种抵抗姿势抬起了手,尽力使自己免受蒸汽的攻击,其实什么也没有,随后这团快速移动的云已经穿过他,几秒钟之内天空就晴朗如初了。等露易丝又出现在甲板上,她只看到云远远而去的影子。那是什么?她问道。我不知道,他回答,有点像是……雾。露易丝转过身来,注意到他的躯体被磷光熠熠的灰尘所覆盖，那些类似于金属的粒子在阳光下闪烁着，显得不自然，令人不安和费解，但这些光很快就消失了，这一幕就在他俩用毛巾擦去那些发光物中结束了。

六个月过去了。一天早晨，露易丝在整理餐桌准备吃早餐，凯里从楼上卧室喊她，问自己的裤子有没有从干洗店里拿回来。镜头转到了卧室：凯里站在一面全身镜前扯着裤腰。裤子松了两三英寸，这意味着对他来说太大了。一会儿，当他穿上自己的衬衫——那件绣着字母的白色工作衬衫时，同样也显得太大了。变形已然开始，但这个时候还早，不管是凯里还是露易丝，都对接下去会发生什么毫无概念。事实上，这天早晨，总是高高兴兴、爱说俏皮话的露易丝认为凯里只是减肥成功了，她觉得这样非常合身。

但凯里还是被吓到了，他没有告诉妻子，自行去找医生做检查，在布拉姆森医生的办公室里他被告知自己现在身高五英尺十一英寸，体重一百七十四磅，都在平均水平之上，但凯里告诉医生，自己原来一直是六英尺一英寸，而且体重莫名其妙减了十磅。医生没理会这些数字，平静地告诉凯里他可能是因为压力过大、工作超负而掉体重，至于少掉的二英寸，他很怀疑是否真有这么回事。他问凯里之前量过几次身高。回答是只有三次，第一次是征兵的时候，第二次是在海军服役，第三次是终身保险检查。也许三次都错了，布拉姆森医生说，这种错常常发生，而且结果往往因量身高的时间而有所不同（每个人在早上是最高的，他说，一天下来，因为地心引力对脊柱和骨关节之类的产生作用，身高会缩减一点），再加上有的人会站得太直，这使得他比真实看起来要高一点。综上，二英寸的差别不足为虑。你变瘦了是因为吃得不够，布拉姆森医生说，但是（他露出了轻蔑的笑容），人不会因此而变矮，凯里先生。他们只是不会因此而变矮。

又一个礼拜过去了。某天晚上站在浴室的秤台上，凯里发现自己又轻了四磅。更让他不安的是，过了一会儿他和露易丝拥抱时，居然发现两个人的视线齐平了，这是一个不可辩驳的证据，说明他真的在缩减，因为过去他们接吻时，露易丝总要踮起脚尖，把身体伸长了才能和他嘴对嘴。我正在变小，露易，他说道——一天又一天。她现在也总算明白过来，接受这个事实，但同时又表示怀疑——这种事谁都会怀疑，就像坐在黑暗影院里看着银幕的你也忍不住怀疑，因为发生在司各特·凯里身上的事情根本是不可能发生的。你感到了一种恐惧，并能意识到剧情接下来会往哪儿发展，简直有些无法承受。你祈祷出现奇迹并希望自己的猜测是错的，希望有神奇的科学家介入来找到办法解决收缩人的问题，因为此时，司各特·凯里不再只是电影里的一个角色，司各特·凯里就是你。

他又回到布拉姆森医生的诊所,在接下来一周内去了好几次,医生不再微笑置之,也不像上次检查后那样怀疑之前的测量有错。电影里出现了两次 X 光照射,一次是一周开始时,一次是一周结束时,两次都拍了凯里的胸腔部位,照了他的脊柱和肋骨,布拉姆森把第一张 X 光片放在第二张上面做比较,很显然,画面是一模一样的,但其中一幅的骨骼明显比另一幅小,这是医学证据,最终的检验结果扫除了关于凯里身体状况的一切怀疑,布拉姆森医生也感到震惊和手足无措。他走向露易丝和凯里,告诉他们自己的发现。这是前所未有的一个病例,他说,还不知道该怎么解释,但凯里真的在缩小。

根据布拉姆森的建议,凯里去了加利福尼亚医学研究中心,这个研究中心坐落在西海岸,看上去像梅奥诊所。在那儿他待了三个礼拜,见了很多医学专家,做了一套严格的全身测试。这些检测是用一套蒙太奇镜头来呈现的,随着一张张画面交替,凯里的声音一边在解释这是在做啥:我做了个钡餐,站在荧光屏后面,他们给我服用放射性碘……还用盖格计数器做了检查。我的头上扣了电极。流体剥夺试验。蛋白质结合试验。视力检查。血培养。X 光照射。更多 X 光照射。试验。没完没了的试验。然后是最后的检查,一个纸层析法试验……

西尔弗医生是这场会诊的主治医师,他告诉凯里和露易丝,除了发现氮素、钙质和磷素有损失之外,色谱层析还发现凯里身体细胞的分子结构正在进行重组。凯里问这是不是癌症。西尔弗说不是,这更像是癌症的反面,一个正在让凯里的器官等比例缩小的化学过程。然后西尔弗问了两个关键问题。首先,凯里是否有暴露在任何胚芽喷洒下过,特别是杀虫剂,大量的杀虫剂?凯里回想了一下,最终想起来,几个月前的某天早上,上班时,他抄近道,走了后头的小巷,走着走着,迎面来了辆卡车,对着树木开始喷雾。西尔弗点了点头。他们对此非常确定,但仅仅知道这是不够的,这还只是开始,这些杀虫剂进入凯里的体内之后一定又发生了什么,才会让原本低毒的胚芽喷洒变成一种摧毁性的力量。然后是第二个问题:接下来的六个月里凯里有没有暴露在任何辐射之下?当然没有,凯里回答说,他不会和任何与辐射有关的事物打交道——这句话还没说完,露易丝打断了他,司各特,她说,司各特,等等,有一天我们去坐船,当时正好有薄雾……

现在一切都清楚了。这个可怕事件的原因被查明,其产生的影响被严格记录在案,凯里坐进车里,开始驱车回家,露易丝试图用欢快的、乐观的话语来冲淡丈夫的冷漠,说她相信医生会找到一个帮助他的法子,不用多久西尔弗医生就会找到逆转的抗毒素来帮助他恢复。他们会看看,凯里说,但他们不是必须找到解决方案。再说，我没法再这么下去了——掉体重，缩小……这会有个问题：我能撑多久？对他说的这番话，露易丝用坚定而又热烈的嗓音回答道：别再说了，司各特——永远别再说这种话。他把目光从她身上移开，继续说了下去：我希望你开始想想我们俩的事。我们的婚姻。也许会发生某些相当可怕的事情。你是没有责任的。露易丝对他的话大感震惊，几乎要哭出来，她伸出手臂抱住丈夫，亲吻他的嘴唇。我爱你，她说，你知道吗？只要你戴着这枚结婚戒指，我就一直和你在一起。

镜头推进，给了凯里左手无名指上的戒指一个特写。过了一会儿，它从手指上跌落下来掉到地板上。

直到此时，你都集中所有注意力盯着屏幕，你早就认定这是自己看过的最棒的电影，甚至可能是所能看到的最棒的电影。你不是完全明白西尔弗医生口中说的那些科学和伪科学术语，你觉得色谱分析啦、磷光体啦、放射性碘啦，还有分子结构这些词营造了一种氛围，让人觉得凯里的不幸是合理的。你已入迷得不行，电影开头部分就让人印象深刻，然而你还没对接下来要发生的耸人听闻做好准备，因为这会儿只不过是电影的第二部分才刚刚开始，这个不可思议的收缩人的故事以它简单然而完全巧妙的视觉效果，达到了一个新的艺术高度，并永远地烙印在你的心里。

场景转换到凯里家的起居室，他们那没什么家具的郊区房子，里面缺乏私人物品以及亲密感，也就是一所一般的房子，找不出特点，不怎么舒适，一个二十世纪五十年代的标准美国寓所，乏味、空白、寒冷，就连窗外的加利福尼亚阳光照进来也无济于事。没法判断此时距离戒指从凯里的手指上掉下来的那个时间点又过去了多久，但是接下来的一幕开始时，画面中央出现了一个新人物。这是查理，司各特的哥哥和老板，露易丝坐在沙发上听他说话，而他则对着坐在扶手椅上的某个人说话，但椅子背对着镜头，并且看不到坐在上面的人的脑袋，所以你不知道那是谁。查理正在谈论的是一笔损失的账，还有生意上的麻烦和钱上的麻烦，然后他说：我再也没法支付你薪水了——指的是坐在椅子上的人。很快就清楚了，这个看不见的人就是司各特，但镜头对着的还是查理，现在他说记者们一直来到工厂问问题，毫无疑问是医学中心有人泄露了这件事情，而根据美国辛迪卡特出版社一个人的建议，司各特可以写写他的故事，这是个获得报酬的好机会。既然有可能造成轰动一举成名，为啥不试试向公众袒露自己？露易丝对这个粗暴的建议表示厌恶，但查理是个很实际的人，他劝司各特好好想想。镜头最终移到了凯里这边，但只有他的脸，凑得很近的特写。他看上去形容憔悴，极度痛苦，黑着眼圈，但还是原来的那张脸，他也还是原来的那个人。然而，慢慢地，镜头向后退，接下来看到的景象让你目瞪口呆，你从头顶到袜子里的脚趾尖都震惊不已，一阵高压电流穿过你的身体，既快又狠，简直电刑一般。坐在椅子上的是凯里，同样的凯里，突然间已经令人毛骨悚然地变成了男孩大小，看上去并不比你大，仅有五英尺高，穿着十岁的衣服，脚上是一双帆布鞋，一个小型的司各特·凯里坐在一张貌似全世界最大的椅子上。好的，他对哥哥说，我会考虑这个建议。

那个时候，你已经足够大，能够明白扮演收缩人的演员格兰特·威廉姆斯并没有缩小，这个效果只不过是一个聪明的制作设计师造成的，也就是造一张超大的椅子，大得能让一个十二英尺的巨人轻松坐上去，但你感受到的冲击依然奇妙并可怕。没什么复杂的，只是一个比例上的把戏而已，然而惊奇和混乱感压倒了你，让你战栗并烦恼，仿佛你对物理世界的所有设想都被出乎意料地抛向了问号。

一点点地，你开始适应凯里缩小了的尺寸，逐渐感受到这一奇妙的事实变得熟悉起来，情节继续推进。这个故事的确轰动，一夜之间凯里成了全国闻名的人物，杂志上的文章和电视新闻都在报道他，他家房子周围围满了记者、看客和摄影师，一个曾经很普通的正常人变成一个怪物，一种现象，被各种追逐以至于他再也没法外出。他唯一的活动就是写作，写一本关于自身经历的书，有份刊物在追踪报道他的身体状况，你吃惊地看到他那个小男孩的身体拿着一支巨大的铅笔，你还被他握着的电话听筒竟如此硕大震惊到了，每一幕视觉上的把戏都让你惊讶和感动，而更让你有感触的是对于凯里精神状态的刻画，对一个情感处于崩溃边缘的男人粗暴而不予同情的描述。因为凯里无法忍受发生在他身上的一切，拒绝对之妥协，所以一遍又一遍地陷入狂怒，痛苦地像疯了一样地哭，号叫着诅咒这个世界，有时候甚至对露易丝发火，不离不弃的露易丝，就像父母一样，仍像往日那样充满爱心，而且还在祈求医生能找到法子拯救他。与此同时，凯里还在继续缩小。10月17日，他缩到只有三十六点五英寸，体重只有五十二磅。他陷入了绝望。然后，突然间，奇迹出现了。医学中心给他打来电话，说抗毒素已经准备好了。

在既紧张又充满不确定的几天里，西尔弗医生根据这种可能有效的疗法给凯里进行了注射，他提醒说这种疗法成功和失败的概率各占一半，经过一周的痛苦等待和折磨，凯里的测量结果显示他还是三十六点五英寸高，五十二磅。欣喜若狂的露易丝不由喊道：结束了，司各特，你会变回来啦……但当凯里问西尔弗医生自己需要多长时间才能恢复正常时，对方皱了皱眉，犹豫了一会儿，最终告诉他让这种病停止继续发展是一回事，反转这个过程又是另一回事。凯里的生长能力和其他成年人一样是受限的，为了能进一步地帮助他，需要克服一系列全新的科学问题——也就是说，凯里极有可能就在余生中保持三英尺的身高了。他们会继续努力，医生说，他们会把自己的知识拓展到尽可能的边界，这样也许，仅仅是也许，某一天他们会得到答案，但此时此刻，没有任何事是确定的。

这既是个好消息也不是个好消息，你对此感到失望，没有更多的办法可以帮助凯里，同时对此感到悲伤，他不得不在这种已经缩小的状态里待下去，即便如此，你还是得到了很大的宽慰，因为收缩毕竟被制止了，你不必面对他消失不见的惨景。当然，没人愿意做侏儒，你对自己说，不过总好过消失在空气里。

回到家，凯里继续陷入沉思。最糟糕的一页已经过去，但他还是要忍受自己的状况，还是感到愤怒，还是无力去找到做露易丝丈夫的勇气。因为羞愧，他始终回避她，也知道这样让她很痛苦，从而也增加了他的痛苦。露易丝，他自语道，那么强大，那么勇敢——我都对她做了些什么？我恨我自己，我从来没有恨过任何活着的生物胜过恨我自己！有一天晚上，在忍无可忍之下他冲出了家门，一个有着孩童身体的成年男子，穿着他可笑的、幼稚的帆布鞋，一个失意而可怜的人在附近黑黢黢的街道上走着，无处可去，为了游荡而游荡。慢慢地，他来到了嘉年华上，一场下等酒馆里的娱乐集会，吵闹而混乱。嘈杂声把他吸引过去，进入之后不久就走到了畸形秀的舞台前，拉客的人在大喊大叫，先生们，乡亲们，这里有大串场！来看长胡子的女人，蛇身女人，鳄鱼男童！来看看天生畸形！凯里觉得很恶心，赶紧退开，痛苦得流汗不已，根本不敢再看一眼，之后偷偷来到附近一家咖啡馆，走到吧台旁边点了杯咖啡。你注意到在那个环境中他显得多么小，当他拿着杯子和托碟走向一个雅座上时它们简直大得荒谬，你看到他在人群之中显得异常孤立，对于自己的存在感到无尽的痛苦。然而，就在他坐下的瞬间，有个人走了过来，一个年轻的漂亮姑娘，非常漂亮，事实上，她也捧着一杯咖啡——而且很纤小，她也是个侏儒。她问自己能不能坐在他旁边。

凯里没有拒绝她，你的心也跟着提了起来。他看上去不知所措，似乎从未想过自己身边还会出现另一个小人儿，不过，即便一开始有些害羞和尴尬，你能感觉到他被她迷住了，不仅仅因为她很美，还在于他找到了同类，另一个自己。她叫克拉丽丝，和善，平易近人。渐渐地，她友好的举止让凯里卸下了防备，两人愉快地开始交谈。但当他告诉她自己的全名时，她怔住了。显然他不必非那么做不可，可以只说自己叫什么名，或造个假名，但他的确是有意而为，因为希望对方知道自己就是那个声名狼藉的收缩人,或者,对他来说已经很清楚的是——即便他自己没意识到——她是那个可以信任的人。她不太懂,克拉丽丝款款问道,他是否更愿意自己待着。不,不,不是那个意思,凯里回答,他愿意和她说话。突然间她就又放松下来,意识到误解了他。谈话继续,她一点点地试着让他用新的眼光来看待自己,解释说变得小并不是世界上最糟糕的事,虽然他们活在巨人之中,这个世界依然美好,对于像他们这样的人而言,天也和别人的一样蓝,朋友们一样温暖,爱也一样精彩。凯里聚精会神地听着,依然半信半疑但同时又希望能相信她。后来她必须走了,上台演出不能迟到,他站起来道别时问是否能再次见面。如果你愿意,她说,又看着他的眼睛补充了一句:你知道,你比我高呢,司各特。

镜头又切换到他家的起居室,凯里在吭哧吭哧写他的书。那天晚上我重新审视了自己的生活,他说。我在讲述我经历的世界,通过这种讲述生活变得轻松了一些。

你开始感到鼓舞。这是电影开场以来第一次,具有积极意义的事情发生了,原本不可避免的崩溃被重新定向,出现了逆转和希望。你一边看着凯里在写他的回忆录,一边自己预想这个故事的光明尾声,可能是个快乐的结局。凯里会和小克拉丽丝相爱,以一个快乐幸福的小矮人度过余生。显然他和露易丝将不得不分开,但这位善良、可敬的妻子会明白对他们来说,这个婚姻已不再适合,两人可以做最好的朋友,因为凯里必须和自己一样的人一起生活。这是最关键的。他将不再孤独,不再觉得自己被社会所驱逐。他将会有归属感,在那份归属感中他会找到完满。

你坚定地对凯里的命运持有以上观点,因为电影有旁白,一直是主人公把自己的故事讲给观众听,现在他在写书,你假设他说的话就是他写在书里的。在你看来,这本书已经出版了(不然他干吗用过去式呢?),这就只能说明他从可怕的磨难中幸存下来,如今过上了正常生活。

随着下面场景的展开,你的预言好像就要成真,凯里和克拉丽丝一起坐在公园长凳上,看她读自己的书,如果这本书此时已经写完,如果没有更多的东西可写,是不是就意味着收缩人收缩的部分已经结束?

克拉丽丝读得异常感动,她看着凯里,告诉他他做得有多么棒。凯里握着她的手,说想让她知道对他来说遇见她意味着什么,和一个懂自己的人在一起带来了多么大的不同,对此她回答说:你现在好多了。他们构成了一幅画面,两个和谐的灵魂,一个男人和一个女人沉浸在安静的互相陪伴之中,即使你只有十岁,也很清楚他们陷入了爱河。都对,你预言的都成真了,但接下来他们站起来,凯里脸上的欢乐立刻变成了惊恐。两周前,他还比她高,但现在(可怕的规则)他已经比她矮了。它又来了!他大喊大叫起来。它又来了!他惊恐地对着她向后退,极度地惊恐,然后,没再说一句话,转身跑了。

这是你最没想到的——如此料想不及的情节发展是你从未想过可能发生的。你以为抗毒素绝对可靠,它一旦显示出有效,就会一直有效,但现在它的效用到头了,还有什么可期待的呢,除了痛苦地陷入虚空?你从恐惧中强打起精神,试着去想象接下来会发生什么,挣扎着接受希望已经消失了这一事实,尽管如此你还是做好了迎接一切可能的准备。拍电影的人远远在你前面,他们开始了这个故事的第三部分,也是最后一部分,时间以惊人的速度跃进,快得超过了你作为一个孩子的想象力,从那一刻开始你大气也不敢喘,直到电影放至最后一刻。

下一场景开始时,是凯里一个人站在房间里的镜头。他穿着看上去宽松得明显不合身的睡衣裤,用粗糙的什么家纺布料制成,总之是套奇怪的戏服,但还没有房间里的家具来得奇怪,因为那些家具和凯里的身体比例相当。他在周遭环境中并不显得矮小,不再置身于一个和自己不相宜的超大世界,这让你困惑不已,因为从上一幕看来,他已经又开始变矮,是不可能再长大了。每件事物看起来都那么正常,你对自己说,好像所有物理环境中的元素都恢复了恰当的平衡。但刚刚被告知不正常的怎么就正常了呢?过了一会儿,答案揭晓了:

因为他住在玩偶屋里,现在他不到三英寸高。

露易丝从楼梯上走下来,她的脚步简直是打雷一般,剧烈震撼着凯里的屋子,他不得不抓住扶手免得摔倒。当她开口说话时,嗓门大得他痛苦地掩住了耳朵。他走到阳台上大声叱责她弄得这么吵,你明白他已经心智失常了,成了一个暴君,这个一直在收缩的男人控制着他的妻子,精神上的恐怖主义导致了带有攻击性的、越发邪恶的行为。只有我才能释放她,他告诉观众——如果我能找到勇气结束这可恶的存在。但每天我都会想:也许明天。明天医生就会救我。

露易丝有事外出了,当她开门出去时,他们养的宠物猫溜进了房间。这只猫在前几幕中出现过,但凯里当时还是大个儿,猫还不能对他构成威胁,而现在他小到了一只老鼠那么大,随着露易丝突然走出画面,电影就进入了它最后的、极其令人痛苦的一幕。

接下来半个小时,你在又恐惧又惊讶的状态下观看,每个场景所呈现的透视的技巧和每个比例尺的新的扭曲都让你赞叹不已。这只猫的野蛮进攻开始了，它攻击了玩偶屋，凯里被迫全力冲刺跑过起居室的地毯，一个拇指人儿为了保命而奋力奔袭，地板仿佛浩瀚的荒原，空空地向他四面八方延伸了几百码，那只残忍的、大人国来的猫在后面追，发出有一打老虎那样有力的嚎叫声，它用爪子重击凯里，把他的衬衫撕掉了半边，把他的背也抓出了血，但凯里跳到一根晃荡的电线上，猫开始攻击下面的桌灯，灯掉下来砸到地板上，猫也被暂时吓跑了。凯里对着地下室的门冲过去，又一次在无边的荒原地毯上猛冲，想把自己藏到门后，为了躲开现在已经恢复过来的猫，他继续走到了楼梯的顶踏阶上，楼梯像山一般，是通往地下室的，看起来他就要摆脱麻烦了，然而就在此时，露易丝正好回到房子里，当她打开前门时带动了空气，如同一阵风一般吹过房间，地下室的门猛地关上了，撞到凯里身上，让他失去了平衡。没有任何提醒，他突然就被扔到一个空的空间，一头向着地下室的深处下坠，就好像一个人突然被从二十层楼的屋顶推下来。

他掉进一个木箱，里面装满被丢弃的垃圾——还有（幸运的）一堆厚厚的破布。正是这堆破布缓解了下坠的冲力，但撞击还是很强大的，他失去知觉昏厥了过去，好一会儿才苏醒过来。与此同时，在楼上的起居室里，露易丝走进来看到玩偶屋一片狼藉的景象，猫在，而她的丈夫不在。当她在地板上找到凯里那带血的衬衫碎片，脑子里就只能得出一个结论了。结论可能荒诞到无法想象，但那只猫坐在角落里舔着爪子的恐怖样子让她没余地怀疑。她痛苦地发出呻吟，无力去对迹象加以辨认。凯里死了。她得到证据凯里死了，不久后这条消息就会在新闻里播报，关于收缩人悲惨死亡的说法将会传遍这个国家的每个角落，而露易丝会神经崩溃地退回到自己的卧室。

但凯里还在地下室里，还活着，鼻青眼肿，浑身发抖，但确实活着，正从木头盒子里坐起来，试图想清楚接下来干啥。他坚信露易丝最终会走下楼来解救他，因为相信还有希望，所以决心竭尽所能地活下去，即便自己还会继续缩小。从这个点开始，这部电影变成了一部不一样的电影，一部更深刻的电影，讲述的是这样一个人的故事：这个人被剥光了，回到他自己，一个人孤独地与周遭障碍作战，微型版的奥德修斯或鲁宾逊·克鲁索，靠自己的机智、勇气和足智多谋去生存，凑合着使用这个黑暗的郊区地下室里身边能找到的任何东西和食物，现在这儿就是他的整个宇宙了。你被以下的设定深深吸引了：周围的事物都十分平常普通，但这些平常普通，不管是一只空的鞋油罐还是一个针线轴，不管是一根缝衣针还是一根火柴棒，不管是一团捕鼠器上的奶酪还是一滴坏了的热水器上滴下来的水，都是在特别的尺度下呈现，都显得不可能，因为每件事物都被重新创造了，变成了其他什么东西，因为和凯里的身体比起来它们是巨大的，而凯里变得越小，他就越不为自己感到难过，他的自白式评论也越深刻。即便承受的肉体磨难一个接着一个，但他似乎经历着精神上的净化，意识感悟力提到了一个新的水平。

将一英寸的钉子弯成锚钩用来攀墙，睡在空火柴盒里，划火柴需要跑上很长一段距离，因为需要把一段单股缝纫线烧断后当作粗韧的绳索来使用，当坏掉的热水器开始漏水，他差点被淹死——还好抱着一支铅笔才被地漏挡住，没掉进下水道——靠一个硬面包的面包屑为生，后来，他找到最重要的战利品，一块吃剩下一半的旧松糕，但它已经为凯里的新敌人所捕获，这个孤独的地下世界里除他以外唯一的生物，一只蜘蛛，又丑又大得令人厌恶的蜘蛛，有凯里的三四倍大，他们之间的搏斗接连发生，两边也是轮流占上风，对你来说这些场景比一两年前在电影院里看到的相似搏斗场景还要棒，奥德修斯把剑插进了独眼巨人的眼中，这一幕在彩色电影《尤利西斯》里曾有所展现（由曾经的艾瑟·丹尼洛维奇[①]饰主角），但收缩人甚至没有希腊英雄那样的信心或力量，他是地球表面最小的男人，唯一的武器是一根从针垫上抽出来的缝纫针，还有他的头脑，

[①] Issur Danielovitch，美国影坛著名的硬汉型老牌巨星，出生于1916年，俄罗斯移民犹太人，进入影坛后改名为柯克·道格拉斯（Kirk Douglas），这也是他更为人所知的艺名。奥斯特在此处特意使用他的原名。

所以这一幕也更为精彩。你孩童时代曾是一个蚂蚁、虫子和苍蝇的热心观察者，你也时常会想在这些微小生灵眼中世界得有多大，和你自己所理解的世界有多么不同，而现在，从《不可思议的收缩人》的最后几分钟里，你可以在屏幕上看到自己曾经思考过的问题是如何展现了，凯里设法杀死蜘蛛的那一刻，他实际上不比一只蚂蚁大。

你被这些巧妙设计的片段、迷人的视觉想象和比喻惊呆了，它把真实的空间搬到了想象的空间里，并仍然保持了真实感，至少对于生活经验里的几何形状来说是貌似合理、令人信服的——尽管你已经被特技惊得一愣一愣，凯里的声音却让一切仍在掌控之中，他说的话赋予这些特技以意义，而最终这些句子留给你的影响比在眼前晃的那些黑白画面更持久。如同奇迹一般，他仍然在说，仍然在给观众讲他的故事，即便这对你来说毫无道理可言——他的声音是从哪儿来的？为什么他的嘴都没在动但还是能叨唠眼下的情况？——尽管如此，你还是不加怀疑地接受它，接受了影片通过叙述来重新解释角色的设定，告诉自己他不是真的在讲话而是在思考，你听到的所有说话声事实上都来自他头脑中的想法。

露易丝已经来了又离去。凯里看着她走下楼梯走向地下室，他发疯似的喊她，想要引起她的注意，但声音太小了她没听见，他的身体也太小了她没看见,她走回到楼上,永远离开了这幢房子。现在,意志力的最后一次爆发,唤起了残留在他这具被抛弃、仍然在收缩的身体里的每一丝力量,以无比的顽强和智谋,他虏获了地下室里唯一的食物之源,他杀死了蜘蛛,就在你认为他再一次成功、获得了可能是最大的一次胜利时,他的思想却推着他进入了认识的下一阶段,这场胜利变得对他来说什么也不是,或无论如何都不怎么重要:

  但即便抚摸着这块干巴巴的食物碎屑,我的身体似乎已经不再存在。它感觉不到饿——也不再对收缩感到恐惧……

凯里最后的独白开始了,有点类似于神和人的互相审判,既搅乱你又让你迷惑,即使没完全理解他说的是什么意思,那些话似乎触及最重要的每件事——我们是谁?我们是什么?我们怎么融入一个远远超出自己理解范畴的宇宙?——这使你觉得自己被带往一个地方,在那里可以瞥见世界的新真相,而当你此刻誊写这些句子,意识到它们多么笨拙,其哲学主张又是多么浅薄时,你必须回到十岁时的大脑才能重新体验它们当时给予你的力量,这些句子在今天似乎有些站不住脚,五十五年前却大力击中了你的脑袋。

我在持续收缩。到底会变成什么呢？无穷小吗？我是什么？还是人类吗？或者是未来的人类？

如果有另外一场辐射，另外一片云飘过海洋和大陆，会不会有其他人和我一样进入到这浩瀚新世界？

无穷小和无穷大是那么近，但突然间我知道了它们是同一个概念的两个终点。不可思议的小和不可思议的大最终相遇，就像一个巨大的圆的闭合。

我抬头看，好像这样就能抓到天堂。宇宙，数不清的世界。上帝的银色挂毯在夜晚铺开，那一刻我知道了答案，关于无限的谜。

我曾经用人类自身的有限维度来思考。我曾经不当地滥用自然。这种存在的开始与结束都是人的构想，而非自然的。

我感到自己的身体缩小到什么都不是，变得什么都不是。我不再害怕了，取而代之的是接纳。

所有这些浩瀚的造物。它必须有意义。这样我也有意义。是的，比最小还要小，我还是有意义的。

对上帝来说没有零。

我仍然存在！

最后，凯里已经不足一英寸，小到他可以穿过纱窗上的方格，走入外面的夜晚。接下去镜头开始向上倾斜，展现出一个有着星辰和遥远星系在旋转的浩瀚天空，这意味着当凯里结束独白时，你再也看不到他了。你试图接受银幕上所发生的一切。他将会越来越小，缩减到一个次原子粒子那么小，衰退到一个无意识的单细胞生物，但这其中的含意是他永远不会完全消失，只要他还活着，他就不会缩减到不存在。他会从那里去哪儿？什么样的冒险在等着他？他将融入宇宙，你告诉自己，即便那样他的大脑还会继续思想，声音还会继续说话。而当你和朋友马克一起走出电影院时，你俩都因为这个结局而陷入了沉默，你觉得这个世界的形状在你的内心已经变得不一样了，你此刻所处的世界和两个小时前不一样了，而且永远不会、也无法一样了。

2

1961年。你记不起来是哪个月份,但确定是在秋天的某个时候。你十四岁。青春期在勃发,此时童年已离你远去,曾经吸引十一二岁的你的社交活动已经不再对你有吸引力,并避免再去舞会派对什么的,尽管想女孩想得都要发疯,对色情读物也越来越感兴趣,却再也没有欲望参与进去,你把独行其道看得很重要,只要还和外面的世界有交涉,不管是身处的新泽西镇这个小世界还是你国那个大世界,你把自己认作是一个叛逆者,一个不向常态妥协的人。你仍然酷爱各种运动(足球、篮球、棒球,球技也见长),但游戏不再是生活的重心,摇滚则已经死了。之前几年,你花了大量时间听民谣,织工乐队[①]和伍迪·格斯里[②]的录音带,被他们歌曲中透露出来的抗议之声所

---
① The Weavers,成立于1948年,是美国颇具影响力的民谣乐团。
② Woody Guthrie(1912—1967),美国民歌手、作曲家。

打动，但现在开始对这种简单的表达失去了兴趣，你继续追寻，有一阵子进入爵士王国，十四岁到十四岁半的那段时间沉浸于古典乐，巴赫和贝多芬、汉德尔和莫扎特、舒伯特和海顿，从这些音乐家那里汲取养分，这事儿在一两年前似乎是不可能的，接下来的年岁里这些音乐会继续支撑着你。你比以前阅读更多东西，那道存在于你和你所认为的一流文学之间的壁垒已经倒下，你奔向的无穷国度依然是你的家乡，从二十世纪的美国文学开始，海明威、斯坦贝克、辛克莱·刘易斯和塞林格。而在那一年你也第一次邂逅了卡夫卡和奥威尔，和伏尔泰的《老实人》待了一阵子——这本书比你读过的任何一本书都让你笑得厉害——还和艾米莉·狄金森、威廉姆·布莱克打了照面。不久之后你将开始去往俄罗斯、法兰西、英格兰和爱尔兰、德意志的旅程，同时开启的还有美国历史之旅。这也是你第一次读《共产党宣言》的一年——也是艾希曼耶路撒冷审判的一年，艾森豪威尔发表军事工业复合体演讲的一年，肯尼迪就职的一年，和平工作队①与猪湾事件②的一年，艾伦·谢泼德成为第一个进入太空的美国人的一年，柏林墙竖起的一年。你的注意力开始转向这些，你开始变成一个政治生物，开始有观点，会去争辩以及驳斥，由于惊恐于美苏核竞赛而成为一个禁止核武器运动

---

① 美国派往发展中国家协助开展各类项目的年轻人组织。
② 1961年4月17日，逃亡美国的古巴人在美国中央情报局的协助下向卡斯特罗政府进行了一次武装进攻，这次事件被称为猪湾事件，标志着美国反古巴行动的第一次高峰。

的支持者,也是一个热心投身于公民权益运动的年轻人,归结起来这些都与你所在意的公正问题有关,你梦想着可以消除已往时代的错,活在没有种族歧视的世界。那个夏天,骑行南方的自由乘车运动者①在长途公共汽车上被白人聚众殴打;海明威自杀了;在纽约州附近的一个夏令营中,你团队中一位男孩被闪电击中并因此死去,当那道闪电劈下来的时候,这个十四岁的男孩拉尔夫·M就站在离你不到一英尺的地方,你细致地描写过这次事件(《红色笔记本》里《为何写作》那章的第三个故事),你从来没有停止过思考那天到底发生了什么,它持续地影响到你如何看这个世界,这是你第一次认识到偶然性的魔法,开始知道有一种非人的力量可以顷刻间把生变为死。十四岁,可怕的十四岁,你仍是出生地的囚徒,但你决意离开它,既然你所有的梦想均已消失。

那一年你看过的电影如下:《纽伦堡大审判》②、《马上双雄》③、《江湖浪子》④,所有流行电影都涌进了埃克塞斯郡的郊区电影院,但想看外国电影和老电影还是得去纽约,距离本地四十五分钟车程。因为要直到第二年,也就是读高中二年级时,

---

① 反对种族歧视的运动。
② *Judgment at Nuremberg*,斯坦利·克雷默导演。
③ *Two Rode Together*,约翰·威特导演。
④ *The Hustler*,罗伯特·罗森导演。

119

你才开始有了个癖好,那就是想尽一切办法去曼哈顿,十四岁时你的电影教育还没真正开始。你唯一能看到老电影的地方是电视机,相当有用的资源,但当地电视台播放的电影经常被切割,以适应预先安排好的节目表,而且总是——真令人恼火——被广告打断。当然,有一个电视电影系列比其他的要好,这节目叫作"百万美元电影",在9频道播放,一整个礼拜每天就放一部经典美国电影,同一部电影每天早中晚轮播三次,这意味着在一百六十八个小时里你可以把同一部电影看上二十一遍——只要你愿意这么干的话。正是因为"百万美元电影"这个节目,你得以看到讲述苦役犯的《亡命者》[1],又一场你生命中的电影地震,又一部在你身上引发爆炸并改变你内心世界的电影。一部由华纳兄弟电影公司拍摄于1932年的电影,梅尔文·勒罗伊导演,保罗·穆尼(原名穆尼·韦森弗洛因德)主演,可称为史上最黑暗的美国电影之一,一部关于不公正的电影,刻意回避了好莱坞式满怀希望或完美结局的程式,因为你

---

[1] 《亡命者》(*I Am a Fugitive from a Chain Gang*),华纳兄弟发行。彩色片。1932年11月。93分钟长。导演:梅尔文·勒罗伊。原著:罗伯特·E.伯恩斯。编剧:霍华德·J.格林和布朗·霍姆斯。制片人:哈尔·B.瓦里斯。演员表:保罗·穆尼(詹姆斯·艾伦),格伦达·法雷尔(玛丽),爱德华·埃利斯(邦姆博·威尔斯),海伦·文森(海伦),诺埃尔·弗朗西斯(琳达),普雷斯顿·弗斯特(彼得),艾伦·詹金斯(巴尼·赛克斯),伯顿·丘吉尔(法官),大卫·兰道(华登),黑尔·汉密尔顿(克林特·艾伦),莎莉·布兰(爱丽丝),露易丝·卡特(母亲),维拉德·罗伯逊(监狱委员会主席),罗伯特·沃里克(富勒),威廉·勒梅尔(得克萨斯人)。摄像师:索尔·珀莱托。剪辑:威廉·霍姆斯。艺术指导:杰克·欧克伊。服装:奥利-凯利(长袍)。乐队指挥:里奥·F.佛布斯坦。——作者注

只有十四岁，正被这个世界的不公正气得发狂，这个故事简直像是为你而生，它就在你最需要看到它的时候进入你的生活，你甚至在第二天又看了一遍，接下来一天也是如此，或许再接下来的每天都如此，直到那个礼拜结束。

战争结束了。美国士兵从欧洲回到自己的国家，大型轮船在大西洋冰冷的海水里奋力穿行，拉响了庆祝的汽笛。随着"日落小分队"驶入港口，甲板上挤满了穿着制服的男人，几百名士兵疯狂地对着在岸边等待他们的兴高采烈的人群挥手致意。这是1919年，出发远航的男孩们正驶回靠岸，停战协议已经签署，第一次世界大战成为历史。而在下面，在轮船的内部，一群即将退役的士兵在大声唱歌，还有一小撮在地板上投骰子。钱进进出出，骰子在硬地板上哗啦哗啦响，这时候走出来一名中士，面露歉意，告诉男孩们停下来，别玩了，因为长官们会在一小时后进行一次检视。这时好像有人用慢吞吞的得克萨斯口音说道，谁要是再对他说"检视"这个词，他会很高兴让他尝尝六连发左轮手枪的厉害。士兵们谈起了他们的战后计划。那位中士，一个矮壮又和蔼的家伙，显然很受下属的尊重，说他想从事建筑方面的工作，待过工程兵团是非常棒的经验，他也会充分利用这一点。一位士兵说，我们会在报纸上读到你的名字，我敢打赌。詹姆斯·艾伦先生正在修建一条新巴拿马运河——或诸如此类的。对此艾伦回答，你可以拿着你的脑袋打赌，詹姆斯·艾伦先生不会再回到旧工厂里。

银幕上是 1919 年，但你在看的这部电影其实拍摄于十三年后，毫无疑问这是大萧条中最糟糕的一年，到那时为止你已经对美国历史略知一二，你知道就在这部"电影"开拍前，也就是 1932 年春夏之际，补偿金远征军①驻扎在安那考斯平地，就在华盛顿特区的南部，有大约三万人，几乎全是一战的退伍老兵。他们拥入首都，为的是支持国会议员莱特·帕特曼提出的一项法案，让政府当年就给每个退役兵颁发一千美金的战争津贴，而不是等到原法律所规定的 1945 年才发。这些绝望的、没有工作的人月复一月地盘桓在营地帐篷甚至是纸板箱搭起的住所附近，他们越来越让胡佛政府颜面尽失。帕特曼的法案被众议院通过了但在参议院遭到否决，这导致补偿金远征军和当地警察间爆发了一些小规模冲突，而这反过来让胡佛认为是时候轰走这一大群衣衫褴褛的左翼乞丐了，这支所谓的"被遗忘者"②部队。他让美国陆军为自己执行这项任务，一个荒诞的政策选择——命令一些士兵对另一些士兵使用武力，如此残酷的反讽以至于这个国家的大部分人都起身来反抗这次行动——值得指出的是，在这场戏剧中有位重要角色叫作道格拉斯·麦

---

① "补偿金远征军进击"是美国现代史上非常重要的事件，对美国的民主进程也有着深远影响，历史学家威廉·曼彻斯特在《光荣与梦想》开篇即写到这一幕。
② Forgotten Men，1933 年有一部美国电影正好就叫这个名字。

克阿瑟，陆军参谋长，还有麦克阿瑟的副官、陆军少校德怀特·艾森豪威尔，以及陆军少校乔治·巴顿，这三个人将成为二战中最负盛名的美国将军。不顾艾森豪威尔的反对（"我告诉过这个哑巴一样的狗娘养的不该这么做"[1]），麦克阿瑟接受了指示，命令巴顿率领一支坦克部队驻扎在营地边缘。7月28日，麦克阿瑟全身武装，将过去获得的众多勋章都佩戴在胸前，带领武力将远征军从他们凄惨的窝棚中驱逐出去，用枪口指着这些闯入者把他们逼走，十几个窝棚被付之一炬。此事发生后一百多天，胡佛下台，他只当了一任总统，在投票选举中惨败于罗斯福。

在游行乐队和挥舞着硕大的美国国旗的战后游行之后，电影镜头切换到一辆急速飞驰的火车，且有几秒钟去向不明，就仿佛在轨道上前进的火车头只是运动中的时间的一个抽象象征而已，是从"那时"到"现在"一段突如其来的暴烈旅程，而"现在"的世界将自己推进了未来。忘了战争吧。战争已然结束，无论多少将士的枯骨埋于泥土，也无论多少战壕被鲜血洒满，"现在"只属于生者。

镜头又一次切换，这回来到了林恩戴尔镇的火车站，很明

---

[1] 艾森豪威尔后来在接受历史学家斯蒂芬·安布罗斯采访时说了这句著名的脏话，原文为 I told that dumb son of a bitch that he had no business going down there。

显，这儿是地图上一个很不起眼的小点，一个无法归类的美利坚某处，月台上站着四个人：穿着保守、神情忧郁的中年女人，年轻漂亮的金发女郎，戴着硬白领、金属框眼镜和黑帽子的牧师，以及穿西装打领带、手上拿着草帽的老年男子。中年女人问金发女郎，你觉得他会不会戴着他的勋章（可以假设这个他是中年女人的儿子）。金发女郎回应说，为什么不，他当然会戴呀。但是过了一会儿火车停下来了，艾伦军士走出来，穿着标准的平民装束——没有勋章，没有制服，没有任何显示他刚刚在战场上战斗过的标记。母亲高兴地给了他一个欢迎的拥抱。年轻女人则和他握了握手，这说明她不是他的姐妹、女友或妻子。艾伦说自己想不起来她是谁了，而这位名叫爱丽丝的女孩笨拙地回应说他也完全不一样了，然后补充说她很想念他的制服，那使他看上去更高也更与众不同，这就说明他此时已经被降了军衔，是个无名小卒，不管在海外拿了多少奖章。更糟糕的是，那位牧师，身份应该是艾伦的兄长，热情满满地和他说帕克先生将带他回工厂。帕克先生就是旁边那位老绅士了，他握着艾伦的手上下摇了摇，又拍着他的后背，强调艾伦的岗位确确实实还保留着。你干了点活，老板就不会忘记你了。一切都很好，但是听过艾伦在船上的话，我们已经知道他无意再回到工厂去做原来的工作。这一段大概有三分钟，你可以看到詹姆斯·艾伦的脸上愁云密布。

回到老住处全家吃了一顿团圆饭,这是座古板的十九世纪的房子,里面乱糟糟,爱丽丝没出现,只有艾伦一家三人:优柔寡断而又溺爱孩子的妈妈;刻板并假装圣人的兄长克林特(很能说的样子,但总是在推脱,说话时老把手交叉握在一起);横冲直撞的艾伦,被野心所折磨,渴望征服这个世界。没几分钟,饭桌上就杠上了。克林特提到帕克先生好心慷慨的工作邀请,艾伦立刻告诉他不想干这工作。妈妈和兄长都大吃一惊。艾伦哈哈大笑,解释说军队生活已经改变了自己,他不想在余生以听从工厂汽笛的召唤来取代听从集合号的召唤,他想做一些有价值的事,他也没法想象自己一整天都被关在工厂的发货室里。

无论如何,为了不让母亲失望,艾伦不情愿地回到了帕克制造公司,"康福德鞋之家"。但他心不在此,志也不在此,每天午饭时间就在附近一个建新桥的工地晃荡,经常忘了时间,忘了及时赶回来继续工作。他的不满最终在一次家庭聚餐上爆发了出来,当兄长告诉他帕克先生对他的工作表现很失望时,艾伦慷慨激昂地为自己辩护,表明想开始一种新的生活。他告诉克林特和母亲,压抑而机械的工厂工作比军队生活还要徒劳无益,他宁愿去别的地方,任何地方,只要能做自己想做的。母亲动了爱怜之心,态度突然变了,说同意他按照自己想的去闯一闯,而当克林特提出反对时,她没有理睬牧师,简单明了地表达了所有好母亲都会给予的支持：艾伦应该快乐，她说，他得去找到他自己。

按照艾伦的说法，新英格兰可以找到建筑类的工作，过了一会儿，银幕上显示了一张地图，结果是新泽西州（正好是你这会儿在看这部电影的新泽西）的地图，随着一辆快速飞驰的火车——另一辆快速飞驰的火车——发出的汽笛声，地图渐渐化入这辆火车的画面上，然后火车又渐渐化入另一种地图的画面上，上面显示到了波士顿……罗德岛……康涅狄格州。

艾伦独自在一辆重型建筑用车的驾驶室，坐在方向盘后面，那看上去是辆大型蒸汽挖土机——这表明他找到了一直在找的工作，一切进展顺利。一个人朝他走过来，这是工头、主管，在这儿说了算的人，叫艾伦停下来，说有个对他不好的消息。他们要削减预算，他说，得开除两个人。艾伦没有表现出太多的担忧或吃惊就从机器上跳下来了，说，好的。你深深记住了他对待挫折的冷静，这次专横的解雇，不是由于他犯了什么错，但艾伦看上去很自信，仍然对未来充满希望，准备好了面对一切。

又一张地图出现了，这次是从波士顿开始，然后随着一艘船蒸汽腾腾地向南开去，沿着大西洋海岸往下进入墨西哥湾，最终停泊在新奥尔良。

看上去穿戴差了些，现在的衣服有些破旧，两天没刮的胡子让脸显得发黑，肩膀下耷了一些，艾伦走进一家工厂请求给份工作。他已经去过北方，又去了南方，走了那么多路之后他只是到了开始的地方——或者说，奋力拼搏只是让他回到原点，因为现在他失业了，若有份和从战场回到家乡时他称之为愚蠢又无意义的工作类似的工作，他会欣然接受。你们雇人吗？他问那个老板。而老板回答道，要是上周我会雇你，但现在满员了。艾伦摇了摇头，把右手握成拳，然后轻轻地、几乎不能更轻地把拳头搁在桌上，不想让自己失控，还没到完全绝望的地步，但这个拳头是迅速消失的希望的一种象征，当他转身离去时，看上去已经想不出任何办法了。

又是地图，又是快速行进的火车的汽笛声。艾伦在回北方的路上，将注意力集中到了这个不太有把握的镇：威斯康星州的奥什科什镇。

他在那儿了，穿着工作裤和工作 T 恤，开着一辆测井工程车，沿着一条高高松林里的道路前进。他转过脸对着坐在副驾座上的人说这几天才刚刚能吃饱。相信我，他继续说道，很高兴又有工作了。这是我很长时间以来的第一份工作。但奥什科什只是一时之计，它造成一种假象，似乎有那么一会儿，艾伦的精神振作起来了，而现在很清楚，任何地方都找不到长期的工作了，不管走得多么远去找，他将一直扑空。果不其然，接下去的地图又显示他再次往南，朝着圣路易斯而去，伴随着火车传送带那熟悉的音调，一切突然变得和之前不一样了，因为镜头显露出音调的来源，艾伦没有坐在挤满了人的客车车厢里，这次他坐的是货运车，一个人躺在车厢地板上。这个曾经想建成下一条巴拿马运河并成名的乐观老兵如今已成了扒车的流浪汉，不名一文，被人遗忘。是的，这个故事被设定在1919年，但事实上应该是1932年，你现在意识到自己在看的是一个关于大萧条的故事，关于生活在没有工作的国家意味着什么的故事。

艾伦走进一间当铺，手上拿着点东西，因为太小，看不出来是什么。他现在看上去像乞丐。破破烂烂的衣服，胡子拉碴的脸，皱巴巴、满是折痕的帽子。当铺老板问他想干什么，艾伦摊开了手掌，现出一枚军功章。这枚比利时十字军功章你们能换多少钱？他问道。但老板没有回答他价格，而是用手指指了指，让他往柜台玻璃橱里看。艾伦向前一探，看到的是勋章，几十枚和他手上差不多的勋章，太多太多，每一枚都代表着未来将成为抚恤金远征军成员的人的不幸故事。没再说一句话，艾伦顺从地点了点头，低头看了看自己手上那枚就走了。他也许在战争中为美国战斗过，但现在他是倒霉国的公民。

又一张地图，随着艾伦离开圣路易斯朝东方进发，但这次是无声的，没有伴随那无所不在的火车声，地图慢慢淡出后，画面显示艾伦正沿着一条火车轨道走着，这就是无声的原因了，他开始靠步行。镜头推过去给了个正面特写，这是一个不知走在什么地方的孤独角色，你注意到他的阔步向前依然强劲有力和坚定，在吃了那么多苦头后这个男人依然没被打败，但勇气归勇气，不管怎样他看上去又饿又累，惶惑，迷茫，眼神里透着一种奇怪的东西，你觉得，那是被打击过和磨损了的痕迹，好像艾伦不敢相信自己身上发生的这些事情，好像，在旅途中他被闪电击中过似的。

他住进了一所廉价旅馆，一个适合倒霉国的遗弃者的住所，一个较大的房间，挤满了沉默而潦倒的男人——床十五美分，饭十五美分，洗澡五美分——很快，艾伦和一个头发斑白的住客聊起来，他叫皮特，看起来知道这里的规则，艾伦耿直地承认自己不懂。皮特判断出他饿了，问艾伦会对一个汉堡包说什么？艾伦回答道：我会对一个汉堡包说什么？我会握着汉堡包先生的手说：伙计，好久、好久不见。他的幽默感还分毫未损——你把这当作一个鼓舞人心的信号，证明艾伦还远远没到玩完的地步呢。根据皮特的说法，那个经营街上的午餐马车的人是个软蛋，他们有机会从他那里多索取几个汉堡。所以他们出去找午餐马车了，正如皮特所预料，这个店员屈从了他们的要求——可能是不情愿，但这个软蛋没法拒绝这些饥饿的人，他漫不经心地把几个小馅饼扔在烤架上。艾伦的眼睛亮了，脸上闪过一道喜悦期待的微笑，他把一根牙签放到嘴里（这是在为进食做准备？），望着滋滋响的肉就好像盯着一个美丽的女人。不是汉堡先生——汉堡小姐才是。

接下去，开始出岔子了。皮特从口袋里掏出一把枪，告诉那个软蛋把双手放在柜台上，然后命令艾伦去把收银机清空。艾伦惊呆了。他最终只从嘴里挤出一声张皇失措的"嘿！"来，意思是不，我不干，他妈的发生了什么？但皮特用枪指着他，威胁说不干的话就开枪。艾伦还能有其他选择吗？真没有，在这种情况下没有，所以他走到收银机旁拿出了里面的钱，加起来不过五美元。快，快点，皮特对困惑不已、在收银机旁磨蹭的艾伦喊道，然后边退出午餐车，边拿枪指着软蛋。他扯断墙上付费电话的电话线，警告软蛋别把警察喊过来，然后打开门。门还没完全打开就开火了。一个警察冲进来，对着皮特开枪还击，没过一会儿皮特倒下去死了。

艾伦吓坏了，太惊慌以至于没想清楚，没做任何此刻他应该做的事，要么把钱还给软蛋，或者就坐下来平静地把事情讲给警察听，但惊恐的人的第一反应是跑，他就是这么做的——

他拼命地逃跑，发疯似的试图从侧门逃出去。开枪打死皮特的警察在后面追他，等他一逃到外面，另一个警察拿枪顶在他的肚子上，让他把手举起来。艾伦举起了手。

银幕渐渐变黑，过了一会儿，一名法官坐在法官席上宣布对艾伦的判决。我看没有理由对你宽大处理，他说，既然钱是在你身上找到的。此外，经过调查，你还试图逃跑，这必然增加了你所犯罪行的严重性。我判处你——（小木槌敲下）——服十年苦役。

你发觉往下看第二部分十分艰难。艾伦被铁链铐着服劳役，如此野蛮、如此凶残的惩罚，让你想关掉电视离开房间，如果说是什么使你坚持看完了这个把曾经自由的人变成丧失人性、惊恐不安的野兽的彻底转变过程，仅仅在于电影标题暗示艾伦最终将会找到逃出去的办法。囚犯不比奴隶好到哪儿去。脚被铐上了，被随意鞭抽和暴打，靠发着恶臭、不能喝的污水为生（早餐：一种用动物油脂、油炸面团、猪油和高粱拌的混合物），每天早上4点就被从床上叫醒，要一直工作到晚上8点，白人和黑人，老人和年轻人，全都精疲力竭，达到了忍耐的极限，在炙热的、未开垦的石崖上用锤子凿大石头，谁要是松懈了或者病了，鞭子就是给这些不好好工作的人的治疗，如果没有狱吏的准许，连把额头上的汗水擦掉这样无辜的动作也不被允许，如果你忘了向狱吏请求许可，来复枪的屁股就会砸到你脸上把你掀翻在地。这就是艾伦因为犯了盯着汉堡看的弥天大罪而进入的世界。

有个人病得很厉害。艾伦来到苦役营第一天的早餐上，一个中景镜头显示这个生病的人将头搁在桌子上，虚弱得无法把汤匙抬起来送到嘴里，后来，当这群人来到外面凿石头时，他几乎没法把大锤握到手里，因为头晕和疼痛而摇摇欲坠，整个人即将垮了。狱吏喊着，快，快点，继续工作。这个病人，名叫瑞德，虚弱地回答道，我得歇下来……我的胃……对此狱吏怒气冲冲地回答，工作！不然我把胃痛踹到你耳朵上去。瑞德可怜地晃了几下，已经没力气把锤子从地面上抬离哪怕几寸，然后就昏过去，不省人事了。狱吏对着他的脸泼水，告诉他起来，但瑞德一动不动。那天晚上，卡车载着这些男人开进营地之后，瑞德还是昏迷的，其他人往外跳的时候他躺在平板上一动不动。晚餐时他出现了（晚餐也是一种邪恶的混合物，镜头通过一个坐在艾伦旁边的囚犯的特写来说明这一点——厚厚一块油脂和脂肪在他嘴边晃动着），但什么也吃不下，他站起来，跟跟跄跄回到简陋牢房里，扑倒在床上。过了一会儿，其他人也回到了牢房。现在他们都躺在床上，两名狱吏和监狱长走了进来。其中一名狱吏手上拿着鞭子，一个看起来非常恶心的工具，像九尾鞭。好啊，另一个狱吏开口道，告诉我们今天谁没有好好工作。有个男人被选中了。他的汗衫被从后面扒拉下来,他被带走去接受鞭打。还有谁吗?监狱长问。狱吏之一:这个叫瑞德的家伙今天想在我们面前装晕倒。监狱长(凑到瑞德前面):装晕倒,嗯?瑞德:我不在乎你们对我做什么,都没关系。监狱长把鞭子推到了瑞德脸上:看着这个。这期间,艾伦一直躺在床上仔细观看,小心地领会着这每晚一次的野蛮处罚仪式。当他看到监狱长在威胁已经奄奄一息的瑞德,实在是被激怒了,忍不住咕哝了一声:卑鄙。基本上听不清的一句话,监狱长却听到了,因为这里没人允许顶嘴,这个头头把瑞德推到一边,将注意力挪到了艾伦身上。你就是下一个,他说道,手指着这个新的囚犯,然后指示狱吏扒下他的臭汗衫。他们迅速脱掉了艾伦的汗衫,逼他跪下,把他推到两排床之间的通道——他的铁镣被拖得叮当响。第一个被鞭挞的人站在一张床单或薄帘子后面,正好映出他赤裸躯体的剪影,还有在空中飞舞的鞭子的影子,但在第一鞭抽下去之前,镜头挪到了艾伦的脸上,还有艾伦的眼睛,他恐惧地看着鞭挞,随着那个人发出的每一声惨叫,他的脸上露出了痛苦的表情。然后就轮到艾伦了,镜头再一次没有直接对着受罚的人,但这只能更糟,因为现在镜头对着的是其他人,当画面之外的艾伦受难时镜头顺着床位慢慢在其他囚犯脸上移过去,所有人都有着一致的表情,那就是毫无表情,一种茫然、毫不关心同伴要被活剥了,这些人如此挫败,对他人的痛楚如此习惯,几乎没剩什么感情。他们是行尸走肉。

一个日历的镜头：时间是6月5日。艾伦和其他四个囚犯从一个简易房子的窗口向外看。有同伴刚得到释放，当他们看着这位叫巴尼的朋友向着劳改营的门口走去，镜头推到了巴尼的脚踝部位。铁链不见了，但带着铁链走路的习惯还留在他身体里，所以依然用一种迈得很小很碎的步伐在走——终于释放了，但这一刻仍不自由。其他人都在向他挥手道别，巴尼也回以挥手。艾伦对邦姆博·威尔斯、这位从他来的那一天起就待他如朋友的前辈说道：这最终证明了——你真的能从这里出去。他算了算，自己在这里待了四周，那就意味着还有九年四十八周得熬，他又低头看了看脚上的铁链。窗边的一个人说了句：噢，瑞德也是今天离开。镜头推到外景：一具装着那个病人的光秃秃的棺材被放到一辆货车上。邦姆博评论道，只有两种方法可以从这里出去：工作出去——或死出去。艾伦问有没有人曾经成功逃出去过。其中一个人回答说有太多东西挡着你了——铁链、警犬、狱吏和他们的来复枪——不过邦姆博把艾伦拉到一边，对他说，是的，有人成功过，但你得想出一份完美的方案：你得观察，你得等待。可能一年，可能两年，然后（他耸了耸肩）靠你的手脚。随着艾伦在思忖这个老人的建议，这一画面淡出到了另一个日历的镜头。一张张日历纸落下来飘散在空中：6月，7月，8月，9月，10月，11月……

艾伦的方案完美吗？也许并不，也许这只是一次冷酷绝望下的行动，一股冲向无疑会死亡或被捕的冲动，但艾伦必须冒险，他因为啥也没做就入狱了，因为被逼着违心地违了法，甚至死亡于他也比九年半多的铁链苦役生活要强。即便没有一个完美的策划，艾伦还是有计划性的，计划的第一个部分也是最重要的部分，因为如果他没有办法摆脱脚镣、解放双脚，他就一次机会都没有。有个叫塞巴斯蒂安的囚犯，是个黑巨人，力气比得上五个正常男人，艾伦来的第一个早上就发现他把大锤挥舞得灵活又有力。邦姆博苦笑着评论道，他们可喜欢他的工作了，决定把他下半辈子都留在这儿。一个炎热下午，太阳毒辣、难以呼吸的沉闷天气，当就连狱吏们也开始蔫蔫的，因疲劳而心不在焉时，艾伦走近塞巴斯蒂安，请求他用锤子砸自己的铁链把它们弄变形，不要变得太厉害以免引起注意，但得能让他把脚拽出来。塞巴斯蒂安一开始有些犹豫，不想惹麻烦，但是同仇敌忾战胜了恐惧，很快动了怜悯之心，说他当然愿意看到艾伦逃离这惨境。他们正在一段弃用的火车轨道旁干活，把铁轨挖掘出来以清理地面，于是艾伦岔开双腿站在铁轨上，他的铁链就在铁条上绷紧，塞巴斯蒂安果断下手，不断地敲打铁链，每次都使出了巨大的力气。这是个极其难熬的过程，一锤接着一锤，每一锤都相当疼痛，但艾伦咬紧牙关挺过去了，他浑身战栗，几乎眼噙泪水，强忍着没叫出声来，他意志如此坚定,塞巴斯蒂安似乎弄完了,他甚至还要求再来一下。那天晚上躺到床上后,艾伦试了试变形的脚镣,使很大劲儿的话就能把脚拔出来。然后他把脚放了回去,用毯子盖好自己。隔壁床传来邦姆博的耳语:你什么时候做?周一,艾伦轻轻回答,就在那个时候,邦姆博伸手把七美元塞了过来,这是他在这世上所有的钱。艾伦不想收,但他的朋友坚持给他,并告诉他逃出去以后就直接去找巴尼(他在一张纸上写下了地址),因为巴尼能给他帮助。邦姆博:紧张吗?艾伦:有点。邦姆博:嗯,不管发生了什么,都比这样好。

接下来发生的场景,自 1932 年后就在多达几十部的美国电影中反复出现了——越狱,追捕,孤身一人的罪犯在丛林和沼泽中逃命,全副武装的警员们带着狂吠的循着气味追踪的警犬在后面——但这是在有声电影中展示越狱场景的第一部电影,或者说是最早的电影之一,自无意中发现"百万美元电影"频道至今已过去半个世纪,勒罗伊导演的处理手法依然让你觉得完美,是你在银幕上看过的所有类似场景中最棒的。那又是南方腹地炎热的一天,囚犯们在拆更多的铁轨,艾伦对一个狱吏说,离开一下,这是此处请求上厕所的标准暗语,当狱吏回答说,可以,去那边,邦姆博拍了拍艾伦的手,默默祝他好运,艾伦离开了,走下一个小山包,向一片灌木丛走去。等一离开众人的视线,他就坐下来,脱下鞋,开始对付脚镣,试着把它们从脚上拽下来。慌乱，不成功，花去了比在牢房里更长的时间，预示着这次逃跑开头很糟糕，不像计划的那样，突然，镜头切向那个狱吏，他转过身来寻找艾伦。时间无多，非常短暂，等到艾伦终于把脚镣取下，穿回鞋，开始爬过灌木丛，你几乎就要确定他耗费了太多时间，干不成了。狱吏大声喊道：好了，艾伦，回来干活！——就在这时艾伦站了起来开始逃跑，向着林中的一片空地冲刺，成了公开的靶子。狱吏用来复枪瞄准他，开了一下、两下、三下、四下、五下，空地到头了，艾伦又钻进树林，消失了。狱吏们集合了起来，身后跟着狂吠的追踪气味的猎犬，远处传来火车的汽笛声，艾伦在跑，仍然在跑，拼尽全身力气在跑，画面就在这个被追捕者和追捕者之间来回切换。镜头成了恐慌仪器。画面那被切割的节奏就是恐惧的具象化，画面还模仿了一个人狂乱的心跳，随着胸腔内的心脏一上一下：看得见的黑暗（约翰·弥尔顿语），因为人的心脏从外面是看不见的，而这个特效和心脏的跳动是那么像，就好像人可以看到心脏，人的整个身体变成了这颗心脏。最终，艾伦停下来开始喘息，他靠在一棵树上好让自己不倒下去，前方不远处是一所房子的后院，院里有根晾衣绳，上面晾着新洗的待干的衣服。艾伦冲向房子，从绳子上抓下一些衣服，然后冲回树林里。一次幸运的越狱，是的，就假定他已经逃脱了狱吏们，但接下来，为了脱掉条纹囚服衫换上新衣服，他还需要一点时间，这点时间会缩短他和追捕者们之间的距离，但他必须扔掉囚服，这是他唯一的机会，所以他剥掉身上的囚服换上了其他衣服，等他终于弄好决定再跑时，狗吠声很近了，它们那狂暴的吠声随着每一秒的流逝越来越大，但艾伦还在前面，刚好足够远得看不见，他正在穿过高高的野草，就在野草的另一边，有一条河，一条小溪，一片流动的水域。没有停下来问接下来他应该做什么，他走进了河里，过了一会儿，水已经齐腰，他从一片芦苇里折下一根，用力吹了一口气，使管道畅通，然后沉到水底，利用苇秆为呼吸工具，在这部电影的所有场景中，这是停留在你脑海里最久的一幕，只要你想起这部电影就会想起它，这一幕是所有噩梦之最，挥之不去的画面：艾伦含着苇秆躲在水下，一切都静止了，屏幕上不再发出任何声音，他的身体彻底静止，因害怕什么事或许会突然降临在他身上而一动不动；狱吏和警犬来到河边，其中一人蹚进来，有很短暂的瞬间他的腿离艾伦不动的身体就只有几英寸，再走一步就会撞上他，但他没再往前走那一步；当他和其他狱吏决定去其他地方继续寻找时，艾伦终于可以站起来横穿到河的另一边去了。他快速地瞥了一眼身后，想知道还有没有人在后面跟着——没有人，除了土地、天空和水什么都没有。屏幕渐黑。

一座夜幕下的大城市。一条夜灯明亮的马路，车流向各个方向。喧闹、拥挤。镜头对准了一双鞋，穿着这双鞋的男人迈着缓慢、细碎的步子。镜头向上抬起，是艾伦——脏兮兮，没刮脸,非常疲倦,一个漂荡在人行道上的无名小卒。他停在一间卖男装的衣服店前,几秒钟后他已经进去了,在一张全身镜前凝视着穿上了新衣服的自己。那之后,他又去理发店打理了一下,这一幕简直是侥幸脱险,有个警察走了进来,坐在一张空椅子上,和理发师聊起最近逃走了一名罪犯,叫作詹姆斯·艾伦——大约五英尺十英寸高,浓密的黑发,棕色的眼睛,强壮结实,三十岁左右——说他一定很快就会被抓住,因为他们总是会在逃出这个城市之前被抓住。胡子剃完后,艾伦开始摩挲自己的下巴,好让警察瞧不见他的脸,但理发师误以为这姿势是在对他的工作发表意见,就问道:怎么样?满意吗?艾伦(一边打开门一边点点头):相当满意。镜头切到走在另一条街上的艾伦,还是那个夜晚,离开理发店后不久,他在看手上的一张纸条:巴尼的地址,不是一座房子也不是一栋公寓楼而是个又小又破的旅馆。这位热情的、具有街头智慧的老朋友亲切地欢迎他,为他提供藏身之处,安顿好他并尽一切可能帮他。巴尼做什么生意不清楚,但看起来好像是开妓院,或者非法贩卖私酒,或两样都沾,因为他有很多酒(艾伦很紧张,拒绝了巴尼刚刚为他斟的酒,说明天还是艰苦的一天),女人也随叫随到。当天晚上巴尼必须出门,有事要做,但离开前他告诉艾伦会找个人来让他舒服舒服,然后琳达走了进来,一个迷人的女孩,二十五岁到三十岁之间,愁眉苦脸、没精打采但富有同情心,显然是个堕落的女人。巴尼把她介绍给艾伦,毫无顾忌地说我这兄弟是铁链囚犯里逃出来的（这让艾伦皱起了眉头），然后，走到门边时他又教导她说：好好招待他，宝贝，他是我的私人客人。巴尼离开房间后出现了一阵令人尴尬的沉默。艾伦毫无准备，束手无策，要在这个女人面前卸下戒备的压力让他心烦意乱。你从那地方逃出来一定付出了不少心血吧，她说，对他的勇气表示敬佩，想让他明白自己是站着同一边的。当她走过来亲吻他的时候，艾伦制止了她。你什么也做不了，艾伦说，但当琳达走到桌旁给自己倒一杯酒时，他审视着她的身体，对她的腿、腰和臀做了一番评估，感到自己被吸引了，没法抗拒她甜蜜又忧郁的善良。她举杯敬他。为一个人有那样的胆量越狱，她说，然后又走了过来，坐在椅子扶手上给他按摩肩膀。她说：我知道你在想什么。我明白。我们是朋友……一个堕落女人和一个堕落男人之间机智而优雅的对话。他们最终应该是睡在了一起（好莱坞电影工业准则没起到作用），但这一幕的作用和性没有太大关系。它和怜爱有关，考虑到艾伦必须经历完这条起伏坎坷的路，与琳达的短暂交谈无疑是电影中最温柔慈悲的一幕。

第二天，艾伦终于吃到了他的汉堡包。这是早上或午后，他刚刚买了一张火车票，火车会带他穿过这个州的边界，到本地法律触及不到的地方去开始新的生活，但是车晚点了，无事可做，为打发时间，艾伦就到外面的食品摊上买了一个汉堡包喂自己，快速消灭，快得他不得不再买一个。不用说，他根本吃不上第二个汉堡包，因为在他的故事里汉堡包一直是坏征兆，霉运的前奏曲，就在艾伦张嘴咬二号汉堡包的那一刻，警长出现了。他和他的手下在找某个人，一个逃走的罪犯，艾伦毫不怀疑自己就是那个被找的罪犯，他放下汉堡包立刻离开了食品摊。火车就要离站。为了不冒险，艾伦绕到另一边，想从那边上车以免被警察发现，但等他刚追上一节车厢，一个声音喊道：在那边！——突然间警察们就朝着艾伦的方向冲过来了。看起来他就要被抓了，这次逃跑变成了白忙活，但，这只是一个错误警报，因为他们在找的罪犯其实是另一个脏兮兮的流浪汉，一个躲在火车下、离艾伦只有几英尺远的"被遗忘的人"，当警探们把这个不知道是谁的歹徒拖上警车时，艾伦跳上了火车。然后又发生了惊险的一幕——距离上一幕也就一分钟。乘务员一边查艾伦的票，一边告诉他警察还在找逃跑的罪犯。这个乘务员坐到了另一个乘务员的旁边，没过一会儿他们开始盯着艾伦看，和对方耳语，几乎肯定是在问这人是不是和逃犯的描述符合。一次快速的镜头切换：艾伦灰扑扑鞋子的特写。他离开了火车在步行。镜头又一个切换，这次是一辆高速行驶的汽车。地图叠加到汽车上，汽车变成一辆火车，在地图上，这辆火车朝着北方开去，终点显示是芝加哥。地图和火车最终都消失了，剩下的是城市。高楼林立，灯火闪烁，喧哗，还有自由。

艾伦的人生又重新开始，再一次出现时他站在三州建筑公司的招聘办公室里。不远处有座正在建造中的桥，艾伦左边的墙上贴了张告示：招人。这是他从战场上回来就想做的工作，他找啊找就是没找着的工作，而你料想他在芝加哥也会被拒，理由很简单，你已经把艾伦看成是遭到了诅咒，一个无论什么事临到他头上都会出岔子的人，但让你大吃一惊的是，坐在招聘办公室的桌子后面的人说：我想我们能雇你，好啊——希望瞬间就点燃了你，你开始想或许艾伦的好运终于回来了。叫什么名字？那人问道，想也没想艾伦就回答说艾伦，但当那个人问这是姓还是名时，艾伦犹豫了一会儿，意识到眼下有了个重新改造自己、获得新的身份的机会，于是他说是名，全名叫艾伦·詹姆斯。不怎么明智啊，你一开始想，谁都能看出来这是个倒过来的名字，但你又想了想，就想起很多人的全名是由两个名组成的，不管怎样，你想知道这样行不行。如果把亨利·詹姆斯变成詹姆斯·亨利，有人会在他被叫作亨利先生的时候想到其实是詹姆斯先生吗？应该不会吧。然而，你应该是期待一次更彻底的转变，比如，有点类似于爱德蒙·唐泰斯重生为基督山伯爵，那也是一个被不公正地投入监狱最终逃脱的故事（你读过小说所以对这位伯爵很熟悉），唐泰斯运气好得不可置信，最终发现了一个宝藏，等他回到活人世界，已经成了法国最有钱的男人。艾伦是个穷人，一文不名。唐泰斯想复仇，但艾伦想的就是造桥而已。

桌子后面的人告诉艾伦明早 8 点来报到。这一幕结束于艾伦的雇佣卡的近景特写。**时间：1924 年。等级：工人。每日薪水：四美元。**

时间流逝，过了多久并不清楚，但艾伦再次出现是在户外，和一群人在下午太阳的高温下埋头干活。他们在挖一条沟渠，手上拿的工具是铲子，不再是凿岩石的大锤，但除了不再有铁链之外，这幅场景对你来说仍然熟悉得令人沮丧，一种新形式的监狱苦力，没有鞭子和来复枪，没有心肠恶毒的狱吏，但是悲惨的报酬和繁重的体力劳动依旧，你开始绝望于艾伦有没有可能爬出人生的泥潭了。那似乎是电影想要告诉你的：对于那些一无所有的人来说，世界就是个监狱，最底层的穷人比狗好不了多少，不管一个人是戴着铁链工作还是被三州建筑公司有偿雇用，他都控制不了自己的存在。这是这幕一开始给你的感觉，但很快就发现自己错了，这一幕是个诡计，因为就在你对事件做这么沮丧的解读时，工头走向艾伦，说：嗨，詹姆斯，你给那弯道出了个了不起的主意。我告诉老板说这是你的建议。艾伦：是吗？那真是太好了。工头：我觉得你应该不用再挖很久了。镜头对准了艾伦的下一张雇用卡。**时间：1926 年。等级：工头。每日薪水：九美元。**

他开始迈向人生巅峰。翌年，1927 年，他被提升为测量员，每天能赚十二美元；到 1929 年成了车间副主任，每天的薪水是十四美元；在那之后的某个时候（没指名日期和薪水）他成了公司的最高行政人员之一，大型工地监督人，他的名字和头衔用金色压印的文字写在私人办公室的门上。从衣衫褴褛的落魄到衣帽光鲜的得到尊重，一个建桥工人，最终成为美国式成功的纯粹典范，努力工作、拥有抱负和聪明才智能将你推向一个世界，在那里你能获得有意义的成就和财富，这就是活生生的例子。这本该是故事结束的地方——美德得到回报，曾被动摇的公正回到了完好的平衡——但艾伦的过去永远会是他的过去，因此有个问题，太相信别人的天性是艾伦迈向幸福的障碍（他原先就不该跟着皮特出去讨要汉堡包），因此麻烦会在他的周围聚集起来，总有更多的麻烦，这一次是一个叫玛丽的女人，一个性饥渴又贪婪的金发女郎，1926 年租房子给他并很快成为他的床伴。玛丽对好东西是很敏锐的，英俊又勤恳的艾伦就是一个赌注。这段关系维持了三年，正好是艾伦在三州公司不断向上爬的三年，但他对她已经既没有爱情也没有感情了，身体的热情已经过去，终于有一天决定搬离这个地方。他打包的时候她走了进来，虽然艾伦心太软没有告诉她自己想明确的分手，他还是鼓起勇气提醒她（再一次）他已经不爱她了：我没法改变我对你的感觉，就像我没法改变我眼睛的颜色一样。玛丽（把手放在嘴唇上，满怀敌意地看着他）：这是你离开的唯一理由吗？艾伦：这是个很好的理由，不是吗？玛丽：不太好。当然，当一个男人想抛弃一个女孩，他什么都会做。但他应该不会愿意回去做个铁镣囚犯。

秘密泄露了。难以理解——但的确泄密了，即便艾伦现在已身在伊利诺斯，离入狱的地方有几百英里远，待在北方的五年里，他从没和任何人说过自己的过去，但秘密不再是个秘密，而遭到拒绝的玛丽就是那个撬出他的人。怎么回事呢？因为她拥有他住的公寓，能够在他之前就打开他的信件，而他的兄长、那个甜瓜头的伪善牧师，给他写了一封信——我想你应该知道警察还在找你。当我想到你被抓就意味着还得再服八年可怕的苦役，我的心都凉了。我会和你保持联系。忠实的，克林特——现在玛丽拦截了信件，艾伦的命运握在了她的手上。她会变得和他完全敌对以至于想要揭发他吗？只要还有一个保护他的理由就不会，她说。艾伦问她的话到底什么意思？她不会说出去——如果他是她的丈夫的话。在他能回应这个威胁之前，玛丽就走出房间，她手指头都没抬一下就打得他就范了，艾伦跌跌撞撞了一会儿，就像真的被打了一拳那样向后倒，当退到椅子上抖抖索索地坐下后，他的眼神让你想到了一个眼睁睁看着城市被大火烧成废墟的人。他的表情奇怪而恐怖，几乎是在微笑着，但是奇怪而恐怖，这是一个被粉碎过的人发出的微笑，知道自己不可避免要被粉碎而微笑，笑完眼泪都要出来了，他的决心已全然坍塌，即将崩溃并开始放声大哭，他知道自己陷入了困境，余生都被困住了，不管变得多么绝望，也找不到逃离的可能。

这次婚姻显然也是一场骗局悲剧，妻子对他不忠，说谎，花光了他的钱，艾伦却无力阻止。他的工作倒是越做越好，声望也在上升，被认为是这个城市最好的工程师，但他的私人生活简直没法过，每次回到新公寓，做的第一件事就是把满满的烟灰缸倒掉，把杜松子酒空瓶扔掉，这些都是玛丽刚刚结束的派对上留下来的。后来，在三州公司负责人组织的一场高雅聚会上（玛丽没有参加，她出城去见某位"表兄弟"了），艾伦遇见了一个叫海伦的女子，另一个失落寂寞的灵魂，对你来说她长得实在索然，呜呼，但有教养、温柔（和玛丽的粗野截然相反）、友善。几个月过去了（日历撕去很多页，叠加在工地的镜头上，同时伴随着钻机的声音），艾伦已经和新女朋友陷入热恋，他的生活出现了意想不到的转机，也让他鼓起勇气去面对玛丽并向她提出离婚。他发誓可以给对方任何想要的东西，但她平静地告诉他（躺在沙发上喷出一口烟，可能还喝醉了），自己对目前一切很满意，她也很快乐，不会让他离开的。玛丽：你会变成一个有钱的大人物的，我可是要跟一辈子。艾伦：但我爱上了另一个女人。玛丽：那真是……太……糟……糕……了。艾伦：为什么你不遵守游戏规则？玛丽：规则！所以你和你的新欢就可以如此怠慢我，嚯！艾伦：如果你不讲道理，那我只有想其他法子。玛丽：你去啊，你就浪费时间去吧。艾伦：这不会比和你一起浪费时间更糟。玛丽（发飙了）：你会为你说过的话后悔的！艾伦（抓住她）：听着，你让我受够了，我们必须有个了结。你过去对我耍了个花招，我太蠢也太胆小竟然忍了。玛丽：你这个没用的下流罪犯，吓唬我？你等着。

这就来到了《亡命者》的最后一章。警察来到艾伦的办公室，他正在会见商会代表，他们想邀请他作为下次宴会的主发言人，因为他在新大桥的修建上做出的卓著贡献。一路走到了顶——现在要再一次滑到底，因为玛丽无情地兑现了她的威胁承诺。这不再是简单地让艾伦重新置于南方刑罚系统的控制之下的问题，虽然有相关草案，引渡法规也必须执行，但伊利诺伊州政府和芝加哥地区检察官拒绝把他送回。于是报纸大标题填满了屏幕。**芝加哥为不让艾伦重新成为铁链苦囚据理抗争**，南边的回应则是——**芝加哥的不合作令当地铁链囚官员感到愤怒**——这又引出了一篇为艾伦辩护的社论："这还算文明吗？"——"一个受人尊重的社会公民，却依然笼罩在中世纪苦役的阴影之下，对此我们能袖手旁观吗？詹姆士·艾伦必须被送回活生生的地狱吗？"——对此，相应地，也激发了另一篇社论，**州权利变成了什么？**"事实上，这很悲哀：一个州的官员拒绝承认另一个州的权利。"只要艾伦态度强硬，这场争论最终会消停并被人遗忘,他可以作为自由人留在伊利诺伊州,和海伦结婚,建造更多的桥,但是这位亡命者实在太正直、太善良了,当南方官员提出一项折中交易时,他接受了,为了能够彻底洗清自己的名声。他们假装说只要他回去九十天,这是保证他得到宽恕的最少天数,而且,他肯定不用回到铁链囚当中,他们向他保证,而是在某个监狱里做文书工作。你当时只是个十四岁的男孩,但即便是你也看得出这当中谎话连篇,你可以感觉到艾伦大难临头,但他决定承受这一切,所以你闷闷不乐地看着亡命者和海伦道别,登上了前往南方的火车。一到那里,他就去见了负责案件的当地律师,一位拉齐姆先生,此人要了个高额费用,一上来最关心的就是让艾伦立刻交一笔预付金,艾伦写完支票后拉齐姆才告诉他这是个有趣的州,州长有点古怪,表示文书工作并没有那么肯定,他们可能需要他服苦役六十天。倒霉的艾伦脸上露出了他那轻微的带着嘲讽的微笑,人被逼到角落、别无他法只能接受另一场挫败时就会露出这种笑。六十天。如果必须如此的话他可以去做。只要能让这件可怕的事有个了结,六十天是值得的。

一步一步,随着第二天、下周和下个月缓缓累积,艾伦在北方得到的每个承诺都被南方违背了。第一步:他被投入塔特尔县监狱劳改营,这个州最严酷的劳改营——被一个狱吏残暴地推进了牢房,监狱长告诉他要是再想逃跑的话就开枪毙了他。

唯一的安慰是老朋友邦姆博·威尔斯成了囚友，但是当他试着和老友解释自己和监狱委员会达成的赦免交易时，邦姆博直截了当地告诉他：这里的那些孙子压根儿没听说过这回事。艾伦：我想他们只是不想让我这么轻易搞定，不管怎么说，我会得到赦免。邦姆博：听着，孩子，他们把你弄到这里来就不会考虑赦免你。这是我最后的忠告。听不听由你。

一个广角镜头，众多小山头。很多人在石头和天空构成的巨大场景里干活，挥舞着他们的大铁锤，背景音是黑人男声合唱的圣歌，这是电影开场以来的第一次，故事不再只是关于艾伦和他所受的磨难，而是关于野蛮刑罚和暴虐的整个系统。随着群山间黑人灵歌的唱词响起，你不能不想起南北战争只不过结束于这部电影放映的六十八年前，在那之前的两个半世纪里，无数的男人和女人作为奴隶生活在新大陆上，而现在，又过去二十九年，1961年，你想起希特勒上台也就在电影放映的几个月后，因此当你看到1932年的美国劳改营，不能不把它想做是"二战"集中营的前身——因为这就是世界在恶魔统治下的样子。

第二步：监狱委员会听证会。拉齐姆律师和兄长克林特代表艾伦一方。其间谈到了艾伦的良好表现，镜头切换到囚徒们，艾伦在黑人合唱声中努力地抡着大锤。几秒钟后，又切回到听证会，法官斗志昂扬地为铁链囚徒制度辩护，争辩说（其逻辑像噩梦一般可怕）加诸囚犯身上的惩罚可以塑造他们的品格——就像，举例来说，詹姆斯·艾伦。第三步：赦免被否决了。当克林特去告知他弟弟这个判决时，艾伦，杵在铁栅的另一边，忍不住勃然大怒，愤怒地指责那些偷去他生命的骗子和伪君子。克林特，那位永远冷静和理性的牧师，告诉他说，委员会投票决定，如果能当一年的模范囚犯就释放他。一年，减去已经服役的三个月，就只有九个月了。艾伦：九个月！这样的折磨——我不干！我不干！我告诉你们！我会从这儿出去——就算他们会因此杀了我！第四步：他还是妥协了。没有其他选择，只能同意再坚持九个月。再一次，月复一月，日历纷纷落下，日历纸的后面是群山，一个广角镜头：两百个男人在挥动铁锤凿石头，黑人合唱声久久回旋。第五步：又一场监狱委员会听证会。拉齐姆（对着法官）：最后提醒大家，不仅仅是詹姆斯·艾伦在一年中的模范表现，我这里还有多得数不清的组织和杰出人士写来的信，请求你们赦免他。镜头切到牢房。典狱长走进来和艾伦说：刚刚得到听证会的最终结果。艾伦从床上坐起来，看上去他已经被毁了，半死不活，接近疯狂，也就心脏还会跳两下：什么？典狱官：延迟判决。无限期。

艾伦的脸。那一刻艾伦的脸上出现了什么。一个近景挪过来，脸开始碎裂、崩溃，泪水在眼眶中聚集。他的嘴唇抽搐。

他的身体颤抖。他低下身趴在床上,紧握拳头,不再看任何东西,不再是这个世界的一部分。拳头伸向空中。虚弱的、痉挛的拳头——没有击向任何东西,没有击中任何东西。屏幕黑下来。

这一次,他和邦姆博协同逃跑。邦姆博会被击毙,但在死之前他帮艾伦偷了辆卸货卡车,并把炸药扔到路上阻挡追捕的车,临终前发出了一阵大笑。老人死后,艾伦通过控制卡车后部车斗的齿轮把脚镣切断了。然后,他用另一包炸药炸了一座桥终结了追捕。你被这一行为迷住了,忍不住想,艾伦,这个桥梁的建造者,为了活命,炸掉了一座桥。

一系列的报纸头条和文章,背景里更多的日历纷纷撕落。最后一个大标题写着:**詹姆斯·艾伦怎么样了?他是否成了另一个被遗忘的人?**"一年多以前,詹姆斯·艾伦第二次从铁链苦役犯中惊人地逃脱。从那时起,就再也没有过他的任何消息……"

在你的想象里,他舒适地住进了东海岸或西海岸的某处,也可能是某个南美国家或欧洲国家,取了一个新的、更不容易被辨认的假名,一个不公正审判的幸存者,不管接连遭受到多么残酷的打击,他展示了自己是勇敢和富有创造力的,一个杰出的人，完成了不可能的壮举：两次从最底层的地狱里逃脱。他就算不是一个完全十足的英雄，也是具有英雄气概的。在你有限的经验中，电影中的英雄人物总会在最后大举获胜。现在天又黑了，最后一张报纸从银幕上消逝，美国土地上的某处，一个黑夜，一辆车驶进一个加油站。一个女人走出来，当她在灯光昏暗的车道往前走，你看到那是海伦。她听到一个声音，停了下来。有人藏在阴影中，一个男人在等她，现在他轻轻地叫着她的名字——海伦，海伦，海伦——然后镜头对准了这个人，正是艾伦，衣衫褴褛，胡子拉碴，上一次见到还是一年前从监狱里逃跑，他不再接近被赦免但已经被遗忘。海伦冲向他，抚摸他，叫唤他的名字。之前你为什么不来？她问道。因为我害怕，艾伦回答说。但你可以写信，她说。镜头移到艾伦的脸上，不再是那张绝望破碎的属于囚犯的脸，更像是一张被追捕者的脸，一个逃亡者，神经兮兮，眼睛里除了害怕没有其他。这不安全，他说，他们还在追捕我。我找到过工作，但都无法长久。发生了一些事，出现了一些人。我白天只能躲在房间里，晚上才敢出门。没有朋友，没有休息，没有安宁。原谅我，海伦，我必须找个机会再见你一次——说再见。他陷入了沉默。她投身到他怀里，啜泣。一切都变了，她说道。是的，都变了——然后，他用极其痛苦的声音说道，他们把一切都毁了。

突然，黑暗中传来一个声响。是车门打开的声音？还是某个邻居在朝他们走来？艾伦把海伦从怀里推开，向上看，又看向周围，他的眼睛里闪烁着惊慌。他对她耳语：我必须走了。海伦：你能告诉我你要去哪儿吗？艾伦摇了摇头。他后退着离开她，没入阴影中。海伦：你会给我写信吗？再一次，他摇了摇头，继续后退。海伦：你怎么生活？到这时，他已经被黑暗吞没——他仍然站在那儿，却已看不见。他的声音传出来：偷东西。

接下来除了黑暗什么都不再有，随着他跑入黑夜，传来他的脚步声。

最后的那三个字一直在你脑海里挥之不去——

挥之不去，而因为你第一次看这部电影时还非常年轻，很多年过去了，你依然没有忘记。

时光胶囊

你以为自己什么痕迹都没留下。你在童年和青少年时期写的所有故事和诗歌都消失殆尽，剩下的唯有从孩童到三十五岁左右的少许照片。几乎所有你小时候做的、说的、想的都已经遗忘，即便有许多你还记得，但是有更多——千倍于你所记得的——记不起来了。奥图·格雷厄姆在你刚满八岁时写的信不见了。斯坦·穆夏尔写给你的明信片不见了。你十岁那年获得的棒球奖杯不见了。以前画的画没有了，早年写的字没有了，小学的班级照片没有了，成绩单没有了，夏令营照片没有了，家庭录影带没有了，球队合影没有了，朋友们、父母和亲戚写的信没有了。对于一个出生于二十世纪中叶的人来说，那正是照相机因为廉价而盛行的年代，战后美国的每个中产家庭都热衷于拍拍拍，而和认识的所有人比起来，你的生活是被记录得最少的。怎么可能丢了那么多呢？从五岁到十七岁，你和家人就住过两处居所，大多数的童年档案都还完好无损，但在你父母离异之后，就不再有固定地址了。十八岁之后直到你三十岁出头，你搬家频频，常轻装旅行，在十二个不同的地方待过六个月或更久，更别提那些数不胜数只短暂待了两周到四个月的地方了，因为你居无定所，住的地方又经常很狭小，你就把过去所有的纪念物都放到了母亲那里，从六十年代中叶到七十年代初，你那长期躁动不安的母亲和她第二个丈夫一起，在新泽西换过有半打之多的公寓和房子，而后，迁移到了南加州，接下来的十五年里，每十八个月就搬一次家，买公寓是为了装修后以巨大的利润把它卖掉（她的室内装修技能让人印象深刻），随着这些年来来去去，不断地打包和拆包，东西就不可避免被忽视以至于被遗忘，一点点地，关于你早年存在的每一个痕迹几乎都被抹去了。你现在希望自己能有一本日记，一份持续记载了你的想法，你在这世上的活动，你和其他人的对话，你对书、电影和绘画的反应，你对遇见的人和看到的地方的评论的记录，但你从来就没养成书写自己的习惯。你十八岁那年曾试图开始记日记，但两天后就停止了，觉得不舒服、难为情，困惑于这项举动目的何在。在那以前，你一直认为写作这项活动是一个从里面往外面的手势，是对着另一个人的伸手。你写的字命中注定是要给并非自己的某个人看的，举例来说，信会给朋友看，或者学校论文会给布置作业的老师看，又或者，你的诗和故事会给不知道的某个人看，一个想象中的人。日记的问题在于你不知道应该写给什么人，你是在和自己说话呢还是在和其他人说话？如果是和自己，那会显得多么奇怪和费解，干吗要告诉自己你已经知道的东西，干吗要费事去回顾你刚刚所经历的事情？而如果是和其他人，那他是谁，写给其他人的这个举动又该如何解读为是写日记？你那时太年轻，不知道自己往后会忘掉多少东西——受限于当下而并未意识到你要写给的那个人正是将来的自己。因此当时你停止了写日记，然后一点点地，在随后四十七年里，几乎所有的东西都丢光了。

你开始着手写这本书的大约两个月后，接到一个电话，是你的前妻，也是你过去三十四年来的第一任妻子，小说家和翻译家莉迪亚·戴维斯打来的。就像文学人士到了一定年龄经常会做的那样，她正准备把自己的文档都转交给一所学术图书馆，那些井然有序的档案馆的其中之一，在那里，学者在撰写关于他人作品的书稿时可以查看手稿、做笔记。你也可以这么做了，把自己从堆积如山的文件里解放出来——很高兴可以摆脱它们了，与此同时也很高兴得知它们会得到好心人认真的照看，他们在运营纽约公共图书馆的贝尔格收藏项目。莉迪亚接下来告诉你说，在她计划收录的文章中有所有你曾经写给她的信，因为这些信上的文字其实属于你，即使她拥有那些作为实物的信件，但仍然决定复印一份寄给你，看看里面是不是有些内容如果放到公共阅读的场合会过于私人或者觉得尴尬。如果你要求的话她可以收回任何一封信，如果暴露这些信件会让你感到不安，她也可以继续把它们封存一个特殊的年限——在你们都离开人世后的十年、二十年、五十年。说得有理。你知道自己年轻的时候经常写信给她。特别是1967年到1968年你们分离长达十四个月的那段时间里，当时她在伦敦而你开始在巴黎后来又回了纽约，但你已经不太确定是有多频繁，而当她告诉你大约有百来封、厚达五百页的时候，你被这个数字震惊了，遽然于自己付出了如此多的时间和精力在这些陈旧的、几乎被遗忘的通信上，它们曾经穿越海洋和大陆，而如今只是静静地躺在纽约北部的一栋房子里。马尼拉纸的信封开启了这段信件之旅，每次有二三十页，这些信一直可以追溯到1966年夏天，那时你只有十九岁，此后持续了很多年。甚至在上个世纪七十年代末你们结束了婚姻之后仍然有持续。然后你又回过来继续写这本书，在探索你童年心灵风景的同时，你也在造访年轻时的自己，看那么久之前写的文字，你觉得就好像在阅读一个陌生人的文字，这个人此刻对你而言是如此遥远、如此疏离、如此不成熟，字迹单薄、草率，和现在你写的一点都不像，随着你慢慢消化这些素材并且把它们按照年月日编号，你明白了这一大堆的纸张是你十八岁时没能完成的日记，这些信件不啻为你青春期后期和成人期早期的一粒时光胶囊，是你记忆中大部分已模糊的一段时期的一帧照片，对比鲜明，高度聚光——因此非常珍贵，是你迄今发现的唯一一扇直接通往过去的门。

早期的信件最让你感兴趣，就是那些写于十九岁到二十二岁之间（1966—1969年）的信件，因为你二十三岁生日之后写的就显得比之前的要老成得多，仍然年轻，仍然对自己不确定，但可以辨认出那是属于现在的你的一个缺乏经验的前身，接下来那年冬天，也就是刚刚二十四岁，你明白了自己是谁，自那以后不管是笔迹还是散文的语言风格都和现在的几乎一致。忘掉二十三岁和二十四岁吧，以及，接下来的所有年岁。激起你好奇心的是那个陌生人，那个苦苦挣扎的男孩-男人，他在他妈妈位于纽瓦克的公寓里写信，在缅因州乡下一家六美元一天（含餐饮）的小旅馆里写信，在巴黎一家两美元一天（不含餐饮）的旅馆里写信，在曼哈顿西115街的小公寓里写信，在他妈妈位于莫里斯郡森林的新房子里写信——因为你已经和那个人失去了联系，当你静静聆听纸张上的他说话时，也几乎没有办法再辨认出他来。

长篇累牍的文字指定寄往同一个人，那个终将要成为你第一任妻子的女人。你们在1966年春天相遇。那时候她刚刚进入巴纳德学院而你刚刚进入哥伦比亚大学——两个完全不同世界的产物。一个是来自新泽西、接受了公立学校教育的黑发犹太男孩，另一个是来自马萨诸塞州南安普顿新教徒家庭的金发白人女孩，她大概十岁或十一岁就来到了纽约，然后被最好的私立学校授予奖学金——很多年都待在曼哈顿的贝利尔丽女子学校，后来去了佛蒙特州的帕特妮读高中。你父亲是一个白手起家、个体经营的商人，没有受过大学教育。而她父亲是一个大学教授，一个受人尊敬的批评家，曾在哈佛大学和史密斯大学教授英文，现在哥伦比亚大学教书。你一下子就栽了进去，她尽管没有栽进去，也对你充满好奇。你们可以共同分享：对于书籍和古典音乐的热爱、想要成为作家的决心、对马科斯兄弟或其他形式的喜剧的热情、对游戏的喜好（从国际象棋到乒乓球到网球），以及与美国生活的格格不入——特别是越战。让你们分开的则是：你情感化学物质的不稳定、欲望的波动、不坚定的决心。大多数时候你是一位追求者，而她在抵抗你的靠近和希望被你捕捉之间游移，1966年到1969年之间的其他恋情让形势更加混乱，很多次分手，很多次复合，持续的拉锯让你们俩都尝尽了甜蜜忧伤。不用说，每次你写信给她时你们都是分开的，因为种种原因而分开，你一封信接一封信，用了许多篇幅来分析你们之间的艰难之处，或者建议该如何去改善，或者试图做些安排能再次见到她，或者告诉她你有多么爱她，想念她。总而言之，这些信件可以被认为是情书，但是那场恋爱中的起起伏伏不是你现在所关心的，你也无意把这些纸页改头换面，变成一场四十五年前的浪漫戏剧，因为这些信里也讨论了其他很多事情，这才是过去几个月来你集中精力去处理的相关事宜，它们才是你要在这粒落在手上的时光胶囊中提取的东西——是你接下去要在这份《内心的报告》下一章中继续的话题。

1966年夏。那是你在哥伦比亚大学的第一年。那正是你一直想去的学校，不仅仅因为它是一所很好的大学，英语文学系很强，更在于它地处纽约，那时的你觉得这是世界的中心——现在的你仍然觉得它是世界的中心——去那个城市度过四年比去其他较偏远的校园对你来说更有吸引力，如果是在乡下地区上大学，那么除了学习和喝啤酒你将无事可做。哥伦比亚是一所非常大的大学，但本科生的数量非常少，只有二千八百名学生。每个年级平均七百名，在哥大上学的一大优势就是所有教程都是教授（正教授、副教授或助理教授）来上课，而不是研究生或助手来上课——这一点在其他学校很常见。你的第一位英语教师，是安格斯·弗莱彻，诺思罗普·弗莱[1]的得意门生，而你第一位法语教师是唐纳德·弗雷姆[2]，声誉卓著的蒙田翻译者和蒙田传记作家。恰好，弗莱彻在那个秋季学期教了你两门课，新生人文课（所有新生都必须参加的大课）和另一门专心研读一本书的课，后来发现是读《项狄传》。新生人文课毫无疑问是你到那时为止智识上受到的最令人振奋的挑战，把你投入到一个充满奇迹和启示的宇

---

[1] Northrop Frye（1912—1991），加拿大文学批评家和文学理论家，在二十世纪影响甚大，以《批评的解剖》一书而闻名。
[2] Donald Frame（1911—1991），美国学者，研究法国文艺复兴时期的文学。

宙，随之而来是包罗万象的喜悦——无论何时你回到那些年读的那些书，同样的喜悦都会复苏。第一个学期从荷马开始，到维吉尔结束，中间历经埃斯库罗斯、索福克勒斯、欧里庇得斯、阿里斯托芬、柏拉图、亚里士多德、希罗多德和修昔底德；而在第二个学期你从圣奥古斯丁开始，继而但丁、蒙田、塞万提斯直至陀思妥耶夫斯基。课堂很小，每个人都一支接一支地抽烟，烟灰弹得地板上都是。弗莱彻引发的讨论既激烈又刺激，你这辈子再也没有过那种经历。得承认，大学经历中也有对你而言不那么激动人心的方面，枯燥、碎片式、绝望无助的沉思，难看的宿舍，学校一如既往冷酷无情的管理方式，但你人在纽约，因此只要不在课堂上你可以随时逃离。一位你的童年伙伴也在那年开始了哥大的学业，因为所有入学新生都要住宿舍，你们就合住在卡门楼第八层的一个房间。你这位朋友来自有钱人家庭，不像你是公立高中毕业的，他曾就读于佛蒙特州一所寄宿学校，是莉迪亚的帕特尼校友。这也正是你遇见她的缘由——通过你室友。通过莉迪亚，你又遇见了另一位帕特尼毕业生，鲍勃·P，他是纽约北部一所大学的新生，但他那个春季经常过来，你们因此成了朋友。未来会成为诗人的鲍勃，当时还是一个智力过人、锐利机敏的十八岁男孩。那个学年结束时，你决定在夏天加入他们，去纽约南部的凯茨基尔山区，到准将酒店担任场地管理员（这是一次奇特的冒险，在《穷途，墨路》一书中有过详尽描述），后来你放弃了这份工作，因为报酬极低而且吃不饱，去了鲍勃的家乡，俄亥俄州扬斯敦，接下来的一个月或六个礼拜，你住进了他父母的豪宅，为他父亲的仓库工作，鲍勃的父亲做一些器械生意。报酬和食物都改善了，工作也不难，因为十九岁的你还十分强壮，把沉重的大箱子搬来搬去实在驾轻就熟。因为两年前的夏天你给自己阿姨和姨夫的器械商店打过工（一个规模更小但性质相似的小企业，《穷途，墨路》中也讲到了），现在不过是重操旧业而已，每天在一个煤渣砖墙、水泥地板的房子里工作八小时，其间一直有台收音机在嗡嗡作响，给死寂空气注入1966年的热门流行歌曲，其中最有名的就是弗兰克·辛纳屈唱的《夜晚陌生人》，在你待的那几个礼拜里放了不下一千次，听得太多，渐渐就很厌烦了，以至于到了现在，在六十五岁的时候，你只要听到这首讨厌的民谣的两小节，就仿佛被推回到俄亥俄州扬斯敦那个闷热的夏天。8月初某天，你和鲍勃一起搭车向东而行，在你母亲位于纽瓦克的公寓暂停了一下，又重新上路，这一次是驾着你高中三年级时就拥有的白色雪佛兰，朝北开往佛蒙特州的森林和科德角的海滩。你想不起来你们为什么要去那些地方，但你那时很享受开车，漫长的汽车旅行令人愉悦，可能你唯一的理由仅仅是为了去而去。从另一方面来讲，你隐隐回忆起是莉迪亚和她父母去了科德角，去了位于韦尔弗利特的一所房子，你和鲍勃想出其不意出现在她家门口，说声哈罗。这是毛头小伙子的鲁莽勇敢。如果你是去找她的，那显然根本没找着她，在外面海滩上躺了一晚上之后，你继续上路了。现存第一封来自时光胶囊的信是在母亲的纽瓦克公寓里写的，8月15日，就在你刚回来之后。它这么开头："是的，我们回来了。不过，旅途没那么有趣。我们看见大海了吗？是的。我们看见科德角了吗？是的——爬到了顶上。我们看见波士顿了吗？是的，两次。我们看见帕特尼了吗？是的。毕业生的房子？是的，里面都是非洲学生。这场旅行有让人放松吗？没有。我们开了很远吗？是的，超过一千英里。我们累吗？是的，非常累。我们在纽瓦克待了很久吗？没有，几个小时而已。现在我们找到事儿干了吗？是的，鲍勃在冲凉；保罗躺在沙发上，在给莉迪亚写信。是什么让旅途结束的？一次拙劣悲惨的冒险故事。它有意义吗？也许吧。我们经过了韦尔弗利特吗？是的。保罗想了些什么？想他有多么爱莉迪亚。想起她时，他是客观的吗？正如爱能使一个人达到的客观。他的想法是怎样的？不满足。无限悲伤。无限渴望。"

一个礼拜后（8月22日），你仍然在你母亲的公寓里，鲍勃·P显然已经离开，另一封长达六页的信件，开头很奇怪、做作，是一连串支离破碎的句子："这儿。我在这儿。坐着。我会开始，但是会很缓慢，因为我觉得自己在告诉自己要持续一会儿，可能有点太长的一会儿……你会听到，这儿，在我开始说那些必须坐下来说的东西之前，零零落落，七七八八，有人会把这些叫作消息，或絮叨，但我会，可能你也会，把它叫作……'热身'，这个，我向你保证，仅仅是打个比方，因为显然我已经很热了（你知道现在是夏天）。"在评论了几句死亡的可怕和不可避免后，你突然话锋一转，声称你只想讲一些高兴的事儿："刚刚我在帕特尼山那边走了一会儿，爬到了山顶，突然间意识到，可以说灵光一闪，我知道了什么是这世上真正滑稽的事。不是说其他的事情就不滑稽了。但它们滑稽得不够纯粹，因为它们都有悲剧的一面。但我想到的这个绝不会，滑稽得没商量。那就是放屁。想笑你就笑吧，不过这只会更强化我的论点。没错，它永远好笑，没法严肃对待。它是人的小缺点里面最讨喜的一个。"然后，在另一段突然的转换之后（"我停下来抽了一支烟——因此我的思路里永远存在这个断点了"），你声称自己最近买了一本《芬尼根守灵夜》，"想到可能永远不会去读它，我就拿起来开始读了。然后就放不下来了。并不是因为它容易懂，而是因为它滑稽。你读过一点，对吧？差不多那样。"后面还有几句："剧本方面我还有很多工作要做。已经整整两个礼拜没动笔，昨天才又开始写了，它让我明白我要做的还有很多。"这个早期剧本的手稿已经丢了，不过这句声明证实你当时是很认真在写，并且已经认为自己是个作家（或未来的作家）。然后，你无疑是在回答莉迪亚——她针对你的上一封信提了个问题："我们去的那个海滩是北特鲁罗。我们是6点钟到达的。我特别喜欢脚印里的阴影。"再往下，你给了些建议，对显然是她来信中提到的内容发表评论："……要再次出发，要写起来，你必须去深思，单词真实的感觉。坦诚地，痛苦地。

然后那些隐藏的东西就会出来。你必须忘记日常的莉迪亚、你姐姐的莉迪亚、你父母的莉迪亚、保罗的莉迪亚——但是接下去你就能回到他们那儿,下一次也不会再失去'灵感'。并非是两个世界之间存在矛盾,而在于你怎么去找到它们的联接。"最后,到了这封信的收尾,你告诉她你自己表达得不好。"如此艰难。你看,我无休止地被生活所困惑。一切都颠三倒四,摇晃,破碎。我知道会永远如此——这种困惑。我是多么恨自己在你生病那天打电话给我的时候……告诉你生活很美好。我说些什么啊?为什么活着?我没想为此澄清什么。最后,我相信,比相信任何其他事物都坚定,唯一重要的是爱。啊,又陈词滥调了……但这是我相信的。相信。是的。我。相信。没有它就会迷失。没有它生活会变成悲惨的冷笑话。"

你暂时在你母亲这儿住了下来,因为你在纽约租下的公寓(西107街311号)要到9月第一周才可以入住。8月30日,你报告说你把剧本扔了——"所有的一百四十页"——但不包括想法,你用散文方式另开了个头,"把剧本中的一些元素作为核心"。说到精神状态,你似乎日渐衰弱,因为一种深深的恐惧在你成为大学生后就经常笼罩你。"住在这儿,在纽瓦克,在这枯燥无味的公寓中,简直是不堪忍受。我一般都很沉默。有时候有点神经质。不平静。有些声音总是在我脑中呢喃(murmur)。('呢喃'这个词是英语中最美的词之一)……我的感觉现在特别强烈，每件事都能被更敏锐地意识到。过去几周里我吃得很少……极其忧郁，但有些奇怪的事物在搅动着我的内心。我觉得自己抓住了某件重要事物的根本。"不幸的是，无法解释那件事物是什么，接下来的几个礼拜你住进了新公寓，室友是朋友彼得·舒伯特——这是第一套你拥有独立空间的公寓：走向独立和成人的第二步。那之后，信停了很长一段时间，直到下一年的6月，这部编年史出现了整整九个月的空白……

你记得自己在哥大的第二学年总是做噩梦，苦苦挣扎，越来越相信世界正在眼前崩溃。不仅仅因为越战，它早已变得如此影响巨大如此惨无人道，在那些日子里让人无法思考其他任何事情；还因为你附近街区街道上的脏乱腐败，衣冠不整地沿着晨边高地的人行道蹒跚而行的愤怒的人们；还有你身边被毒品毁掉的人，先是前室友，然后是一个高中伙伴死于海洛因注射过量；再往下，春季学期刚刚过完，中东爆发了"六日战争"①，这件事让你深感忧惧，如此忧惧以至于在战争结果仍不确定的那短暂时间里，你积极地考虑加入以色列军队的想法，因为那时候你认为以色列这个国家没有问题，认为它是一个世俗的社会主义国家，手上没有沾血；再往下，几个礼拜后，纽

---

① 1967年6月5日，以色列出动了几乎全部空军对埃及、叙利亚和伊拉克的一切机场进行闪电式袭击，战争持续了六天，以军死亡近千人，三个阿拉伯国家死亡近两万人并战败。此即第三次中东战争，也称"六日战争"。

瓦克发生了骚乱,这是你出生的城市,你的母亲、继父和妹妹还住在那儿的城市,黑人民众和白人警察无意间爆发的种族冲突导致二十多人死亡,七百多人受伤,一千五百多人被捕,楼房被夷为平地,它带来的破坏如此之大,乃至今日,四十五年之后,纽瓦克还没有完全从那次自毁式的暴力对抗中恢复过来。是的,你从那艰难的一年中挺过来了,仍然不断地有失衡的危险,但无论如何,你一点点往前,继续完成学业并尽最大的努力写作。大多数写出来的东西都废掉了,但不是每个单词,也不是每个句子,1967 年终于有些句子啊短语啊段落啊写得还行,最终能够纳入你后来的出版物。比如,你第一本诗集,《发掘》(*Unearth*,完成于 1972 年)就选了一点进去;再往后许多年,当你在整理自己的诗选时(2004 年),觉得放一点二十岁时写的东西进去也还合适,"作文练习簿上的注解",一个共十三个哲学命题的系列,第一个是这样的:世界在我脑中,我的躯体在世界之中。你仍然坚持这一悖论,这是一种尝试,想要抓住活着的奇异的双重性、内心与外界的无情联合,它们伴随着每个人从生到死心脏的每一次跳动。1966—1967 年:这一年读的书更多了,也许比此生任何一年都多。不止诗歌,还有哲学。十八世纪的贝克莱[①]和休谟,二十世纪的梅洛-庞蒂和维特根斯坦。你在前面两句里看到了以上四位哲学家的踪迹,但

[①] George Berkeley (1685—1753),通称贝克莱主教,爱尔兰哲学家,与约翰·洛克和大卫·休谟被认为是英国近代经验主义哲学家的三位代表人物。

最后还是梅洛-庞蒂的现象学对你影响最深,他那关于自我表征的视角至今仍对你影响最深。

想离开,想得要死,春季学期一结束,最不想待的地方就是炎热、泛着一股馊味儿的纽约。之前在哥大巴特勒图书馆做传呼时攒了点钱,所以暑期不用打工了,想去哪儿就去哪儿。缅因是个值得试试的地方,所以你打开缅因州地图,寻找你能找到的最偏远的地方,最后找到的是丹尼斯维尔,位于班戈市往东八十英里、伊斯特波特(美国最东边的城市,和加拿大隔湾相望)往西三十英里处。你最终选择丹尼斯维尔,是因为那儿有个叫丹尼斯河旅馆的合适住处,一天只要六美元(还包热腾腾的三餐),因此你就动身了,十八个小时的长途巴士,还在班戈市转车等下一辆巴士时逗留了很久,在此期间你翻完了好几本书,其中有卡夫卡的《美国》,这是他的著作中你还没读过的最后一本——伴随你进入未知旅途的最佳读物。你尽可能地彻底隔绝自己,因为你已经开始写一本小说,自少年时代起你就以为(浪漫的以为,或误解的以为)小说应该在孤绝的状态下写就。这是你第一次企图动笔写小说,此后从六十年代末一直到七十年代的大部分时间里,整个儿占据了你的想法就是写小说,但显然你在二十岁时还没有能力写一本小说,甚至二十一岁、二十二岁都不行,太年轻了,没有经验,想法还在演变,不停地波动,所以那次你失败了,而且失败了一次又一次，而今回头看那些失败，你并不觉得那是浪费时间，因为那些年写的几百页甚至可能是几千页（都是在笔记簿上潦草写就的，用你那年轻时代难以辨认的笔迹）里，有后来你努力完成了的三部小说的雏形（《玻璃之城》《末世之城》《月宫》），当你三十岁头几年重新开始写小说时，就重拾起了这些旧笔记簿，把它们作为素材，有时候也会提取完整的句子和段落，它们得以出现在——在写下并尘封好些年之后——那些重新构架的新小说中。那是1967年6月，你前往缅因州丹尼斯维尔的丹尼斯河旅馆，准备把自己和奎因[①]（你书中的主人公）一起隔绝在一个小房间，接下来三个礼拜住在了一座完好的白墙老房子里，它被翻修为旅店，但除了你和老板之外简直是空的，这是一对退休老夫妇，戈弗雷先生和戈弗雷太太，七十五六岁了，从马萨诸塞的斯普林菲尔德过来，从住进去直到离开，你都是唯一的一位客人。丹尼斯河在钓鱼人士当中相当有名，这是一条可以在某个季节里练习垂钓淡水大马哈鱼的美国本土流域（到底怎么回事，细节你现已不甚了了），你来到此处的时间倒是和垂钓季节相吻合，照说也应该是丹尼斯河旅馆的旺季，但1967年钓鱼令没有发放，所以钓鱼爱好者们只好待在家里。戈弗雷夫妇对你很是友善，他们力所能及地做到让你觉得自己受欢迎。胖胖的、乐呵呵的、爱说话的戈弗雷太太是个一流厨师，总是

[①] 此奎因并非《玻璃之城》的男主人公奎因，事实上他是《月宫》叙事者佛格的早期版本。——作者注

把你喂得饱饱的，只要你提出，她就会一而再再而三地给你添食物。瘦瘦的、有点跛的戈弗雷先生带你去伊斯特波特和当地的印第安人居住地转了一圈，还给你讲1916年他待在美国军队里的故事，驻守于美国和墨西哥边境，说是为了以防潘乔·维拉①军队的突袭，但关键是他们从未出现过，让戈弗雷先生当兵的这段时间变成一次"真正的假期"。是的，他们是善良的好心人，如果时至今日你能身处类似的环境，或许会欣喜若狂，全身心投入到写作中，然而对于二十岁的你来说，极端的孤独太难以承受了，没法搞定，你既孤单又焦躁（满脑子都是性），写作进行得不顺利。最要命的还有，这是"六日战争"期间，你不但没法做到好好坐在楼上的房间里写那部很快就要流产的小说，反而抵制不住诱惑老是下楼去起居室里和戈弗雷夫妇一起看电视，关注战争的最新消息。缅因之旅只留下了四封信，没一封长的，都是用只言片语的电报体写成，从这一处与世隔绝的所在发出的简讯。

6月7日：回到零点。扔掉十五页——我已经走了那么远……极其绝望。我又回到数月前的状态——草拟一个长故事（短篇小说？）……仅仅希望自己能搞定它。要顺利完成很困难——世事大抵如此。此刻我不那么乐观。

---

① Pancho Villa（1878—1923），墨西哥1910—1917年革命期间的北方农民义军领袖，这个名字是其绰号之一。

被中东地区发生的事情给刺激了——刚看了加拿大电视广播中联合国的播报——充斥着含沙射影的外交辞令和低能虚伪的可怕场面。我开始严肃考虑去不去以色列的事情了,这事儿没完之前我应该不会去。该持续不了多久,除非蔓延成世界大战……

这儿的天气凉爽有风。我被带去逛了逛公墓,在一座小山顶上,往外看出去是一片田地,再远处丛林茂密——有一块奇怪的墓碑杵在那儿,上面写着:哈里·C,和他的妻子露露。今天,在散步的过程中,我被两件事打动了——田野里的两匹黑马,站得很近,共浴爱河。就像赖特说过的那样:"没有寂寞可以比得上它们的寂寞。"还有更远一点的,两棵树,靠得如此之近,其中一棵把两根树枝靠在了另一棵上,看上去犹如在拥抱。

6月8日:我很高兴你喜欢《特尔勒斯》①。但不要对成为一个女人感到沮丧。这是个很赞的职业。昨晚我在读布莱克,他说:"诽谤,破坏,陷害,所有这些负面均为恶习。但拉瓦特尔和他同时代的人所犯之错的源头在于,他们认为女人的爱是罪,由此她们所拥有的爱和优雅都是罪。"

接下来,毫无疑问,为了回应她的请求——提供一份法文

---

① 《青年特尔勒斯》(*Young Torless*),出自罗伯特·穆齐尔。——作者注

书阅读书单——你推荐了一些小说家——潘热[①]、贝克特、萨洛特[②]、布托尔[③]、罗伯-格里耶和塞利纳[④]——但补充说，她只需要读其中的一两位，接下来转而说起了法语诗："买一套企鹅本《法国诗选》：十九世纪——以及二十世纪的——去看看：维尼[⑤]、奈瓦尔、波德莱尔、马拉美、洛特雷阿蒙、兰波、拉法格[⑥]。二十世纪的书可以去看：瓦雷里、雅各布、阿波利奈尔[⑦]、勒韦迪[⑧]、艾吕雅、布勒东[⑨]、阿拉贡、蓬热[⑩]、米修[⑪]、德斯诺、夏尔[⑫]、博纳富瓦[⑬]。——在我看来，法国人在诗歌方面的成就高过小说，除了福楼拜和普鲁斯特。"[⑭]

---

① Robert Pinget（1919—1997），出生于瑞士的法语先锋作家，对贝克特和其他现代作家均有影响。
② Nathalie Sarraute（1900—1999），法国当代著名的新小说派作家及理论家。
③ Michel Butor（1926—　），当代法国作家，新小说派代表作家之一。
④ Louis-Ferdinand Céline（1894—1961），法国作家，通过倡导新的写作手法使得法国及整个世界文学走向现代。因发表过一些激进的反犹宣言而备受争议。
⑤ Alfred de Vigny（1797—1863），法国诗人、小说家和剧作家，曾担任军职，后转向写浪漫诗，其小说《桑-马尔斯》是法语中第一部重要的历史小说。
⑥ Paul Lafargue（1842—1911），十九世纪末二十世纪初法国和国际工人运动的著名活动家，马克思社会主义新闻记者，文学批评家，马克思的二女婿。
⑦ Guillaume Apollinaire（1880—1918），法国诗人，前卫文学艺术领域的领导人物。
⑧ Pierre Reverdy（1889—1960），法国诗人，对超现实主义、达达主义和立体主义均有影响。
⑨ André Breton（1896—1966），法国作家及诗人，超现实主义的创始人。
⑩ Francis Ponge（1899—1988），法国当代诗人、评论家。
⑪ Henri Michaux（1899—1984），法国诗人、画家。
⑫ Rene Char（1907—1988），法国诗人。
⑬ Yves Bonnefoy（1923—　），法国著名现代诗人、翻译家和文学评论家。
⑭ 长大后的莉迪亚将会着手翻译《包法利夫人》和《去斯万家那边》。长大后的保罗会着手编辑一套二十世纪法国诗选，莉迪亚是其中的译者之一。——作者注

6月14日：很奇怪，很奇怪——昨天，我终于到了伊斯特波特……戈弗雷先生不得不开车去那儿……你一定得看看这个小镇——从没见过这样的——一个真正的鬼城，许多许多倒塌的建筑，都非常老了，一些还是革命时期留下来的——这里四分之三的人口靠政府福利为生——那儿是海湾，有海鸥——加拿大就在对面。砖砌成的老房子——店铺待售……最大的五到十所叫作 BECKETT……还有，我现在在写的这部书，主角叫奎因——果然，这里有一所大房子叫奎恩府上……

我的笔，我想，现在就要开始动了，在折腾了这么多之后——想出一些好点子——它会进行得很慢，很痛苦……

6月18日：碎片。我觉得不舒服。我的声音在头脑里炸裂。我希望你在这儿。我所有的只是工作——孤独被美化至此。是的，显然，最好一个人待着——能工作更好，是的，更好，年代久远的南风[①]从罅隙中吹进来肆虐——空气激起一些想法每天从你的指尖流淌出来——是的，工作更好，我在写一部奇怪的小说……是的，它进展顺利——但你的信弄得我如此悲伤，我想回到纽约，脱下衣服，跳一支傻傻的舞，逗你笑出来——不要看这么多的书——你会变成一个老学究的——说的

---

① 差不多就指的是你的姓氏，Auster 在拉丁语中意思就是"南风"。——作者注

话也让人听不懂。**放音乐**——对着太阳唱歌——赞美死亡——为活人写安魂曲——但不要停止歌唱——让你的声音改变你呼吸的空气——创作点什么——一首诗,一首曲……人皆因爱而被拯救。

8月1日你就要去巴黎,而在6月中旬的这个时候几乎可以确定莉迪亚也会去。你们都报名参加了哥伦比亚大学三年级海外交换生项目,此时离动身的日子越来越近,你的情绪也开始高涨,因为你非常渴望接下来的十到十二个月可以在新环境里度过,而现在你想知道这种高涨的情绪是不是和之前在缅因州写的最后一封狂热的长信无关。然而事实与想象相去甚远。你在指定的日期去往巴黎,想早早安顿下来,让自己在学年开始之前习惯这座城市的水土,但莉迪亚却在最后关头改变了计划,因为过去几个月来她也一直在苦苦挣扎,她的父母决意让她离开伯纳德学院,去伦敦和她已婚的同父异母姐姐住一起,这位姐姐比她大十四岁,住在一所舒适的大房子里,和特纳姆格林公园很近。长期的分离就此拉开帷幕——让你陷入了不间断的痛苦之中,直到第二年夏天的最后几个礼拜。

你已经写过一些接下来几个月里发生在你身上的事情(在《穷途,墨路》中),描述了自己和哥大驻巴黎教务处的项目主任吵架,冲动地决定结束这个项目并退学,你母亲和继父还有舅舅闻听此事，在半夜发了疯似的给你打电话，让你想想清楚再决定，试图打消了你自毁式的念头，考虑清楚征兵的事情，考虑一下学业延期的损失，你告诉他们不，不用再想了，接下来就接到了更多半夜里的电话，让你回纽约"谈谈情况"。在他们一再请求之下你最后还是妥协了，回了趟纽约，原本以为会是很短暂的，因为你满心要回到巴黎继续这混乱而独立的生活，但结果是没能回来，再次来到巴黎已经是三年后。这是因为有一个人，本科生系主任，希望你回到哥大，尽管你已经错过了这个学期不少的课程，普拉特主任，这个人的善意和理解让你意识到自己的行为有多蠢，因此你在纽约待了下来，又成了一名学生。这些事情其实你以前都写过，但当时信件不在手边，所以1996年坐下来写的那部分文字有很多遗漏或错记，甚至像哪一天回到纽约这么明显的事实（你以为是11月中旬，但实际上是10月15日后的某个时候），现在你眼前有证据了，可以发现当时你比年纪大一点的自己想得起来的情况更糟——每件事都弄不明白，可能半个脑子都是糨糊。一开始还好点，但在你决定离开学校之后，就迷失了，东奔西突，蠢事一件接一件地干，断断续续地发作，想让自己别分裂，然而还是一点点地乱掉了。

8月3日：我遇到一个埃及犹太人，他在圣日耳曼德佩修道院前有家糖果店铺，他想给我找个公寓……但这里公寓实在太贵了——简直是浪费钱。所以我待在一个旅馆房间里——有阳光，位置不错，安静。我对它挺满意——到现在为止我已经跑了一大圈做过各种事儿——最终都结束了，我能够开始写东西，并求得一些安宁。

8月10日：我很高兴能收到你的信——这个早晨，大约8点半，正当我在楼下的小咖啡馆里喝早咖啡时，女主人出现在睡眼惺忪的我面前，把一封信戳到我的下巴，用那悦耳的声音说："拿着，先生。给你的。"[①] 真高兴啊……

巴黎

这位夫人，穿着她的丝绒长裙，在长凳上那个打瞌睡的邂逅男人面前停了一下，扔下一声叹息，"真迷人"[②]。但是周围并没人欣赏她那富有同情的话语。

我的房间在高高的楼梯间顶部，楼梯很陡，街上传来的声音都像是小声呢喃……

女孩们穿着短裙，叫"迷你裙"[③]，出乎意料地，引起了老年人的不满，他们嘟囔着："她们超出了所有界限。"[④] 但凭什么

---

① 原文为法文。
② 原文为法文。
③ 原文为法文。
④ 原文为法文，作者有英译注。

阻止年轻人裸露啊?

下雨时,阳光经常在一根赫拉克利特溜溜球的绳索上跳起华尔兹。①

"但是先生,我以为这样袋子里头的是垃圾。"② 所以我那些用来抗感染的药片被扔掉了。

比起手势,语言更难以分辨。喜剧演员和演说家混为一体。而这位作家把墨水倾倒在手稿上,成了一名画家……

每隔一个小时,圣日耳曼-德佩修道院的钟声就传到街上:"我一千岁了,你们都死了我还在这儿。"③

8月11日:我住的这所旅馆的楼层——在刷成灰色的天窗下——很受一直长住此地的老年人欢迎。大约五分钟之前,就在我写这封信的当儿,隔壁的老男人来敲门——他每晚都酒气冲天(我遇见过好几次)——一支残烟在他嘴边,穿着件破破烂烂的浴袍——用粗糙的嗓音一边道歉,一边问什么时候了。"10点50分。④"

8月12日:我抽了"巴黎女人"(Parisiennes)。你可以花

---

① 映射赫拉克利特的名句之一:"上升的路和下降的路是同一条路。"——作者注
② 原文为法文,作者有英译注。
③ 原文为法文,作者有英译注。
④ 原文为法文。

十八生丁买上四支，用蓝色包装纸包着——二十支就九十生丁。第二便宜的是高卢烟（Gauloises），要一法郎三十五分。

如果你起得够早，像我今天这样（7点45分就起来了）——天灰蒙蒙的，冷，下着雨：一整天的雨——走到楼下咖啡厅，你可以喝你的咖啡，周围是一群从市场上来的人和卖冰的、捡垃圾的，等等。唯一让人觉得好奇的是，这些人早上不是喝咖啡（记住，这会儿才8点）而是灌下一堆的洋酒，大多数是红酒。这好像是老男人们的一个习性。这想法（8点就开喝）有点让我难以接受。

清晨，雨水冰冷地溅洒在狭窄的街道上……好像把所有东西都赶到近前来——赶到每个人、赶到我的近前……甚至声音听上去都不一样了。隔壁老男人开着电台，传来手风琴的乐音，显得更清楚，更悲凉。啊——这会儿雨停了。有一瞬间，空气中出现了小小的真空——事实上是我的耳朵……我的大脑，空了。

8月18日：原谅我的拖延。我知道我承诺过昨天要写的。然而，那变得相当难以实现……下午过了一半，我已经写完了半封信。然后我就出门了，和原先计划的相反，回来已经是午夜。但不是晚归让我没法写完整封信——绝不是！我已经完全习惯了熬夜，平常情况下只要回到房间里就能搞定它。但这个特殊的夜晚，也就是说，昨晚——我发现自己，处于一种非文字性的状态、不适合写信的情境，因为醉得一塌糊涂。尽管如此，我还是强烈地下定决心要完成这封信，以信守承诺。甚至买了份意大利报纸，寄望于读一会儿就能让脑子清醒过来。但要命的是，这份报纸很容易看懂，我所掌握的意大利文比自己想象的要多，很快地，我躺到了软绵绵的平整的床上（这是比较诗意的说法，别去管那些褶子和皱皱巴巴的话），而无辜的眼睛不顾我的意志闭上（让这些墙给我作证）并睡着了。我梦见了睡在一张圆形大床上，有浅绿色床单和沉重、冰冷的被子，然后被一位少女动人的声音唤醒，其人年轻貌美，和我私下有一腿；还梦见了被咖啡和羊角包那暖暖的气息、香水那甜甜的气息和少女那柔柔的气息唤醒，但事实上，我醒来时在房间里只发现了脚丫子臭味，而且因为只有本人住在这儿，所以那臭脚（还有穿了很多天的袜子）就只能是属于在下自己的。最让人绝望的是，与美梦恰恰形成鲜明反差，我陷入了"前一晚"后常常会发作的头痛之中，你知道那些头痛的感觉，就好像被大猩猩按住了头，每动一下，哪怕只是轻微的一下，它就会用木锤子狠敲你一下。更悲哀的是，这头痛到现在也没放过我，跟着到处去，和影子一般不离不弃。

不过我不能再继续喋喋不休于自己的身体状况了。阳光灿烂，天气很好。巴黎，在 8 月 15 日那个漫长的周末后，在开始慢慢地复苏。两周之内，我确信一切都将回归常态。

我原本希望和你聊点儿政治——这个夏天，它占据了我思想的大部分——但发现眼下自己还力不从心——下封信再说吧。

好消息。今早信箱里收到了彼得①的便笺。他在巴黎,下午会过来——一个半小时后。

8月21日: 彼得和苏过来了,还有鲍勃·N……今晚他们要在咖啡馆里拉小提琴。那应该会,至少可以说,很有趣。

我慢慢又开始写东西了……也还在读政治学和马克思主义的书……

当想到自己的未来时,我会觉得十分困惑。对于今年以后我会怎么样我连最模糊的想法都没有。留在法国?或者去欧洲

---

① 就是彼得·舒伯特,前一个学年里和你在纽约住同一所公寓的朋友。他也签了巴黎的课程项目,到达巴黎后没几天,他就和女朋友直接穿过圣日耳曼市场来到你这个位于克莱芒路上的小旅馆。你们都没什么钱,每月三百法郎(相当于每天二美元)的租金是你们能负担的极限了。超级古怪有天赋的彼得还是个音乐家,他之所以把自己的时间贡献给巴黎,完全是为了能够和纳迪亚·布朗热一起学习,她是法国音乐教师中的女王,与此同时还得为了获得学士毕业证书而奋斗。他最终达成了自己的愿望,和她一起学习了两年,然后回到纽约完成自己在哥大的学业。他成年后的大部分时间都在蒙特利尔度过,在麦克吉尔大学教书,还给一个管弦乐合唱团做指挥,这个合唱团擅长文艺复兴时期的音乐和当代音乐。不可思议的彼得和他美得不可思议的女朋友苏·H是你在巴黎那几个月里最亲近的朋友,是你的邻居、你的同伴、你的家人,没有他俩简直无法想象自己是否能撑过那段时期的混乱。不过在这个故事中,彼得还得担任另外一个重要角色,因为他把你介绍给了电影制作人亚历山大·索尔克的妻子,博塔·多米格兹·D。他是在高中毕业进入大学前遇见她的,也在巴黎。博塔就是你在9月25日的信件中说的那个"墨西哥女人",她让你有机会进入到电影项目中,最近那些信件里都提到了这个电影。你回到纽约之后仍然和她保持联系,而几年后(1971年2月)你再次回到巴黎并在那儿定居时,她的丈夫——《审判》《三个火枪手》《超人》三部电影的制作人——好几次雇你为他工作。你在《穷途,墨路》中讲到了这些,把索尔克和博塔称作X先生和X夫人。出版那本书时,他们还健在,有保护他们隐私的需要。而现在他们已经辞世,你觉得没必要保持匿名了。现在他们都已经成了鬼魂,而鬼魂拥有的唯一物件就是他的名字。——作者注

其他地方？要么回美国？上哪个大学呢？还是哥伦比亚吗？然后呢？研究生？找份工作？（我确信自己靠写作永远赚不到足够的钱。）写评论？搞翻译？或挨着饿写作？搞搞政治又怎样？对于上述每一个问题，我的回答都是："不知道。"最好的办法，我猜，是见机行事，就像他们说的那样，然而你也知道，我没法长久地保持一成不变。

昨晚，我梦见我外祖母死了。我正在 rue de l'Escroquerie（也就是说，一个乱糟糟脏兮兮的集会）上，一个黑暗、潮湿的地方——像是个娱乐场所——但是用木头搭建的——像是电影里十九世纪七十年代美国军队造的那种木头堡垒。周围有很多骗子和小偷——我手腕上戴着几块表——同时有六块——每边三块。我和苏·H一块儿在寻找彼得……我母亲，对我怒不可遏。我记得和两个医生——其中一个已酩酊大醉——讲到我外祖母。非常奇怪。

8月23日：鸽子停在我窗台上方的屋顶，透过窗，可以看到楼下市场红石板的屋顶，在右边，是圣叙尔比斯教堂的塔尖。下午早些时候，阳光照在鸽子们身上，它们从屋顶上飞起来，在我房间地板上投下一片影子。好像它们就在里头和我一起待着一样。我觉得自己就像圣方济各。

我一直在写作。这让我觉得像个人。

旅馆隔壁是免费施汤中心。在这个城市里有二十个这样的中心，每个区一个。夏天它是关着的，但我确信很快就会再次开放。里面有没上漆的桌子和椅子。就那些了。

两个晚上前，彼得、鲍勃·N和我从一个咖啡馆走到另一个咖啡馆里弹奏音乐。彼得拉小提琴，鲍勃弹吉他，我拿着个玻璃罐子吆喝（收钱）。一小时内我们就收到三十法郎。只有一群德国人……嘲笑我们，当然也没有给任何东西。我差点和其中一个打起来。挣到二十法郎时我们原本准备收手，但鲍勃坚持要到二十四法郎，这样他就能拿到八法郎，用来付房租。我们发现自己来到了奥岱翁街路口[①]——一个空荡荡的大型广场。我们开始上山朝剧院（让-路易斯·巴劳特[②]经营的剧院）走去时，有个女孩从一家非常小的咖啡馆里用带意大利口音的法语朝我们大喊："别走，我们想听小提琴。"我走回来，提议说……如果能保证至少给我们四法郎，我们就表演四首曲子。彼得和鲍勃也跟着往回走了。我们和他们聊了聊——非常愉快——不在大街上很惬意——然后就开始表演。一首歌之后我们就拿到了四法郎。第二首歌才刚开始，一辆警车——上头都是警察——缓慢地开进了广场。"警察。"[③]我喊道。彼得脸色一沉，停止了演奏。我们对客人们匆忙道歉后拔腿就要跑。随着我们开跑，每个人都从口袋里拿出钱来，侍者甚至拿出了一

---

① 原文为法文。
② Jean-Louis Barrault（1910—1994），法国演员、导演和滑稽剧艺术家。
③ 原文为法文。

法郎，要我们健康地离开，并感谢我们，祝愿我们好运……我们像铤而走险的贼一般跑到最近的地铁。非常戏剧化的退场和结束。这是激动人心的时刻——但我一点也不想再来一次。首先，乞讨不是那么有趣。去找人收钱、被人恶语嘲弄、一边还嘴（诸如此类）的那个人是我——这让我感觉很糟。其次，因为我并没穷困潦倒到快要饿死了，乞讨挺言不由衷的，这是在剥夺——我觉得——那些真正的乞丐的利益，他们可是以此为生。但我必须承认我并不后悔有这次经历。

8月23日（第二封信）：我经常这样来度过自己的一天：起得很早，大概在8点到9点半之间。去楼下吃早餐，如果有你的来信，我会边吃东西边看信。然后就上楼，给你写信，出门把这封信发出去，散散步，然后又回来写东西。（我在写些短的东西——散文——独立的一篇篇，每篇大概五到十页，可自成一体。还剩这么点儿时间就要回学校，我并不认为此时能写出更长的东西。）大约1点钟时，彼得和苏起床了（他们一直住在这个小旅馆里，直到找到自己的公寓），我随着他们一起下楼吃点东西。然后会和他们一起出去，或仅仅是跟彼得一起出去——苏有时候会去见南希——或者就我自己出去——或者自己回楼上去继续写东西。比如，昨天，我就和彼得一起出去并买了条裤子……现在是6点，晚饭经常是在饭馆里吃的，然后或者闲坐着，或者出去看电影。然后回到自己的卧室，我常在里头看书，或者有时候，如果觉得差不多了，就会再写点东西。然后睡觉，第二天，重新来一遍。

　　几乎不管从哪个方面来看，这都是完美的生活。在秋季学期开始前那几周里，处于完全的自由之中，很幸运能够住在巴黎，很幸运能够享有这一切，成了一个有幸获得各种好处的男孩，可以和你的朋友一起出去吃饭，在电影资料馆里看电影，在城市里走长长的路，然而这快乐懒散的几周里你仍然对不在身边的爱无比渴求，它在海峡那边，你为自己爱得更多、被爱得不够甚至根本不被爱着而深感折磨，欺骗自己去投身于不着边际的计划，以免跑到伦敦去找她，去那儿是想都不用想的，你的生活费预算很紧，也没法通过打工来获得收入，父亲每月就给你捉襟见肘的一百四十美元，对他来说这是一种姿态，你怎么能不感激他帮你摆脱困境，但即便在四十美分就能看场电影、一美元就能吃顿饭的年代，每月一百四十美元也属于非常微薄，扣除每月六十美元的房租，还剩八十美元用来买食品和其他必需品，每天不到三美元，你在8月28日的信中写到口袋里还剩下相当于七美元，第二天（这一段是用法文写的，现在你也想不起来这么写的原因了）更是只有二美元。"很残酷，也很滑稽，但此刻我只有十法郎了。也就是二美元。几乎快没钱了。我不知道过了今天该怎么办。希望我父亲可以快点把钱汇过来。"①

8月28日：我的写作进行得非常痛苦、缓慢。精疲力竭，所以……非常情绪化——真心沮丧，过一会儿又乐观起来。事态仍然漂浮不定。昨天晚上，情绪糟糕，我在城市里乱走，希望可以用 M 给的餐券在某家自助餐馆得到一份免费晚餐。但是很不幸，没有找到可以使用的餐馆。因此只好走回家。地铁里有个女人在唱歌——美丽，悲伤，为她自己而唱。这让我悲伤到极点，比原先更悲伤了……

花五十美分，你就能买到一升廉价的葡萄酒。我喝得有点儿过多。它常常可以让我犯困，然后就**鼾声**大作。

我想写一个电影剧本。有一些确实不错的想法……

接下来那周（9月5日）还有一封以法文开头的信：我不知道该再说些什么。这儿经常下雨，就像沙子溅落在海上。这城市很丑。它是冰冷的——秋天到了。两个人不能在一起——身体无法看见，太远了，远得触摸不到。每个人都言说无物，没有一个词语，没有一点感觉。脚步虚浮如喝多了。天使在跳舞，到处都是屎。

不做什么。不写东西，不思考。每件事都变得沉重、艰难、

---

① 原文为法文，作者有英译注。

痛苦。没有起点可以开始,没有终点可以结束。每一次它被毁之后,都会自废墟中重现。我不再对此质疑。一旦完成,我就转身,再次开始。我对自己说,只要再坚持一下,别现在就停,只要再挺一会儿一切都会改变,然后我继续向前,就算不知道为什么,也继续向前,每一次都想这是最后一次。是的,我说话,迫使词语发出声音(为何?),这些古老的词语,不再是我的,它们无止境地从我口中落下……①

七个小时后,午夜已过,你回到你的房间继续写信,扔掉对昏暗沉闷的下午的哀叹,开始了一段冗长的关于政治和革命的自由漂浮式讲述……语调的转换突如其来,如此绝对,效果是令人不安的。你把这封两个声部的信看作是你成长中不稳定的象征。内心冲突第一次有了如此具体的证据,往后的日子里它会一直威胁你。"在美国我不会陷入现在这样的情形,"你这么开的头,"一切不言自明,每天早报上都可以读到这一点。重要的是那些混乱组成的感觉。(我的那些念头本身就非常混乱,因为我不知道从哪里开始——)"你在那个点上离题了,甚至在开始之前就离题了,思忖你是否能够同意马克思哲学的基本原理,询问历史是否有范式,探求辩证法的二象性是否有效,结论为否,然后又反驳自己的结论,随后你开始探讨阶级斗争

---

① 原文为法文,作者有英译注。

是小说还是现实,你声称——"可能是现实。"第二段里你对你所称的资产阶级哲学体系发起了进攻:"在描述宇宙时,怀疑论会导向对严格客观方法的自以为是,比如几何学和逻辑学:想想笛卡儿、斯宾诺莎、莱布尼茨、康德——科学的自命不凡:它指出了这样一些二元性,客观/主观,形式/内容,等等,一切都已不复存在。它带来了思想和行动的分离……因此在一个按照经济规律运转的世界……导致了把工人视为机器的想法。劳工合同被降级为资本合同,而不再是人与人之间的合同。之所以如此,是因为人们过去(和现在)被教导要用抽象的概念来思考。因此,现在,举例来说,十分科学化的社会研究会去判断工人们在一天中特定时刻的效率。这是灭绝人性的——因为迄今为止人不可能工作那么久,就好像他是台机器。资本的世界是物质的世界而非人的世界。"确切来说,这么混乱并非因为这些词语语无伦次,或者你不知道自己在说什么,而仅仅是因为你进行得太快了,想要在短短几页当中去写出该有一本书那么长的争论。或许是太累了,或许是喝醉了,没力气去质疑苦难和孤独,在接下去的几个段落中你解释说美国的被压迫阶级没有起身反抗,是因为爱国主义的迷思让他们觉得自己并未身受压迫。你声称美国的中产阶级经历了一个存心的自我毁灭的过程——"对于中产阶级青年(比如我们)来说,要否决我们所出生的这个社会,只有超越自己的阶级,摆脱它所代表的耻辱,去加入穷人和被迫害的族群。"最后你签上了自己的名字：悲伤和半瘫痪的保罗。

你接下来收到的回信，对你来说一定是种打击，让你觉得失望和难以承受的震惊。当你在9月11日回信时，显得追悔莫及、意志消沉，因为情感被过度消耗反倒没那么酸楚。"你来信的真诚，只有我想法的真诚可比，这是最近发现的——原因是，毫无疑问，我刚刚经历过可怕的抑郁。毫无疑问你说的每件事都是真的。除去我们的想法一致（在我的旅行取消之前）只是一种幻觉这个事实，我给眼睛蒙上了一块面纱，为了阻挡真实物体的光线进入，以便我更清楚地观察脑子里转的那些稀奇古怪的想法。但面纱不知不觉中滑落了。现在它捆住了我的脚（缠在脚踝上），每向前走一步我都会摔倒在地上。如果我现在想继续走的话，就得承受走一步摔一跤。最终那块织物会裂开而我将获得自由，或者，还有另一种可能，我可以在某次摔倒之后决定不爬起来，就那么待着……不再有任何重新爬起来的欲望……"

9月15日：我看起来像是被糟糕的天气（整天都在下雨，令人厌恶；秋天来了，树木开始变色）给坑了，喉咙剧痛，身体发冷、发抖。尽管如此，我还是忙着准备报名，参加课程和考试。我必须告诉你……你的朋友L教授懒得要命，简直是个混蛋——见到他很难，一点忙也帮不上。而且他在纽约还给了我们一些课程安排方面的误导——对于要前往索邦神学院[①]的学生来说安排了太多语言课。它似乎并没有那么吸引人。即使彼得这样来学音乐的,也必须把他大部分时间拿去学语言……

已经开始想电影的事情了,很激动——"胶片"就等于**电影**。开始写一个分镜头剧本。以后信中详说……

几乎每个晚上,我的梦都栩栩如生:有一个是被纳粹持枪扫射,令我大为惊讶的是死亡没那么不愉快,我俯卧着飘浮于空气中,别人看不到;另一个是,在公共场所和一个女人赤身裸体待在一起,然后又进入到一个锁着的电影院。双重视角:既从我的眼中,同时又从外部——她的裸体美呆了……

和 L 教授之间令人沮丧的斗智斗勇开始了。可能因为前两年你在哥大被宠坏了,大学一年级和二年级你在纽约跟着一帮牛人学习,不仅仅包括前面提到的安格斯·弗莱彻和唐纳德·弗雷姆(第一年是十九世纪法国诗歌,第二年是蒙田研讨班),还有爱德华·泰勒(弥尔顿)和迈克尔·伍德(双语的小说研讨班:英语部分是乔治·艾略特、亨利·詹姆斯和詹姆斯·乔伊斯,法语部分是福楼拜、司汤达和普鲁斯特),你的导师、中世纪研究者 A. 肯特·希亚特,是一位言辞犀利但彬彬有礼的绅士,每个学期你都要和他讨论选什么课,他一直给予

[①] 巴黎大学前身。

你安慰和鼓励,也就是说在你一半的大学生涯中,没有和学究或短视的人一起待过,也没有见识过那种把自己的不爽发泄到你身上的差劲分子,然后你就撞上 L 教授这堵墙了,你们的冲撞出在陈旧的教学管理上。你的法语很好,已经准备好了去进修更严格的课程,而不是他坚持要你学的被过誉的贝利兹课程。发生在彼得身上的事情还要荒谬好笑,他母亲是法国人,所以他的法语说得极溜,不过还好他的性格不像你这么急,而且为了能够跟着博兰格尔学习,他愿意接受既定的课程计划。你在 15 号的信里诉说了对 L 教授的不满,但是这种不满肯定很快就升级了,因为仅仅五天之后就彻底来了一次造反。

9 月 20 日:以前我从不知道会有这么压倒一切的混乱出现……被抑郁无情地重击。我现在处于一个十字路口——有生以来最重要的一个路口。明天见过 L 教授之后,就能确实地明白一件事——要不要继续待在哥伦比亚大学。此时此刻,我正在认真地考虑退学。除非这个项目能得到改善,我才会继续。L 教授让我感到恶心……这个学年我宁愿保留学籍,这样就能有时间……想清楚我今后要做什么(我想法有点多)。但为了节省时间我不会再每周花十五个小时去学法语了。

不继续完成学业,毫无疑问,继续学业只会带来更多的研究课题,还有可能,到最后,就教书了(这种生活简直让人想死!),我已经决定——一个发自肺腑的、激动人心的决定——

进军电影——先作为剧本作家然后……最终成为导演。一开始会很困难，可能会持续相当长一段时间。总之就是写剧本（我现在就在写一个），认识其他人，得到工作机会做导演助手，诸如此类。明天我要去见一个制作人，或许会得到一个翻译剧本的工作，能赚几百美元……如果美国那边不再有钱汇过来，也就是说，我父亲不想再给我钱——我设想过这情况，也觉得很公平，没什么好怨恨的——我将会到银行里取出剩下的三千美金，然后自己该干啥干啥。

从哥大退学引发的后果会很复杂，也十分严重，因为最后我会连同征兵一起失去自己的学籍……

明天，或许要迈出第一步也是最重要的一步。我会和L教授提议——我通过自学来通过一级和二级考试，去索邦神学院旁听，用这种方式来完成课程计划。事实上，这意味着不去上间接导向考试的语言课（考试看起来是计划中最重要的要素，因为显得"官方"），而是去上索邦神学院真正的课程……然而，我并不认为L教授会接受这个替换方案。要是这样的话我就和他说再见，然后按着自己的套路来。

整件事情太悲伤了。L教授写了封信给我说这时间长得足够我拿下长期居住证。所以今天我在电话旁等了三个小时，觉得很不舒服（你应该听到我咳嗽了），最后得到的结果是我还未成年，所以需要父亲的公证信。真的令人恼火。你知道我多么讨厌官僚主义——这里还要过分……

9月25日：谢谢你的画和你的支持。事情都还没处理好。今天晚些时候，我必须给哥大那边打个长途电话，告诉他们我的计划并问清楚学费（至少其中的大部分）能不能退还。对，L教授不喜欢我的主意——但他管不了。

除了学校这些烦心事，我在忙一堆的事儿……还……翻译了十首雅克·迪潘[①]的诗歌，将寄给纽约的艾伦[②]，艾伦说过很有可能将它们发表在《诗歌》杂志上。这样我能赚五十美元。

我不指望我父亲会再汇钱给我。我只有三千美元的积蓄了——所以必须想个挣钱的路子，不管赚得多么少。

[①] 法国诗人（Jacques Dupin，1927—2012）。上一年春天你在纽约发现了他的作品——在一本薄薄的法国当代诗选里有三四首他的诗歌——你到达巴黎后就开始搜寻他的书并翻译。仅仅是为了这样做所带来的纯粹的快乐——因为你发现他是法国新兴诗人中最优秀、最具独创性的。你们在1971年见到了彼此，成为亲密的朋友，这份友谊一直持续到去年10月他去世。1974年，你翻译了他的一本书，书名是《一阵一阵地》(*Fits and Starts*)（Lving Hand 出版社出版）；第二本翻译书《诗选》，1992 年推出（美国版由维克森林大学出版社出版，英国版由布拉戴克斯图书公司出版）。你还写过两篇散文献给迪潘（收入在你的《散文集》）：1971 年是评论他的诗，2006 年你又写了一个回忆录式的系列，算是给他八十岁生日的惊喜，文章名为《友谊的历史》。你上一本书《冬日笔记》提到了雅克和他的妻子克里斯蒂娜（英文版第七十六页）："最好最善良的朋友——愿他们的名字永远受尊敬。"——作者注

[②] 艾伦·曼德尔鲍姆（1926—2011），你的姨父。翻译家，翻译过维吉尔、但丁、荷马和奥维德，颇受赞誉，还翻译过二十世纪意大利文学（包括翁加雷蒂、夸西莫多和其他人），还是个诗人、教授、语言大师（精通古希腊文、拉丁文、希伯来文、阿拉伯文和所有主要的欧洲语言）——无疑是你所知道的最才华横溢和富有激情的文学智者。他是你早期写作生涯中的朋友、顾问、救助者，是第一个相信你做的事情并对你的雄心壮志给予支持的人。愿他的名字永远受尊敬。——作者注

我正在重写墨西哥女人的分镜头剧本，她是《塞万提斯》制片人的老婆，在那部片子里我的作曲家的老朋友[1]也担任了一个角色。如果它被拍成了电影，我的名字就会在里头——得到我想要的经验。她还希望我把她的一个剧本翻译成英文——反正都会支付报酬给我。她皮肤很暗，迷人而美丽——但我不相信她。我认为她说的有些是空话。但这要以后才会知道。她有可能会把她家的女佣房留给我——不用交钱。必须搬走了，因为我再也没法负担旅馆每月三百法郎的租金。过几天我就会知道自己能不能去那个女佣房。这将会帮大忙。我对豪不豪华无所谓（女佣房按照惯例都非常非常小，没有水，一般都在顶楼，得走后面楼梯）。

我的计划是这样的——在巴黎待上一阵子——写自己的剧本（同时继续其他写作），翻译，由此获得所有我能获得的经验……

9月27日：我现在不想说太多，时辰已晚，我在等你回我的上一封信。

无论如何，有些破事儿。我给哥伦比亚大学的教务长打了长途（花了九十法郎，差不多相当于二十美元！）然后搞定了一切。

---

[1] 即亚历山大·斯彭格勒（Alexandre Spengler），你1965年第一次去巴黎的时候就遇见了他。他出现在了《孤独及其所创造的》第二部分，用的是S这个代号作为名字。——作者注

学费能全额退还。我写了一封正式的公函给他们。也给我父母写了信——父亲和母亲都写了。我很好奇他们会怎么应对……

说到电影——我并非总导演,仅仅是导演助手。眼下我全力以赴重写分镜头剧本——几乎全部推倒重来。有人告诉我萨尔瓦多·达利对其中一个感兴趣。这可能有点逗。电影中的大部分场景发生在下水道。明天下午,墨西哥女人和我要下去见他们。显然,很多人都想拍这个电影——有个年轻人,很有钱,想做制作人。明天我们还将见到技术主管。然而,我不太乐观。我觉得整件事将无疾而终。尽管如此,一切仍将拭目以待——重写别人的东西很奇怪。不过,这似乎是很好的练习。

我觉得被解放了,不用再去担心学校……

10月3日:……事情离理想状态还差得远——事实上,完全混乱,常常令人极其沮丧(我把字写得小小的,因为这是最后一张纸了)。——大约四五天前,半夜里接到母亲和继父打来的电话……他们似乎非常担心我——要求我回纽瓦克待三四天,"聊聊情况"。我答应了,是为了避免在电话里做无意义的争执——第二天上午写了封特快邮件告诉他们我不想回去——一点也不。去那里,特别又是这么短的时间,简直要彻底毁了我的士气。然后他们就没再和我联系了。我没想让别人感觉不爽——但如果需要的话,还是会那么做。他们看来最担忧的是征兵的事。

也有好消息，他们告诉我艾伦对我寄给他的迪潘的译文印象极其深刻，铁定会出版……

我常去看我那个作曲家老朋友。他一直在生病。没钱。我力所能及的时候就给他买点食物。

电影那边的事直到这周一还一直搁置——仍然是钱的问题。他们在找人投钱。我对"制作人"讨论钱时的那副腔调厌恶已极……油腔滑调，令人作呕。他把每个人都叫作"亲爱的 X 先生"[①]——用一副诣媚的、舔屁眼似的腔调。剧本我重写了三分之一，之后就停滞下来了。那个女人，也就是作者本人，看上去挺高兴。今晚我要给导演读剧本，他名叫安德烈·S，是世界顶尖的电影技术师——《阿拉伯的劳伦斯》里的沙漠场景就是他做的。这是他第一次执导——然后，我向你保证，这部电影，如果能做出来，将和《阿拉伯的劳伦斯》半毛钱关系也没有……此时一切都不确定——我极其悲观。

然而，如果拍完的话，我能赚几千美元。目前，我还接了另一份翻译活儿，是个剧本，我猜，我能拿到一百美元。

我反复提到这些钱，只因为一切事情都悬而未决而我得自己养活自己——一种新感觉。

我还在给一部短片（court-métrage）写剧本。估摸着五天或一周后完成……会给你一份复印拷贝。我更愿意想办法几个月

---

① 原文为法文。

后去英格兰或苏格兰给到你。也就是认识一些导演、演员和赚钱之类……

还在写一系列散文诗,叫作《修订》(Revisions),可以说是对我过去生活的反思。

所有这些事儿搞得我像是……很忙很忙。也许吧,但又没觉得。大多数时候我完全一个人——处于一种深不可测的、可怕的孤独中。在我的小房间里——很冷——或者在工作,或者在踱步,或者因为抑郁而动弹不得。散步,无比孤独地散步。还有见见搞电影的这些人——他们让我觉得很不真实。我几乎啥也不吃……

我很发愁自己会变成什么样。还发愁征兵的事情。

最近我做过的最兴奋的事情是去参加了一次共产党聚会——俄国革命五十周年纪念会。尤里·加加林,人类历史上第一位宇航员,"特别有魅力"。我从来没听过那么多噪声,有叫喊声、尖叫声、歌唱声……

10月9日:我来回答你的问题:是的,你或许是对的,如果我继续负隅顽抗,我的父母,或至少我的母亲,就要空降巴黎来"给我洗洗脑"了——卖气球的人不见了,但"老板还在那里"[①],我经常见的那个作曲家朋友,说是我帮助他,还不如

---

① 原文为法文。

说是他帮助我。彼得和苏还住在这所小旅馆里……彼得，尽管不喜欢这个课程项目，还是坚持了下来，因为有可能和纳迪亚·布朗热一起学习。——我常常见到他俩——我们老是一起去一家好吃又极其便宜的波兰饭馆吃饭，几乎是每天。时不时地，彼得和我会一起玩弹球。几乎每家咖啡馆里都有弹球机。我还和他们一起读贝克特。彼得读过《莫菲》[1]，现在在读《瓦特》。几周前，作为奖赏，彼得和苏为我表演了恩登先生和莫菲进行的国际象棋赛。——其他都说得差不多了，再来谈谈今天电影的预算问题。对整件事……我有些不抱幻想了。尽管如此，还是在忙自己的剧本。它被发展成一部长片。已经写了五十页，大概只完成了三分之一或二分之一。此外，我下了很大的决心要把它拍出来然后公映……

10月16日：有一些不怎么让人高兴的消息。我父母都要发狂了……艾伦打了电话过来——要我回美国待几天——"谈谈"——说我只用写信的方式对他们来说是不公平的。那没怎么打动我，但我告诉他……会回去。大约两天后接到了母亲的电报，说在法国航空给我订了一张开放的机票。第二天我发现自己的健康卡找不到了……就写信让他们寄过来。所以，我不

---

[1] *Murphy*，贝克特的第一部长篇小说，具有荒诞、黑色幽默和心理分析的色彩。主人公莫菲在一家精神病院当男护士，经常和一位恩登先生下国际象棋，但双方都不以赢为目的。

知道自己到底会什么时候回去———周或两周后吧，我想——但我会选个时间回去。我小心地在信件中要求他们保证订的是往返票。

因为这些马上要到来的烦死人的回国安排，建议你这段时间别给我写信了，等再次收到我的信再说。我很可能收不到你的信。我很快会从这儿离开。等回到巴黎以后，我会给你写信告知新地址。

还有个消息——电影被派拉蒙看中了，亏了达利的反应。会在3月或4月进行拍摄。达利会在25日来巴黎。然而，这整件事对我来说仍有些荒唐可笑——这个剧本根本没那么好。

我完成了我的分镜头剧本……花了整整三天把这该死的玩意儿打出来——七十页。我没想马上拍电影……只想把自己关在房间里继续写东西——什么都行，想法，词语……一刻也不要停下来。凡事和其他事都有关联。一个宇宙。我发现，现在，自己的工作能量前所未有地强大。可以轻而易举地在房间里坐上一整天写写写。我拥有了孤独的自由，有了一种新的明晰的感觉，我想，这来自于再也无须担忧学校……

你会在大约两周后再收到我的信……

你信守了承诺，在11月3日，也就是两周后给她写了封信。不是从巴黎，虽然你期望如此，但实际是从纽约发出的。本以为不过"为期几天的拜访"，最终却延长至三年多。你回到了气氛阴郁的晨边高地,住在校园对面,4月底那里成了示威静坐、抗议和警察干预的战地,不久后,同样的学生暴动在巴黎也爆发了,你于是明白不管在哪儿度过那一年,自己都会在一场暴力风暴的中心。哥伦比亚大学学生暴动后五个月,F. W. 杜皮,一位极其受人尊敬的哥大英语教授(你没上过他的课,但你通过他的名气知道他,并且见过他),在《纽约书评》上发表了一篇长文,极其详细地描述了春天这次事件。杜皮当时六十三岁,你之所以更愿意提及他的文章而不是其他同龄人的报道,很清楚,因为他不是学生,不是那场骚乱的参与者,他能以一种更明智和不带偏见的冷静来观察发生了什么。与此同时,你很难想到还有谁更好地阐释过暴动前几个月哥大校园里的氛围。

"这是哥伦比亚大学的美德之一,"杜皮写道,"她允许她的教师们……持有许多智识、社会自由和许多好学生。没错,我一贯对校园政治敬而远之的态度最近已经被打破,当我看到学生们在战争压力下越来越绝望的时候。这场战争的罪大恶极被掩盖了,他们思考又思考的悲惨结果,是发现自己只有可悲的少许选择:越南或者加拿大……或者监狱!他们当然会躁动不安,成群结队地离开教室,在校园里发动吵吵嚷嚷的游行示威。对这一切,哥大行政部门所采取的做法只是徒增进一步的紧张。当权者的措施越来越反复无常,他们变来变去,以大家熟悉的美国式作风,一会儿是宽大自由,一会儿是恐吓镇压。

"当前，没有受到过挑战的权威少之又少——即便是梵蒂冈——他们认为自己有权'挂起'这一事态。我的很多教师同僚认同行政部门的'挂起'政策，其中有一位和我说起学生的忤逆：'对孩子们来说，有时候你就得和他们说不。'但这些唱反调的学生可不是孩子，对他们说不，就意味着不是'好好谈谈'而是得采取其他什么方式。这场战争给这所大学带来了多得多的暴力。总而言之，哥伦比亚（特别是我教的那个学院，也是4月大骚乱开始的地方）整个学年的形势都很严峻。没有人——甚至是学生激进分子——预期过最后实际发生的暴动，所以如果说今年结束的时候出现了精神崩溃大流行，我一定不会惊讶。"

那就是你回到的地方，一座潜在的精神崩溃中心，而那年你还要经历一场内心斗争，周围的空气中盘旋着一股压抑的宿命的气息，你无法从中脱身……

在11月3日的信件中，你报告说自己回到学校，恢复了在哥大的学业，还要搬进一间新公寓（西115街601号），房租适中，每月八十美金。说服你改变主意的人是你的艾伦姨父。回来之后，你去他位于曼哈顿的公寓待了好些天，"谈所有的事情"，特别是谈到你把自己和未来弄得一团糟。你写到和他交谈是多么好的一件事，推崇他的智慧和通情达理，并承认你辍学的选择是错误的——不仅仅因为学校对你来说很重要,还因为这场战争,以及你反对这场战争,这会给征兵带来许多麻烦。通过重返哥大,你能使这场斗争再延续十八个月。

"我已经做好了课程表,上四门课——两门研究生课程,两门本科生课程——每周只有五节课——都在周一、周二、周三,这样就能有连续四天的周末可支配。我差不多已经赶上课程了……"

11月17日:说实话,我真的不介意待在这儿。在过去的几年里,我简直是将自己连根拔起……我和周围环境已经建立起一种平衡:漠不关心,或者说得好听一点,只想做个安静的人——哪儿都一样,有好有坏;重要的是做好活着的营生,充实内心的使命让自己继续前行。说到美国,这地儿已经烂得流脓了,充斥着各种烦心事……

我每天都工作到凌晨4点。翻译了更多迪潘的诗(现在大约有二十首了),艾伦很高兴,明天会把它们拿给我们的朋友詹姆斯·赖特看,他是《60年代》杂志的编辑……我希望不远的将来,能再翻译其他几位诗人的作品。我发现这是很好的练习。以及,还在修订和拓展我那个分镜头剧本,为别的事情拟定初步的框架:小说……更多的电影。和一个电影制片人取得了联系——现在知道哪里能找到摄影师了。必须马上开始着手赚钱。还有,当然,我在上学。所以你看,实在忙……

读了些皮埃尔·勒韦迪的诗。看了电影《饥饿》《青年特尔勒斯》[1]……

11月23日：说说分镜头剧本的事。我刚刚弄了台打字机——一台大机器，每月租金六美元，但还没开始重写……只在脑子里重新构思了一下。最大的任务是体力活儿——打字——页数太多了。所以我没法立即将剧本邮寄过去——宁愿等到圣诞节我亲自带过去……我还会带来迪潘的译稿，以及另外两位法语诗人的译稿：雅各泰[2]和杜·布歇[3]。我在写一本关于这三位诗人的小书，以作为法语课程的作业——诗歌翻译（每人二十首），一篇综述导言，然后就每位诗人写一篇文章，还有评注。好学院派啊！但这比仅仅写一篇普通的论文要好多了。我手上还有一部准备开始写的小说。还写了些诗；尚需改动，下一封信里我会发给你。

坏消息是，墨西哥女人给我来了一封信。她已经不在巴黎了，导演和制片人把剧本给偷了——彻底重写了一个——把它变得粗俗和商业气——还和派拉蒙以及达利签了合约，会做一部百万美元级别的电影。她被一脚踢开了，不用说，我也是。

---

[1] 德国新浪潮导演沃尔克·施隆多夫1966年发行的电影，根据罗伯特·穆齐尔同名小说改编。
[2] Philippe Jaccottet（1925— ），生于瑞士，后定居法国，曾获蒙田文学奖、法兰西科学院奖、荷尔德林诗歌奖、彼特拉克诗歌奖等多项文学大奖。2004年，荣获法国龚古尔诗歌奖，同年入围诺贝尔文学奖候选人。
[3] André du Bouchet（1924—2001），法国诗人。

这些人贪婪,耍尽花招。一切都背着她干。达利,她说,只在乎钱……对我来说,这也许是最好的结果——被逼到独立制作的路上去了。但我为她感到难过。

我没想学究式的卖弄,不过得回答你之前的问题……看看这两本马克思的书吧:《德意志意识形态》和《1844年经济学哲学手稿》。很清晰,很有启发性……还有,别把法农[①]的书——《大地上的受难者》——给漏了。

你记得写剧本的情形,那被你称作你的分镜头剧本的作品,真是写得太长了,将近一百页,不像一部电影剧本,使用了现在时态的叙述方法,里面充斥了对背景细枝末节的介绍,对各种手势、丑态和面部表情的详尽描述,因为它被设定为一部黑白默片,也就是说,一部没有对话的电影,所以没有一块空白能让人把它和正常的剧本联系起来,你记忆中仍然想得起来这些手稿是什么样子:密密麻麻的单词,一大片黑色记号,只留下少许白色间隙,这意味着它是到那时为止你所完成的最长作品。如果你没记错的话,电影名叫《回归》,一部梦幻般的哲学喜剧,关于一位老人徜徉于几乎杳无人烟的风景长廊之中寻找他童年的家,一路经历了各种冒险。你记得构思它是很棒的一

---

① Frantz Fanon(1925—1961),法国黑人作家、心理分析学家、文化批评家,是二十世纪研究非殖民化和殖民主义的精神病理学较有影响的思想家之一。《大地上的受难者》(*The Wretched of the Earth*)为其代表作。

件事，但那并不意味着你的判断是对的，即便你希望将它制作出来，你也认定它只不过是部菜鸟作品，一个实验。让现在的你真正吃惊的是当时居然自欺欺人认为自己能完成制作，这对电影制作的认识得多么自大啊，对整个电影工业的想法又是多么天真可笑和愚蠢乐观。你一无所知，完全啥也不懂，除非有人资助一笔钱用来挥霍在这个项目上，不然这部片子被你这二十岁毛头小伙做出来的机会等于零，完全为零。不管怎样，等到完成了最后一稿，你已经在思考其他你想写的东西了，而且忙得不亦乐乎，同时还在忙着跟上学业。几个月之后，你把电影手稿拿给一个说想读读看的朋友，随后就不翼而飞了。那个时代，施乐打印复印机还很新颖，费用也高得不是你所能承受，所以也没给手稿做备份，而且打字的时候你也没记得用复写纸，所以那份不见了的手稿其实是唯一的一份。这件事让你很不开心，这是显然的，但也没不开心到绝望的地步，不至于一蹶不振意志消沉，很快你就不再想它了。又过了将近二十五年后你才踮起脚尖重新进入电影世界。

12月3日：我孤身一人，很少离开房子外出。一天天过去也不怎么说话。当我被迫要说点什么时，发出的嗓音连自己都觉得异常陌生，仿佛一台机器在嘎嘎作响。每周我只去课堂五次。坐下，听课，离开。回到家中。周末有四天长，特别寂寞。然后，如果我真的外出，只会在午夜之后，买醉或买些食品杂货。

我工作得非常辛苦，埋头于隐居生活……小说是一项压倒一切的事业……诗歌几乎就成了消遣。电影也会吸引注意力。学校作业有待完成。

我不知道是什么在推动自己……头脑敏锐，但更多是迷惑。常常觉得自己就要死了。昨晚我在听贝多芬的第三交响曲，这是近两年来的头一次。浑身震颤，抖个不停……我哭了。我没法理解它，就好像掉进了虚空。

唯我论的生活。没有朋友，没有身体……

晚些时候：

今天发生了一件好事。我寄给你的那些诗歌，大约一周前，也给了艾伦一份副本。然后就忘了这回事，去做其他事了。显然，他把诗稿放在口袋里也给忘了。今天他给我打了个电话，说昨晚发现它们在口袋里时愣了一会儿才反应过来。他说读完以后印象非常深刻，差点没忍住凌晨2点就给我挂电话。对此我相当怀疑——没觉得它们有那么好……但他说，不，不，它们真的很好，很特别，说我应该拿去给《诗歌》杂志投稿，因为它们应该被出版。尽管我不知道自己会不会那样做，但还是被他的评价给说得飘飘然。他说我真的在进步。能得到这样的小吹捧当然很好，特别是来自于他。

12月5日： 看起来命运就是在和我们作对。这很难开口，我希望自己可以说清楚，就灌了点酒好让自己能面对这一页。

很简单，圣诞的时候我不能来了。三个理由，一起挤压过来给我添堵了：责任、欠债、冲突。我父亲曾经和我签过一份愚蠢的协议，直到我二十一岁才不再管我的银行账户，现在他并不打算松开拳头（我的钱啊！），因为他宣称我——不可靠。诺尔曼[①]说他需要我加入他的竞选后援——此事还不确定——会很快定下来或被否决。还有我的外祖母，身体在快速地衰竭，很可怕，需要家人陪在身边。每个人都要空出时间来陪她——艰巨的考验……因为电影的事儿泡汤了，之前我找的离开的借口——心灵需要是可以被忽略的，对他们来说毫无价值——就无效了。我动不了了——身不由己。

很抱歉，对不起。我期望了这么久——都找不到其他活着的理由。我坐下来看着你的照片，想回忆起你的声音……

12月18日：你说你想知道我的生活细节。我会试着讲给你……

我有四门课程——"政体C.C."[②]，要阅读像马克思、列宁和索雷尔这些人的作品……这门课开在周一和周三的11点到12点15分，我几乎不去——课上得非常乏味，但相关书籍读起来很不错。另一门在周二的下午3点到5点，有个叫"东方

[①] 你的继父诺尔曼·希夫，一位劳工律师和坚定的自由民主党成员，当时在考虑竞选国会议员。不久之后，他还是放弃了这个想法。——作者注

[②] C.C.指"当代文明"，毕业的必修课。——作者注。

人文"的研讨班。也是读的东西很棒——中东和印度哲学、宗教和诗歌——但课堂无聊得没法用语言形容。有两个老师，都是平庸的蠢材。尽管如此，我一个人还是没法完成阅读。周三要好些，C.C.之外的两门课程——都在研究生院。2点到4点的是艺术史——迈耶·夏皮罗[1]教的"抽象油画"……他发音清晰，有智慧，诙谐，阅读品位好。这堂课是大型讲座形式的（大约二百到二百五十人）——我大约会坐两小时听他讲——真心愉快。4点到6点，还有一堂研究生课程，二十世纪法兰西诗歌。课程读物，当然，好极了——但课程本身不幸相当沉闷。尽管如此，我一直很努力——就贝克特的一首十五行诗写了一篇二十五页的论文。小心谨慎地对待一件小事是有好处的……还有，可能已经跟你说过了，我在翻译四位法国诗人的一系列诗歌——迪潘、布歇、博纳富瓦和雅各泰。我将在假期的某个时候完成，假期下个星期就开始了……大约一个半月前，博纳富瓦来这里做了场演讲，在法国文化中心[2]，用法语讲的，谈的是波德莱尔和马拉美。一个看上去不像真人的男人——个子矮小，有些揉成一团的感觉——但他是个伟大的诗人和很好的艺术批评家……我印象深刻。

　　下学期会好很多……不好的教师少了，课程的质量会提

---

[1] Meyer Schapiro（1904—1996），美国著名艺术史家，曾为哥大校级教授。
[2] 原哥伦比亚大学布尔楼（Buell Hall），1913年起为法国文化中心（La Maison Francaise）。

升。几天前,我去拜访了我的老朋友爱德华·泰勒,问我能不能上他的高级研讨班——"英语诗歌——1500—1650年"。当然了,当然,他说,很高兴你来……我们在他的办公室里聊了一个半小时,很有趣……还有一门研究生课程是美学哲学,据说是很好的——另一堂用法语讲的课,讲福楼拜,主讲是伊尼德·斯塔基[①],声名卓著的英国老太太,来自剑桥。还有一门本科课程——中世纪法国文学,以及,一门当代音乐课(从比森开始讲起),我自己非常想上。最后就是体育课了。我会忙得不行——但真不在意这一点——我以一种奇怪的方式享受学习,特别是那些古老的事物——中世纪,文艺复兴……

我几乎一直是一个人。大部分时间都待在公寓里。有三个房间:后面是带浴室的卧室……隔壁是厨房,煮咖啡啦,烤面包啦——然后是大起居室,放着我的桌子,用来工作。有时候,深夜,我会到西区酒吧去买些健力士黑啤。我偶尔会去看望L.,我喜欢和他待在一起。时不时也会去拜访那个女生和她的室友……都是艾伦以前的学生。有时候她们会给我一些吃的,其他时候我们就是聊聊天。

通过艾伦,我见到了……他的好朋友鲁比·科恩[②],她写过一本关于贝克特的书。大约两周前一个早上见的面,愉快地聊

[①] Enid Starkie(1897—1970),爱尔兰文学批评家,因其所写的法国诗人传记而闻名。
[②] Ruby Cohn(1922—2011),剧评家,贝克特研究专家。

了大约三小时……

艾伦一直对我很好……很帮我——建议我读什么——帮我把翻译的东西发表了——鼓励我再做些其他尝试。我可能可以赚点钱,去翻译一些欧洲先锋话剧,他的一个朋友有意出本相关的剧本——他口头上已经答应我了……

更严肃的是……我为自己的写作而活——它耗费了我的思想。我同时有很多想法、计划——我的空余时间都用来想这些了,修改,校订,同时又要专注于正在做的事情上……

除去所有内心的困惑和寂寞,不知怎么,随着时间的推移,我……对写作和我自己的能力,充满信心。这是现在支撑着我的东西。我是一个献身的僧侣——全然的独身者。

我的外祖母衰竭得很快——她患了支气管炎,现在住在医院里。周五那天,因为短期内没法雇到夜间护士,我母亲和我在她旁边守了一整夜——外祖母一分钟都睡不了——折磨没完没了,持久如一。她整个儿是无助的,莉迪亚——她一动不能动——脊骨就像胶棒一样——只能呻吟和哭闹。那个夜晚糟透了——我所经历过的最糟糕的一个晚上——不得不无助地坐在如此无助如此痛苦的人身边。死亡这么近。从窗外缓慢、静悄悄地走近……小船沿着黑暗的东河前进。——我刚刚从那一夜的缺觉和绝望中恢复过来。幸运的是,支气管炎开始得到治疗。但她撑不了几个月了。当我在灰蒙蒙的晨曦中离开医院时,我感到一种掺杂着苦涩的快乐,因为发现自己还在活人里……

很快，到新年夜，我要去参加一个派对——呃！——艾伦办的派对。这将是很久以来我第一次参加派对。再一次置身于人群会是多么奇怪。我希望自己……别躲到角落里喝得酩酊大醉，这是我在这种集会上的一贯作风。也许派对会挤满了人让我找不到一个角落。

我回来以后最好的事情之一就是和彼得继续维持着友谊——通过写信——他的信真暖心。我配不上这么好的朋友。全然的友善和无条件的自我牺牲，花时间把我留在巴黎的东西收集起来并邮递给我。这绝对是苦力活，他却无比幽默地搞定了。那些东西现在正在机场，明天就要递出。能再拥有我的打字机、笔记本和书是多好的一件事啊……还有，我终于可以换掉我的裤子了……

1968 年 1 月 11 日：我的外祖母死了——昨天举行了葬礼——尽管预料到了，我仍然……浑身发抖。葬礼本身就极其哀伤——我外祖父似乎无法接受，哭个不停……这一切都令我更难过。是的，她不用再遭受病魔①的可怕折磨显然是好事。幸运的是，她死时悄无声息，是在睡眠中过世的……原来一直很害怕她会窒息而亡……

翻译稿打完了（一百六十页）。我花了很多钱复印了一

---

① 肌萎缩。

份——可能还能免费再复印一份——如果这样的话，我会马上寄给你——如果不可以，就得等到下个月我弄到更多银子了……

如果你想笑个够——去读《双鸟泳河》[①]吧，弗兰·奥布莱恩写的。严重推荐。

2月12日：整整一个月，没收到一个字……我给你母亲打了个电话想知道你是不是出什么事了。她告诉我你的新地址是伦敦W.6，你给我的是N.6，可能导致邮局搞混了。

我没什么要说的，除了我二十一岁的生日波澜不惊地过去了……从未感到如此不被需要和多余。我活在真空里——与任何人都无关——这让我感到痛苦。什么也做不了，除了看着别人。我需要有个人。

3月2日：你上一封信……再一次，我要和你说，别为我担心。我很好，真的。别怀疑你在和我恋爱。让我们别为现在回答不了的问题增加问号。简简单单地，尽你所能活得最好，用所有组成你生命的一切。我想，最能够接近永恒感的人就是活在当下的人……

有时候我会因为意识到自己不适合被任何人爱而战栗。出

[①] 爱尔兰作家弗兰·奥布瑞恩于1938年出版的佳作，位列2005年《时代》周刊选出的百部最佳小说第六名。

于我顽固的唯心想法，世上没一样事物看起来是好的，我的寂寞是一种受虐狂者的欲望……

身边所有的东西我只看见……卑鄙、愚蠢、伪善……结果，我发现自己正变得心胸狭窄——这样，为了不冒犯任何人，就只好在社会上绕道而行。我憎恶自己对别人的不耐烦，然而对此我无能为力……

同时我又渴望爱和被爱，尽管知道这不可能……我想，在某种更深远的意义上，我逃离了现实。我……将大部分时间花在写作或思考写作上。角色，情景，语言，我变成了它们——进到一个转换不停的模糊世界……颜色，声音——缺乏语言和感觉。同时我也要承认活着比艺术更重要……

很快，无论如何，我将面临一个重大决定——征兵……如果事情维持原样……我可能会去加拿大。我预言了自己的孤独——比我从前知道的还要糟。

我身上有种可怕的羞怯，即便最简单的社交处境对我来说都很难应付——不情愿说话，一种令我更加孤单的自我意识。

说这些关于我的事情给你知道——因为你似乎想要知道。也许，不管怎样，你已经意识到所有这一切。——我的焦虑和阴郁无法治愈……尽管如此，我能感到自己的核心在变得强大——我永远不会破裂，不管遇见多么糟的事。某种程度上，这又是最让我害怕的……

我获得了一份工作，翻译一系列的散文，这样就能赚到足够的钱撑过这个夏天……必须想想去一个好地方……

3月14日：我想你高估了我的唯心论。从本质上，我的感觉和你一致——不同之处是源自周围环境的不同，而不是其他什么东西。在这儿，美国，纽约，当每个人都喊着仇恨，当战争仍以疯狂的步调升级，当个人拥有的未来选择只有监狱或流放，你很难在内心背负这个世界。可怕的愚蠢行径包围着我（向你保证那都是真的精神失常）——我自己必然也如此——这使我绝望。不管怎样，我都无法停止思考作为个体的人类。有些事我从没做过也永远不会去做。我不信仰那些抽象概念。它们是杀手，心灵残害者……

我的生活一团混乱。学校里发生着剧变。厌烦了书本。心神凌乱。需要新鲜空气。需要换个空间来清洗我的头脑。浪形荡骸。灌很多酒。有天晚上我不得不让自己吐出来才能睡着。我抱怨、喊叫、责问上帝。为什么他不显示自己的力量？当然是醉酒后的胡说八道。有时候我也会非常机智。你会喜欢那样。在悲剧和喜剧的交界。病得厉害。写作陷入困境。但仍然自信。总的来说写作进行得还不错。有一个新嗜好，看人脸。老妇人的脸像是在鼻子上炸开一样。也看老男人的脸。今天看到了一条小狗仔，那么柔软，我想据为己有。冒着蒸汽的钢制咖啡机。人行道上的唾沫。街道上夜晚的幽暗。梦的幽暗。人群中语音的混杂。词语经过口口相传最后变得不知所云。课堂上的脸。电台里的一句话。我凌乱的桌子。连着两周没去上课,所以嫌弃自己。具有讽刺意味的是我进了院长的名单。强烈地渴望不再阅读任何东西。停止倾听,开始说话……一直到死才再次沉默。

3月29日:我对你很有信心,除了一点点的小波动……你将会强大而完整。而说到我……我很难去想象自己的未来,一点都没法想。政治问题变得如此严重,以至于一切都变得不可能了。如果今年夏天要征兵,我的决定是去监狱——而非加拿大。我给不出合理的解释——只不过,这样会显得更轻蔑。所以,事出特殊,我感到紧迫,不得不马上去思考其实是需要很长时间来思考的事情……

对我来说,要坚持手上的事情很难。学校作业已经悲惨地被我扫地出门了——很快它就要在我脑子里哗啦一声不复存在。我带着沉默的暴怒四处游走。看着街上发生的事情。看着和学校毫无关系的书。满脑子都是写写写,但只写出来少许一点。没有你一切都显得不真实——我身陷囹圄挣扎不已,除非你回来。绝望都不足以形容。是不再活着的感觉。

这封信写完后三周,哥伦比亚大学的暴动就发生了。这次暴动被证明是开春以来就威胁着整个校园的精神崩溃大流行的有效疫苗——你也因此幸免于难。重读你那几个月直到那天(4

月23日)为止所写的信件,你被自己的痛苦之深吓得瞠目,震惊于自己曾如此接近完全崩溃,因为随后那些年的记忆把那个时期的很多细节搞模糊了,而你或多或少在想办法减轻那种痛苦,把一场席卷整个内心的危机化解为隐约的不适,并最终克服过去了。是的,你度过了这次危机,但这只是因为你突然做了个大转变,与这些抗议的学生共进退。第一次也是唯一一次你加入了一场大规模协作运动,而和其他人在一起的经历带来的后果是打破了曾包围着你的痛苦,唤醒你并给予一种新的更有力量的感觉,让你明白你是谁。5月4日,自4月30日晚上纽约警察闯入哥大校园、用警棍敲打学生并逮捕了七百人之后你写了第一封信,你写道:"……占据了一幢楼,被警察打,被抓了。"再往下第五段你又加了几句:"……现在要计划夏天的行程太难了——因为我必须在6月7日出庭,不知道会拖多久。甚至有可能……我最后要坐牢——尽管我不大相信会这样。"5月14日你还写了一封三页纸的信,提醒她不要看报纸,你解释说像《时代》、《新闻周刊》和《纽约时报》这样的出版物歪曲事实,不能相信。唯一可靠的消息来源是学生报纸,《哥伦比亚每日观察》,那上面过去一个月来所有的文章会被汇编成一本书,到时候你会第一时间给她寄去一本。接下来你讨论了学生在静坐抗议期间采取的策略,说警察的行动其实是使得多数人倒向学生这一边的重要一步,这幢楼里每个人都知道将要发生什么,他们积极地期盼警察过来并且和过去他们的行为分毫不差，只有警察的暴行才能激起所有大学一起来加入罢课，而这最终奏效了。下面一段，你讲到自己很惊喜于"被占据的大楼里人们的忠诚态度。没有不耐烦发脾气，没人去刺激他人的神经。整整一周，每个人都在为他人而辛勤工作……对我这么一个对这种事情心存疑虑的人来说，我必须加入其中，为了亲眼见到这是有可能的，即便只在一段有限的时间里"。十天后，你为没有及时回信而道歉。"一切还都处于混乱和暴力之中——两天前的晚上和警察又发生了一次冲突，你可能已经在报纸上读到了。"接下去两段你写到自己是多么想去伦敦，"但要等到 6 月 7 日上法庭得知审讯的日期，在此之前我没法……做任何计划。只要我知道接下去要发生什么，会全都告诉你的"。

那之后你写信的语气就发生了转变。过去几个月来闷闷不乐、自恋狂似的不满人士突然不见了，取而代之的是另一个几乎完全不同的人开始给伦敦那边写信。不可不说是一次神秘的转变，因为你身处的外部环境并没发生什么改变：战争还是那场战争，征兵那悬在头上的威胁还是同样的威胁，为找到出路的拼搏还是同样的拼搏——但你身上的某些东西被释放了，不再只会抱怨这个世界的腐臭，你变得爱玩闹爱开玩笑（6 月 20 日写了一封很闹腾的信），很大程度上对自己感到放松。就好像 4、5 月的事件给你充了个电，将你重新带回生活。

6月11日：一直在眼巴巴地等你的信，但这几周都没收到，我想就趁着这个黄金时机（天气热得不堪忍受）给你写算了。简明扼要归纳为以下几点：

1. 我很想你。每时每刻都在想你。希望我们很快能见到彼此。

2. 我想知道你在干什么。在工作还是在度假？在伦敦还是在其他地方？

3. 7月17日我得回到法庭。那之后，一直到9月，我或许都不用再回去。我希望并祈祷自己能……想办法离开纽约。

4. 我很好。我开始好好写东西了……我的精神放松了。

5. 我比过去读得少了。这样导致的结果，是我比过去更有智慧并且更有幽默感了……

6. 我不再担忧命运。

7. 你有收到彼得和/或者苏的信吗？

8. 告诉我你的感觉，以及你都做了些什么。

9. 如果一切顺利，我会在8月去伦敦。

10. 给我写首诗。跳一支波洛奈兹舞。

11. 一把锯子的一击，深深搜入硬木。这是10月。窗被轮子粉碎。

12. 让我继续。这是夜晚。乐师们围着交响曲排一圈，喝下奶水。

13. 油画被溶解了。还有三周就春天。海湾的农场跳起舞。

14. 找一本好书去水下读。苏格拉底为了少数人被处死。我的梦里金雀花就像身体。

15. 任何人都能加和减。荫翳下草色更绯红。我并不惊诧。

16. 为什么浴缸这么大？有些人喝百事可乐，其他人喝可口可乐。坦克里的士兵唱了首舒伯特小曲。

17. 我们穿着运动鞋，常以为是踩高跷。夜幕快要降临。瞎子拿出一美元，擤鼻涕。

18. 政治家逃离了这个国家。这是早晨，天空仍然黑黢黢。在绝望的中心我们看到了文字，倒着写的，挂在鹧鸪的下巴上。

19. 请找找信封里的画。

20. 请接受这次我传送的爱。

6月20日：夫人啊我的女人[①]：

有时候，身处奴役，我们就会显露出把世界装进口袋里的渴望。我们和同伴一起在街上来来回回地走，他是风笛的主人。有一次，他坐在我们的打字机上，阻止我们继续每天的劳作，并打开一罐豆子，说："我是个多么明智的人啊。"他妻子，泽西城来的盲眼芭蕾舞女，有天在一辆坦克里弄伤了自己的脚趾（里

---

① 原文为法文 Madame ma femelle。

面有个士兵正在演奏《脱水后的胎儿》①),还患上了梅毒。现在这个人必须马上坐直升机去剧院。时间无多,电台里在广播一次月食,但似乎没有人被此触动。而我,把口袋从里向外翻了出来并在袜子里放满一分硬币,以此安慰自己。

赤道挂在椅子后头,一根垂头丧气的棍棒。邮递员走进来。是个胖子,携来的麻袋底部放着条死狗。他说:"胖成这样以来,我那二英尺长的钥匙链就在一条越来越长的弧线上晃荡。很快我就要把地球套住,像吃零食那样把它吃下去,就像以前吃橘子那样。"笑声从来没有这般让我们备受打击。我们坐在洗手间里,羞愧得汗流不止。

晚上,我在脑袋上罩了个头朝下的漏斗,为了不让从窗口吹进来的征召给掳走。这个主意很聪明,只有既活泼又敏捷的人才想得出来。我认识的每个人都同意。有些人自己也开始这么做了。但我了解他们,因此没什么信心。他们一开始都像房子着火般紧张,最后却如挖鼻孔似的若无其事。

我们,夫人啊(我的女人),你谦逊的仆人,最近构思了一些闪电般迅速征服世界的计划。不过我们犹豫着要不要现在说出来,这有两个原因:第一,通过邮件的方式来传递秘密信息太危险;第二,你在这些计划中扮演着重要角色,必须以一个符合征服者身份的方式来听取它们:从我的嘴唇到你的耳

---

① 信里的注解:"埃里克·萨蒂的一首钢琴曲"。——作者注

朵。矮胖子呀①，你最忠诚的仆人，眼巴巴在等你回到宇宙的这个角落。

夫人啊，我们的女人②，矮胖子想要传达他全部的和解，你在最近一封信里为他将你们彼此明白的启示转化成书写符号。为了遵从你的命令，他把自己的日常活动做了个摘要，呈上来供你监督：

让每一天都活得充实很重要，我起得很早，早上4点05分。接下来会跑上五英里，为了让身体保持强壮健康。4点18分微微喘着气回到公寓，吃一顿营养均衡的早餐，有烤面包的碎渣渣，有豪猪血，有鱼子酱。身心舒畅，大跨步走进浴室，脱下裤子，坐在马桶上，大个便。4点31分这项活动就结束了。然后去厨房，捡起刚刚用过的盘子，扔到地板上。风笛的主人会把它们一扫而空。4点32分我坐到了桌旁，读一下自己昨天写的东西，撕成碎片，吞下去，然后坐着，呆若木鸡，持续六小时十八分钟，等着灵感击中自己。被这些努力弄得精疲力竭，接下去会在沙发上睡四个小时。而后被惊醒，小心翼翼不发笑，因为担心会笑得窒息而死。下午2点50分，回到桌子旁，狂写一通日记，记下今天所发生的事情，写十分钟。到了3点，吃一顿营养均衡的下午餐，有豆子，有通心粉，有红辣椒和山葵，

---

① Humpty-Dumpty，似乎来自于儿歌《鹅妈妈童谣》。
② 原文为法文 nôtre femelle。

是盲眼芭蕾女做的。四分钟搞定，然后外出，去公园里骑自行车。5点03分回来，又一次坐到桌旁回信件。5点05分打个午后小盹。9点13分被风笛声和尖叫声吵醒，这是提醒晚饭已经好了。风笛的主人和他的妻子盲眼芭蕾女，一起给我端上一份营养均衡的大餐：有无线电，有烤面包机，有电灯泡（一百瓦）。一边享用大餐一边读来自纽约、伦敦、巴黎、罗马、布拉格和莫斯科的日报，挑出那些最有趣的文章作为甜点。从9点21分到11点33分找人打乒乓球或台球，还是风笛的主人。然后直到午夜，我开始熬夜练习。12点01分回到桌子旁边开始读一本好书。3点29分整合上书。怒写一通到4点。工作得发困，趴在桌上睡着了。4点02分，风笛的主人和盲眼芭蕾女把我抬起来，送到我的卧室，放到床上。我会小小地醒一下，但到4点04分就沉沉入睡。

签名：小矮子

7月9日：别把我们之间的距离仅仅当作短暂的痛而已。我们是小小的小孩，有着栩栩如生的想象，有时候会让想象置于自身之上。我们从不快乐的梦中醒来，坐在床上，周围是无尽的夜——它总是很快地划过我们的睡眠——然后等待……黑暗散尽白天到来。已经7月了。不到一周时间你又要迎来另一个生日……两天后我要去法庭做一次听证，那之后，很快我就可能出现在伦敦……

现在是傍晚时分。我在给你写信，这样就可以从翻译工作中缓一会儿，我简直在以疯狂的速度翻译，为了赶紧弄完它们。我在晚上写东西。尽管我的情绪就像过分热心但毫无经验的拳击手的手臂一样走位飘忽，但我的脑子还是稳稳在活动……朝着尚未开拓的疆域。我不去检查自己的外套，以免忘记正在离开的身体。这些年的跟跄前行看似带来了一种陌生而又笨拙的力量，让人不知道什么是害怕，以及每一天都能发现完全不同的要素之间的联系。一种有条不紊的自发行为。一种不包括无的辩证法。

但不管怎样，并非什么都顺利。两周前，我的继父诺尔曼心脏病发作，很严重，还在医院里等待康复。现在看起来好多了，一度很危险。我在纽瓦克待了很长时间……

7月12日：可能你还留着我以前的照片，但我已经和以前大不一样了。——改变（或成长）……经常是很微妙的，但无例外地发生了。我的外观，除了愈加消瘦（变得相当骨感，尽管我做梦都想变得像马雅可夫斯基那样精神抖擞），基本还维持原样。穿着和以前一样的衣服，仍然抽雪茄……仍然憎恶派对，在一大群人里依然感到局促不安。像我在上一封短信里暗示的那样，这种改变比其他任何改变都更智慧——但是当然，这主要体现在我的行为和态度上：现在我唯一坚定的原则是要正面应对事物，应对它的全部。如果有件事物被忽略了——不管是故意还是无意——那么人就会活在虚伪中……

我曾认为艺术应该……和社会脱节……我曾希望自己背对着世界活下去。如今明白这根本不可能。社会也必须正视——不是单纯的注视，而是带着行动的意图。但行动，如果是从伦理中产生的，就常常会吓着人们……因为行为和它的意图似乎并不具有一对一的一致性。人们都太没有想象力了……他们不能用隐喻来思考。因为左翼政治策略不具有这种一对一的一致性（一所大学楼里的逮捕，举个例子），人们在困惑和害怕之中就会认为有什么预谋和阴谋在起作用……

社会革命必须同时伴随着形而上学革命。人的思想必须随着他的身体一起得到解放——如果不是这样，任何已经获得的自由都将是虚幻的、稍纵即逝。必须去制造赢取和维护自由的武器。这意味着对未知的勇敢凝视——生命的变换……**艺术必须狠狠地敲打永恒之门……**

今天收到你的信，里面那句"我不想写信给你，事实上，我只想再次见到你"——对我也适用。无论如何，我已经决定，不管怎样都要去一趟英格兰。我不会告诉你确切的日期——想给你个惊喜。简单讲，7月18日到8月1日的某一天吧。所以这段时间别跑到其他地方去了。

因此，这将是我最后一封信。你也不需回信，如果你不想回的话。只需每天穿条漂亮的裙子等着我到来，随心所欲地抽烟，见到谁都亲切可爱。

生日快乐。

但看起来她想知道更多你旅行计划的具体信息,这可以解释后面的一纸短笺,这才是你离开纽约去往伦敦之前写的最后一封信:

7月23日:我带着君主般的谦逊屈从于你,这位君主,根据他的巫师的建议,放弃宝座,为了投身一场对抗他的革命。

7月30日。英国航空公司,航班号#500。早上7点40分到达伦敦机场。

又及:我在法庭上打赢了——也就是说——听证会:因为证据不足,指控被撤销。这是技术性胜利。但是,在一个**法律**比**公正**更重要的体系下,感到被骗也是天真了。

等你再次写信给她,已经是十三个月后。漫长的分离终告结束,她回到纽约继续完成伯纳德的学业,两人不再需要通过信件来联系。外面那个大世界,出现了某种末世的迹象。战争规模扩大了,也更凶猛,国家分裂成两半,在你读高年级的时候哥伦比亚大学不断爆发新的政治冲突,那年春天还举行了一次所有大学都参与的罢课。留下来的学生分裂了,武装斗争策划得极不上道。NASA开始准备把美国宇航员送上月球。就在夏至到来前,一个晴朗蔚蓝的早晨,你毕业了。接下来那个月,你去纽瓦克的征兵局接受身体检查。当8月23日你坐下给莉迪亚写信（她回到伦敦去探望家人）时，你对于自己接下去会遭遇什么毫无概念，不知道自己是否会以及什么时候会被传唤去服兵役，不知道你下个地址会是联邦监狱还是晨边高地的公寓。对未来没有固定的计划，你决定在哥大比较文学系待一年做研究生。读博士不在考虑之列，但你会在那一年拿到硕士学位，而且因为不用交学费，学校还发给你一点薪俸（总共是二千美金，一半用来对付生活），你估计自己可以逗留一阵子直至命运找到平衡点，而莉迪亚也结束了在伯纳德的最后一年。因为对中产阶级生活毫无向往（或者说是瞧不起），你打算当出租车司机来赚钱。

接下来的一封长信里，这是你写给她的最长的一封信了——也是唯一一封用打字机写的——你有意引起她的兴趣，把一系列平淡无奇的事情描述成下层生活的冒险，而写作中透露出来的高涨热情也表明你心境愉快，除去要面对的不确定性之外。你仍然发现这封信是份奇妙的档案，里头详尽的叙述显示出和一贯以来的自己不大相符合的气息，做着不是一贯在做的事（去42街看了场脱衣舞表演，和一个酒吧里勾搭的女孩睡觉，和有刺青的毒品贩子聊天），不过这个年轻人的陌生感和不可知让现在的你很感兴趣——因为这可能是你生命里唯一一次积极努力地去释放自己，自以为是地行动，闭上眼睛往下跳——不在乎会落在哪儿。①

当时你在找新的公寓，所以住在母亲和继父的家里。这封信就是在他们位于新泽西门德姆的家里写的。

1969年8月23日：我满怀深情地给你写信，双手抖抖索索敲着键盘，有点喜悦，有点疲惫。最近我开始用打字机写作了……少了些犹豫，更加流畅，落笔也更快，这一变化，除了机械调解之外，似乎更加贴近我想法的直接表达。我正躺在床上，打字机搁在我的腿上。现在将近午夜。大约两个小时前我刚从纽约赶回来，纽约啊……一个人类不幸聚集的大烂锅，我

---

① 让你迷惑不解的是你和一个认为是自己女朋友的姑娘分享自己和其他姑娘睡觉的事实，因为信里通篇洋溢着亲切的语气意味着你和莉迪亚当时不是在分手的状态。当时，你们都很年轻，没有同居过，没准备和对方结婚，而你有着做自己想做的事情的自由，可能你认为这个故事会逗乐她，更像是在和一个朋友分享故事，而不是恋人或（未来的）伴侣。

这封信里还有一些让你感到难为情的地方，特别是使用"小仙女"和"酷儿"（queer）这样的词，但在1969年，gay这个词并不广泛为人所知，美国还没有找到一个描述同性恋的中性词，而这些街头词汇如今听起来都很差劲，因为对同性恋显示出了轻蔑的意味。

2CV=DeuxChevaux，是你以三百美元买来的基本款法国车，那个夏天就开着这辆车。它太小太轻，所以不让开上美国高速公路。最大速度大约为每小时四十五英里。

而说到亨利·K，一个从密歇根林业营地回到纽约的男人，然后很诡异地出现在港务局巴士终点站的男厕所——你根本想不起来到底是谁，即便肯定是你的一位朋友。

里面还有些专用语也用错了——举例来说，布鲁克林高地的"走廊"，其实你想说的是"空地"——但你会让它们留在那儿，因为这由当时的你所写下，时间胶囊不容篡改。——作者注

一直在那儿找公寓，想要以开出租车为生。先说重要的事情吧。机动车辆管理处就坐落在中央街80号，距离众所皆知的法院大楼不远，在那里我度过了许多个下午，作为旁观者也作为被告人。（我之前告诉过你和米奇一起看审讯的那些个周五吗，旁边还有脸色忧郁的哈西德派教徒、打着瞌睡的流浪汉？他们养成了每天来享受全空调房的习惯，就好像这里是剧院一般，专心致志地窝在椅子上，看着"正义"程序得到执行，里面有真正的法官、无关紧要的人、给无数不知道是谁的命运作证的人，仅仅通过案卷编号或者对罪行本质的技术性划分来辨认区别，他们用看油画或者看电视里的醉汉那样的美学眼光审视着这一切。如果没有，那么我以后会的。）机动车辆管理处是那些体积过大的大理石冰库中的一种，充斥着各种性别、体型大小和眼神的官僚主义者，一般来说可以……归为三类：疲惫易怒的老男人、疲惫傻乐的老男人，还有可疑的……化着浓妆……的女人。成为一个出租车司机的程序包含几个步骤：得到驾驶许可，得到出租车驾驶许可，从这座城市几百家同类型公司的一家那里拿到工作录取。我去拜访机动车辆管理部门的唯一目的是履行第一个条件。进去后大吃一惊。我原先以为我只要露个脸，预约笔试的时间，过一两天再来，考试，然后得到许可。大体上这就是所发生的一切，除了一个<u>重要</u>细节：最近的一次考试要等到10月6日。行了，行了，又是官僚作风，长长的等待名单，混乱，许多的数字和表格。我曾经期望等你回来时自己已经是街上的老住户了……积攒了一百个关于出租车客人的有趣故事能告诉你,以减轻重返学校的负担。不幸的是,结果还得等。与此同时,我被迫去动用自己越来越少的资源才能支撑下去。这些且都不论,当我走出中央大街,经过曼哈顿大门——坐落在钱伯斯大街尽头的巨大公共拱门——我试着去看到这一小小挫折的好的一面。如果想不出来什么好的方面,就决定自己发明一个出来,这就是我那天的心情。我对自己说,好吧,至少你可以把自由状态的时间保持长一点,至少你可以把时间继续花在写作上,至少你可以先在学校里安顿下来,至少你可以去找个公寓……所以我着手开始找公寓。这段冒险旅程只持续了两三天(说实话我的确想不起来了,尽管刚过去不久),但仿佛有两三年那么久。然而在开始讲述之前,我得先说一些背景信息,这样你就能更明白这些事的确切细节、我找到自我时确切的思想状态,以及这种思想状态对这些事的影响。你去伦敦后的第二天,我开车去了纽约看 S。这是开着 2CV 的又一趟奇异之旅,一部和着汽油味、货车、汗衫的浪漫史,一支交织水泥、高架、丙烷和钢材的和谐交响,优美风景一路看,有工厂、小型高尔夫球场、免下车直入剧院、二手车拍卖行等无数新泽西北部的有趣小插曲。我是在第 15 大街的流动洗车站见到 S 的,他坐在一张金属板桌子旁,身后是个仓库,被分成一格格小间,正在读《纽约邮报》,桌子一角还放着列维-斯特劳斯的《野性的思维》[1]。我发现他是典型的开朗性格。此人下定决心不能被纽约所摧毁，尽管他也承认已经感到棱角被磨去了几分。我们跳上车朝上城区开去，到了第六大道正好赶上高峰时段，当我与另一辆2CV并排而行时差点丢了命，那是个老司机，我朝他不停地按喇叭，他则回以我同志般的微笑，还发狂似的挥手致意。赶到S的公寓后，我们坐下来等一位他在飞机上遇见的女孩。这女孩过去两年来都住在俄勒冈的公社里，她准备离开，去新罕布什尔拜访阿尔伯特家，阿尔伯特是蒂莫西·利里[2]的死党……我让S再叫一个人来，免得出现尴尬的三角关系，他同意了，或者至少努力过，但没成功。那女孩到了，比我想的要和蔼可亲得多。我们出去吃了一顿中国菜，然后驱车驶过布鲁克林大桥——这对我还是第一次，让我激动了许久。我们在布鲁克林高地上走了会儿，然后又沿着"走廊"走，看船，看拖船，还有横跨这片水域的曼哈顿。我们在一家令人愉快的户外咖啡馆坐了大约一个小时，S和我隐隐——或表面上——在半真半假地竞相讨姑娘的欢心，她名叫苏珊娜。大体而言，我得说三个人相处得很不错。我们开车去了S（他

---

[1] Claude Lévi-Strauss（1908—2009），法兰西科学院院士，著名社会人类学家、哲学家，结构主义人类学创始人。他曾在二十世纪五十年代以后与萨特激烈辩论，写下《野性的思维》一书反驳萨特，这是法国二十世纪下半叶最具意义的理论争辩。
[2] Timothy Leary（1920—1996），美国著名心理学家、作家，因晚年对迷幻药的研究而出名。

妈妈）家，在布莱顿海滩，然后沿着木板小道走到科尼岛，经过了好几拨老年犹太人，他们在黑暗中拥挤在"往日乡村"民歌手周围。不知为何，这安静的场景，这些步履蹒跚的老人家……他们只会说意第绪语和波兰语，让我内心充满无声的绝望，只好试着用发笑来置之不理。这有点像走入某人过去的梦里，第一次亲眼看到往日场景，以前只是感觉到它，二十世纪的美国人对拓荒时期的感觉也是如此。来到科尼岛，对我来说又是一个人生第一次。整个晚上就像：走在尸堆里，那些过去我只是有所耳闻的死去的事物，现在第一次活生生面对。这是一个普通的工作日的晚上，细雨蒙蒙，周围没有很多人。别指望在科尼岛能见到很多人。一个不睡觉的堕落人士游弋的荒凉居住地，它的衰败甚至不仅仅因为老旧，空荡荡金属质感的商场里大声放着电台，咔嗒作响的机器里冒出微弱但丑恶的臭气。我们没什么钱……就没怎么加入庆典队伍，对这原本可能短暂地属于我们的快乐视若无睹。只是心不在焉地坐了一会碰碰车……一个肥胖的施虐狂把一只脚挂在车外，无情地撞我们，撞了一次又一次，面上没有一丝微笑，也没有痛苦的神情，就仿佛他只是在履行一项古老的职责，完成他年轻时候就被指派的任务。我们玩了冰球，每人赢得了一枚小小的治安官的铝制徽章，玩笑似的把它别在胸脯上，然后又沿着木板小道走回S家。我们的手划过被雨打湿的金属栏杆，透过水族馆外头的木头栅栏板条往里看，看到一只老企鹅绝望地从一块石头跳到另一块，后来在一个覆盖着瓦的遮蔽建筑物下抽了会儿烟。我们在S家喝咖啡，讨论亨利·米勒要比凯鲁亚克好得多，然后开车送女孩回……昆斯。这时大概是凌晨3点。出于某个搞不清的原因，S和我回到了科尼岛。我猜是因为饿了才回来的。我们在内森餐馆吃了热狗和蛤，这家餐馆就是个接收疲倦失眠症患者的会发光的容器。一个老流浪汉，牙都掉光了的黑人男子，过来和我们聊了一会儿，我几乎听不懂他在说什么。他的腿没法站着。我们给了他一个五分硬币，告诉他几点了，然后他附到我们耳边说了句什么秘密。他走开时，不经意间和一个衣帽光鲜的年轻黑人擦碰了一下，那人和自己的兄弟还有家人一起站在柜台旁边，于是半迷糊半发狂（习惯性发狂）的黑人老头开始指责年轻黑人是故意推他。不知道他是怎么挑上这个年轻黑人的，人家并没做出这种冒犯，再说，他是个体面人……不知道能和这没钱的老流浪汉说些啥，对方都老得可以做他父亲了。然而黑人老头越发来劲，像一只挑衅的孔雀那样把胸脯顶过去，抓着年轻人去外面街上的白人警察那里争辩，编派出一堆的指控，好像是说，就是这个垃圾搞坏我的名声。这小小一幕对我来说有着重大象征意义，它证明了原本亲密的人①之间被断裂隔离着。这件事就到此为止，因为警察没有太多兴趣管。S和我回到他妈妈的公寓。我们谈写作一直到早上6点，我想

---

① 此处，奥斯特可能是在指发生冲突的两方其实来自同一种族。

这接近于一场真正的辩论。他谈到秩序、精确性、有限的任务，我谈到混沌、生命和不完美。我不能同意他关于个体即将消失的言论。对我来说，世界的问题首先是一个自我的问题，只有从内部开始然后……移到外部才是唯一的解决方法。表达，而非控制，才是关键。S，我认为，仍然更像一个批评家，太专注于抽象概念，这些概念并未很好地切合实际，在现实中找到平衡。忠于生活，我说。我会把它作为我的座右铭。你同意吗？忠于生活，不管它多么异想天开、令人厌恶或令人痛苦。它超越所有自由。超越所有弄脏你手的东西。我像疯子一样对着他大喊大叫，内心既感到愤怒，又充满欢乐，愤怒的是他没有看到我所看到的，欢乐的是我一劳永逸地断绝了和学院派聊天、和纯粹理念的诱惑、和大写字母为 L 的文学之间的联系。我很好，莉迪，我向你保证，我很好。我在找到……作为艺术家应该是怎样，要将自己全盘倒出才可以。让我亲亲你，晚安。S 太累了，他没法跟上我的思绪，我们上床睡觉。我睡在他妈妈的房间里，在她昨晚的新婚大床上。一种奇怪的感觉。我醒来时发现自己的前臂肿了，好像是被什么虫子咬了，或者是蜜蜂。这一天还是下雨。我在布鲁克林高地晃荡了一下午想找公寓。圣乔治旅馆像个监狱，我犹豫着下不了决心。到了另一家旅馆，和黑人经理聊起阳光、窗户、微风还有十五年前的南方生活，但这儿没有空房了。中介、表格、费用、饥饿。一连串要价过高、空间太小的公寓，而和一个犹太东正教的老中介一起走了二十分钟，看了另一处没法接受的房子后，我真是受够了。我对自己说忘了布鲁克林吧，至少目前忘了吧。我回到曼哈顿，又去找了 S。极度渴望女孩、友情和同情眼光的帮助。总是一场空，欲望王国受到突然打击。我们整晚不停地打电话，查找朋友，即便只是偶然认识的人，也没找到谁。打给朱丽叶时是一个叫爱达的女孩接的，说朱丽叶去加州了，或者差不多的什么地方。但她的声音……很令人安心，我决定我俩不管怎样都应该去那里。到了之后，两个咯咯笑的黑人小仙女犹犹豫豫地开了门，她们醉得意识不清，说没有爱达这个人。可能她在那儿，在后面的房间里倾诉心声，用她那甜美的嗓音，可能说着说着还唱起了歌或发起了牢骚，但即便这样我再也没见到她或听到她的声音。午夜。我们把 L 从床上叫醒，他就快睡着了，枕头上摆着一本《凶年》。我们吵嚷着把他从被单里拽出来，塞到车里，发誓说带他去一家东区酒吧。我们都邋里邋遢，没有刮脸，身上湿答答的，和那些虚构出来的东区酒吧美人儿心目中的理想男人相去甚远。还有，三个人身上只有十美元。赶到那里，酒吧已经关门。都不用烦恼进不进的问题。接下来做什么？这个荒唐的夜晚对我等不太待见。决定去看场脱衣舞表演，然而它们都歇业了，于是我们结束了运气不佳的冒险，坐到拉特纳餐馆吃三明治。你可能明白地下生活态度的特别之处。它是完全漠不关心的，完全做好准备去接受挑战，承担任何后果。超越焦虑，超越欣喜，超越无聊。一种全然的均衡，建立在无根和接纳自身之上。我发现越来越容易让自己进入这种思想状态里,对待每一件事物都像是第一次。这是你怎样去发现身边事物神秘之处的方式。我曾处于这种状态,现在也还在这种状态里,准备去赞美哪怕最微小的事物。离开机动车辆管理处后,我去了我祖父的公寓,把一些东西寄存在那儿,然后打电话给S,去上城区与他碰面一起吃饭。我们最终决定,去42街位于第9和第10大道之间的脱衣舞剧院看演出。到了外头,一个流浪汉向我们讨七分钱,以在卖酒商店关门和霓虹灯熄灭之前去买上一瓶酒,他保证会举杯为我们祝福。来剧院的途中,S就紧张不安,打退堂鼓,提议不如去看场电影。流浪汉的打断只不过拖延了他的摇摆不定。四美元一张票的售价似乎更让他下定决心开溜,如果不是我坚持一定要进去,哪怕不是票价的缘故,我敢打赌他早就调头跑了。我并不是反对S的意思,他的态度完全可以理解。我坚持的唯一目的是我认为不应该取消原定的计划。这会养成坏习惯。所以我们还是走进去,每人交了四美元给收银台的黑人女子,她的小儿子坐在旁边看一本漫画。剧场很暗,没什么人……大多是中年男人,不像是很不体面的那种:有个人甚至戴着棒球帽,上面有个B。距离下一场表演开始还有四十五分钟,同时电影倒是放起来了,我猜它们叫作舞台电影,很少或几乎没有乐趣,不过是一部有个裸体女人在床上痛苦地扭动、不时给阴道一个特写镜头的电影而已。相当无趣,死气沉沉,观众们也兴味索然。剧场里进进出出人员流动很大，我甚至听到前排有人打鼾。终于电影停了，中间换片时（电影没有开始、中段和结束，所以放映机突然关掉也完全无所谓），一个带着法国口音的女声宣布演出会在五分钟内开始。这就是我们来此的目的。我们的精神多少为之一振。后台一支现场乐队开始演奏，重重的音落在单调的鼓点上。法国口音又一次响起，这次是宣布"非常可爱非常性感的弗莱明·莉莉"。在我记得的其他名字里，安博·米斯特、和服东京、桑德拉·德尔瑞欧是我最喜欢的。每个女孩都分开表演，有自己的动作、自己的戏服。有的对着第一排的男人说色情话，有的不。有的戴了耳环，有的戴了手套，有的穿着长袜。每个身体……都不一样。有的胖，有的瘦，有的丰满欲滴，有的干瘪无趣，有的漂亮，其他人不。演得成功与否，我想，不取决于长得好看或舞技，而在于和观众交流的能力。没有比观看一个没有想象力的脱衣舞娘更让人沮丧的事情了。这是堕落的最低形式。那些好的脱衣舞娘，正相反，观察她们是乐事。什么也无法阻挡她们丰厚的灵魂显露出来。一个完全意识到自己的性感力量的女人在面前，差不多就要让你勃起了。她可以超越这项艺术的身份限制，和她的观众建立起一种令人吃惊的友好融洽关系，对着面前的男人表现出一种如同母亲般的理解和溺爱。我相信好的脱衣舞娘一定拥有无限的智慧和耐心……我很想和其中一个说说话，特别是那个法国女人，那是目前为止看到的最老的一个，她也是报幕员。她在演出结束后离开剧院的样子让我印象深刻，只是偶然瞥见：一只手臂放在她那粗壮的波多黎各男朋友的臂弯里，一只手拽着她那金发的小女儿。那些住在带空调的豪华公寓里、在东区昂贵的商店进进出出、精心打扮就好像美貌就是钱和地位的象征、用受过良好教育的口音说话、有地位、开着车、讨论着艺术、指使着仆人的有钱美国妇女根本没法和这个风华已逝、浓妆之下的四十岁女人相比。尽管这场表演有些让我反感，但因为见到这个女人我睡得很香。第二天我遇见了 F，我们一起出去找公寓。先去了哥大的登记处。一无所获。然后开始打听研究生宿舍。一张五百人的等待名单。然后是在报纸上徒劳搜寻。越来越绝望。甚至连酒店式公寓都是满的。我拿到一张国际学舍的申请表，开始填表，后来发现他们需要教授的推荐信加上我的成绩表加上我的财政证明，就厌恶地撕掉了。这一天过去了。我甚至都没看一眼哪个公寓。不过有 F 的陪伴我很高兴，我依然信心满满。S 和我们一起去了一家中国餐馆吃晚餐。谈话很棒，食物也很棒，我又一次吃了一份"中国姑娘"[①]。饭后我们沿着百老汇走，S 说他想散散步。这句话让我和 F 觉得可笑，因为很显然我们已经在散步了。周围是开怀大笑的路人、达珀丹斯乐队[②]和他们的甜心苏西、快乐哈里和他们咯咯响的格伦达、老年妇女们和她们的狗狗。

---

① 原文为 la chinoise，可能是来自戈达尔的同名电影，但不知道是哪道中国菜被取了这么个名字……
② Dapper Dans，一支迪士尼的四人合唱乐队。

我们没多想就走进了西区酒吧。F 和我一起坐到吧台休·S 的旁边，S 去了一张桌子上，那里坐着他的一个朋友，是个女孩。我隔着走道对克劳迪娅·T 招了招手，和休谈起加州、公寓和打字机。F 累了，决定离开。过了一会儿，S 走过来问我愿不愿意带两个女孩去看电影（他朋友和另一个朋友坐在一起）。我并不急着做任何决定……因为我还在喝啤酒，也觉得很累。我同意喝完酒之后去他那桌。我懒洋洋地喝完了，对聊天的兴趣让我没有匆忙走开。我想说的大概是"不在乎"这个词。S 的朋友是个胖乎乎的女孩，长了张可爱的脸，名字大概是萨姆。另一个女孩，J，从底特律——说这个词时重音落在第一个音节——来的，她的口音带有民间气息，这挺吸引我的。她们想烘烤一个蛋糕，并诚挚地邀请我们一起……我们去几个街区远的市场买了原料，收银女孩的工牌上写着：皮维·T。她们的公寓坐落在 105 大街的日本餐馆上面，挨着一位罗萨莉娅夫人的起居室，我们被告知，过去一个月里有个奇怪的贩卖兴奋剂的三人组合住在这儿。这个夏天的大部分时间女孩们都不在，所以就把公寓转租给这三个人，现在看起来显然是个错。让我来描述一下这仨人。第一个是比尔，话最多也最神经兮兮，似乎是头头。他大概二十岁，把头发弄得像二十世纪五十年代的摩托头罩——老爹型——左耳戴着一个大大的金耳环，有好些文身，其中一个写着：天生爱闹事（Born to Raise Hell）；在军队里待过，在朝鲜时腿中过弹；眼睛像刀片刃一样；他的友好随时可能变成暴力。我们处得极好。他告诉我自己如何因为擅离职守而失去勋章。还有他哥哥如何加入摩托帮会。还有喝酒吸毒的事儿；他最喜欢的就是和其他人一起被"毁灭"。他讲了很多故事，数不胜数。还有一个叫肯，三人组合里的漂亮小伙子，每天晚上都要给头发上发卷以防变回直发。我获悉他知道著名的"冲浪墨菲"①，而他本人也因为犯下各种小的罪行被好些州追捕。最后一位是加里，沉迷于酒色的家伙，可能算最不爱说话或最聪明的一位，我也一直搞不清到底是哪一种。我们坐成一圈，等着蛋糕烤好。亨利·K带着一位朋友也来了，刚刚搭便车从密歇根的一个林业营地出来，他在那里待了一个夏天，为进入密歇根大学林业学院而做准备。我们通过做《花花公子》杂志上的性调查问卷、吃蛋糕和吵闹打发时间。那儿大概聚集了十个人。最后，亨利·K走了。然后他的朋友也走了。S想走，我正要和他一起走，那个底特律女孩说希望我留下。就只是希望这样。于是我们在那儿，两个人坐在沙发上，喝着波旁威士忌，听着比尔关于东方饮料的长篇大论。他讲个没完没了，我想他永远不会闭嘴了，因为喝多了，我越来越没有耐心，凭着隐隐约约的直觉我知道那姑娘也和我一样想。最后，比尔提出去外面买些啤酒。我们抓住这个机会在沙发上热吻起来……

---

① 生于1938年的冲浪冠军杰克·墨菲（Jack Roland Murphy），1964年曾和同伙一起制造了当时美国历史上最大的一起珠宝盗窃案，偷走放在美国自然历史博物馆中的J.P.摩根家族的珠宝，被称为"冲浪墨菲"。其人此后的人生也非常具有戏剧性。

我很吃惊她居然没穿内裤。比尔回来了,出于礼貌我喝了一瓶啤酒,然后那女孩——她个子小巧但十分凶猛……把我拖到她房间里,我们在床垫上躺了下来,做爱做到黎明,热烈而毫无禁忌。这对我很好。我仅仅睡了四个小时,醒来后感到焕然一新并心情愉快。我们重整旗鼓开始找公寓。又是一败涂地。下午晚些时候,我们去看了电影,大约9点回到她的公寓开始做晚餐。比尔、肯和加里都在那儿,庆祝他们卖出了一大单LSD。他们问我们是否介意去外面晚餐,因为他们在等另一位"生意合伙人"。他们给了十美元,我们就毫无怨言地出门了——去了93街的印度餐馆,享用了一顿标价过高的大餐,两次被一个卖报纸的给打断,他只会三个单词,用一个被打得东倒西歪的拳击手似的声音说:诈骗,亲嘴,打炮。诈骗,亲嘴,打炮。诈骗,亲嘴,打炮。晚饭后我们去拜访L,一直待到凌晨1点半。在回J的公寓的路上,我们停在某个人的房子前,J认为这个人可能知道有个地方待租。那是个多米尼加共和国的女人,三十八岁,名叫伊莎内尔,是个西班牙舞女,胖而粗壮,一直大笑不停,和她说话很快乐。很不幸,她刚刚把那地方转租给了一对七十八岁的新婚夫妇。几天后她会离开此地去爱达荷,和她十九岁的男朋友住一起,这个农场小伙子一年前去了哥伦比亚。我们回到105街的公寓,发现里面空荡荡的,除了一个不太聪明的年轻姑娘,安娜,她也住在这儿。她坐在防火梯上,明显很悲伤。她说那三个家伙以为来公寓的那个人是警察，就把他狠揍了一顿，然后从防火梯拼命逃跑了。过了一会儿电话响了，我接起来。是乔——被打的那个家伙——打来的，他发誓说要找比尔、肯和加里报仇。他刚到医院，缝了十针，明天会和他的弟兄们来讨个公道。他让我警告他们。安娜又变了口径。她说他们知道乔不是警察，故意请他来到公寓——借口卖毒品给他——为的是揍他一顿，抢走他的钱。一个廉价的花招。幸运的是乔没带钱。J十分害怕，我试着让她平静下来。告诉她那三个人未必会回来，就算回来了，也没必要让他们进来，而他们要是知道有人在等着的话也不会想进来。第二天，乔瑟夫和他的弟兄们在这幢楼外面一直盯着，但三个火枪手果然没出现。又是找公寓的一天。这次有辆车，山姆开来的，从曼哈顿的这头开到了那头，从下东区开到了晨边高地。又在拉特纳餐馆吃了一顿。J知道我没钱，看我把烟都抽完了，就站起来，出去买了包幸运牌香烟回来。一个主动的小小的善意之举，深深触动了我。货车、嬉皮士、汗衫、高速公路、交通堵塞、灰扑扑的走廊。在华盛顿高地，我和一个女人聊到她女儿位于克莱尔蒙特大道的公寓。她的女儿离婚了，住在托马斯大街，想要开一所舞蹈学校，开始新的生活。但我得等几天才能得到准信。J和我绕着华盛顿高地走，这是片颓丧、被遗弃的区域……然后搭乘地铁穿过一百四十个街区回到港务局终点站。巴士得等一个小时。我开始闹肚子，跑了几趟厕所——在那个地方这可是痛苦的行为，因为所有的"酷儿"都透过小隔间的缝隙盯着你拉屎——在这个奇怪的、大得就像一座百货商场的公共厕所，我再次遇到了亨利·K。他去了趟新泽西，刚刚回来。再次见到他简直为我这次短暂的纽约之行赋予了一种神秘的对称性。我曾期盼永远不要再见到他，眼下，三天之内，却见了两次。我们在候车室和J会合，一起去药店。我在柜台买了止痛药。你吃这药是为了治头痛还是肚子痛？不管怎样，这是我吃过最难闻的东西，简直是一座呕吐物构成的白垩质火山。坐在我们旁边的那个黑人老人看到了，忍不住放声大笑。我们走上月台，道别。他们会去看电影，我想。我自己上了巴士，旁边是一群咯咯傻笑的高中女生，就考试分数说个没完没了，让人头大无比。路上我读了亨利·米勒的一篇小文章：《致广大超现实主义者们的一公开信》。

  现在是早晨。写这封只有一个段落的信花了我好几个小时。我累得超乎想象，但还是得写完。鸟儿开始外出，唱起了晨曲，喜滋滋兴致勃勃。我相信这会是美丽的一天。我会像孩子似的睡一整天。我想写这么长一封信，是为了尽可能长时间地抓住你的注意力。我满怀着爱和疲惫写完了它。我非常想你。你会马上给我回信吗？

爱你的，
保罗

相 册

1

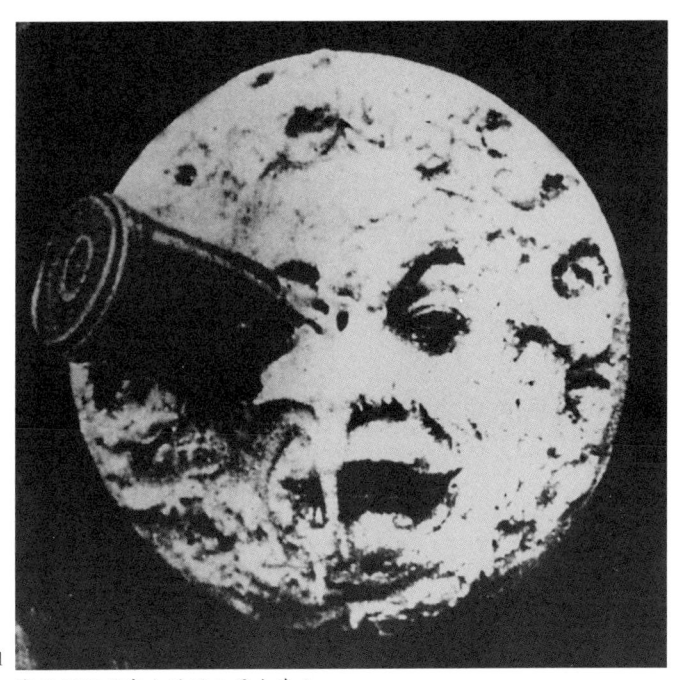

毫无疑问月亮上的男人是个真人

与此同时，一头母牛能跨过月亮这一点看来也相当可信。还有，一只盘子可能会和一把汤匙一起逃跑

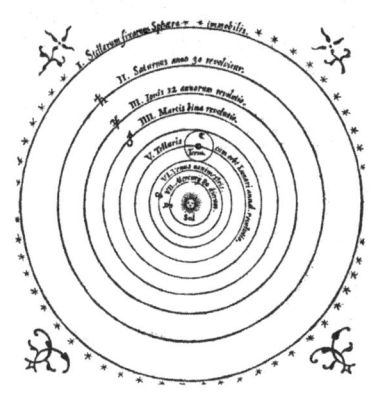

3
当有人试着向你解释地球是个球,是一颗行星,在一个叫作太阳系的东西里和其他八颗行星一起绕着太阳转时,你简直搞不懂那个大孩子在说什么

4
星星,从另一方面来讲,是没法解释清楚的玩意儿

5

6

7

你确信他们是真实的，这些粗糙绘制的黑白动画人物不会比你更不真实

9

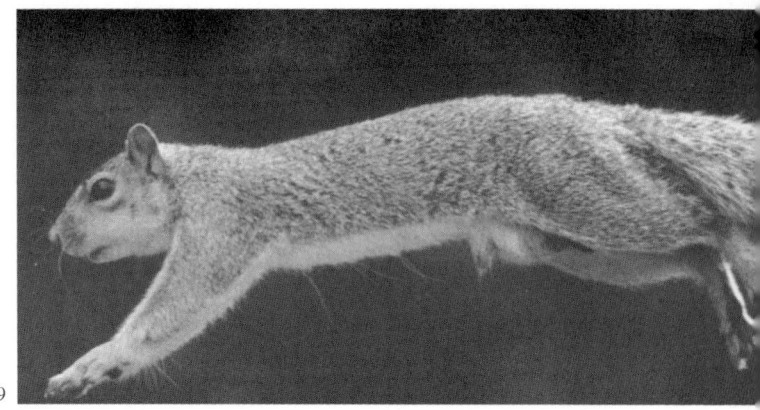

松鼠又是你最喜爱的动物——跑得多快啊！还能在橡树顶端的枝条上不怕死地跳来跳去！

10

那之后直至去世的二十六年半里，你父亲把他的每个夏天都花在种植番茄上

11

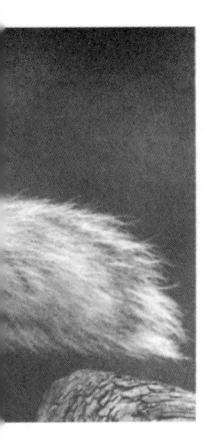

一些三四十年代的低成本西部片，豪帕隆·卡西迪，加比·海因斯，巴斯特·克拉比，阿尔·圣约翰，都是沉闷的老片子，里面的主人公永远戴着白帽子，反面人物则永远留着黑胡须

12

颜色比你见过的任何颜色都要生动耀眼，如此有光泽，如此清澈，如此热烈，你的眼睛都被刺痛了

飞船在夜空中停下来……

在邪恶面前，上帝和最无助的人一样无助……

……你一直担忧某个早上自己会失手把杯子摔落

144 BABE RUTH: BASEBALL BOY

The batter jumped back.

17

……一大套传记，夹杂着黑色大剪影的插画

……游戏往往随着最后一秒的触地得分结束……

18

19 对于你九岁的脑瓜子来说，坡的作品太华丽太复杂，难以理解

20 第二年，你写下了生平第一首诗，直接就是受了斯蒂文森的影响

21 福尔摩斯和华生是你独处时的亲密伙伴

22

证明你和爱迪生之间具有深远关系的最好最重要的证据乃是，给你理发的人曾经也给爱迪生理过发

23

24 在你家后院玩战争游戏，假装是在欧洲战场（和纳粹干）或太平洋战场（和日军干）

25

26

27

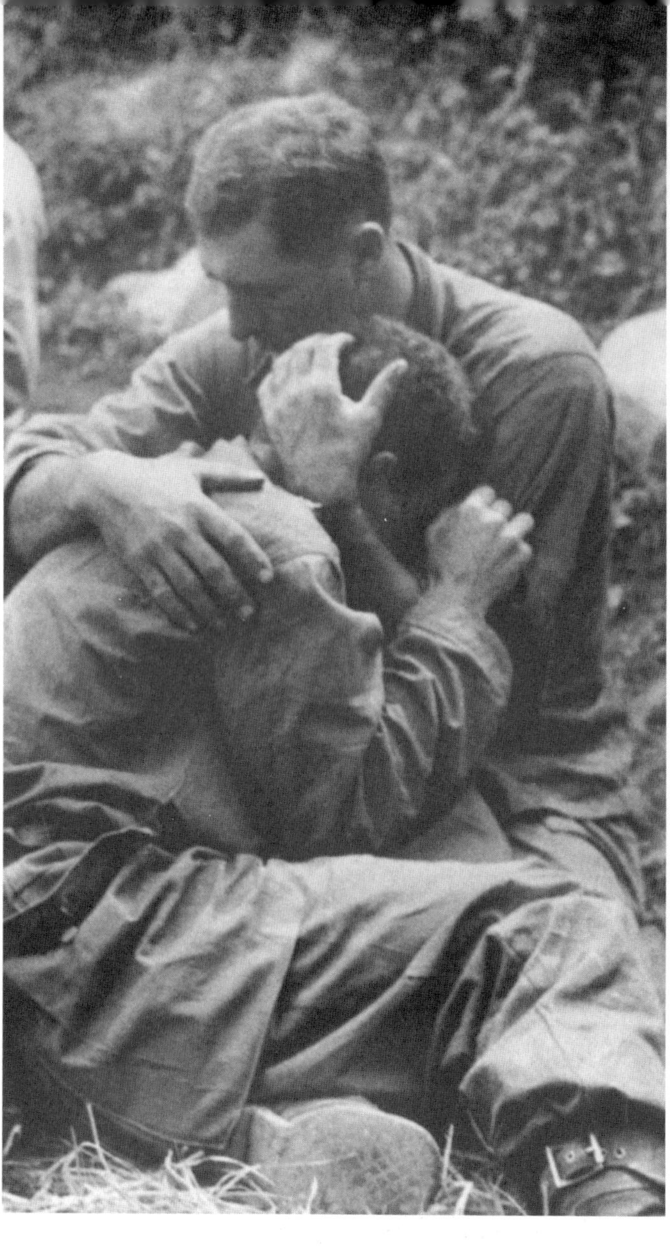

她开始给你讲冻疮,
讲朝鲜冬天无法忍受的那种寒冷,
讲美国士兵脚上不御寒的靴子……

……邀请当时最顶尖的橄榄球运动员、克利夫兰·布朗斯队的四分卫奥图·格雷厄姆来参加你即将在新泽西举办的生日派对

……你不确定自己握的是怀特·福德的手还是别人的手

……给小孩的一则短讯……

33

是什么导致你去攻击这台老飞歌收音机,把它卸了又折,让它变成垃圾,彻底毁掉它?

34

卡梅吕罐是红色的,上面有印第安首领的豪华肖像……

……好像每个男孩在童年时期的某个时刻都注定会砍倒一棵树,纯粹出于砍树带来的快乐……

但另一方面，显然，乔治·华盛顿是你们国家的国父

36

这座白色的殖民地公馆是美国的心脏，哥伦比亚特区的荣誉之地

37

政治就是场肮脏的比赛，现在你懂了，愤愤地没完没了吵个不停的自由混战

他们信仰一位热情友好的女神,和你想象中以恐怖手段和折磨惩罚来实施统治的报复之神完全不同

独行侠:唐托,看来我们被包围了。

唐托:你说"我们"是什么意思?

41

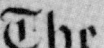

那时候冷战已呈剑拔弩张之势

美国"红色恐怖"进入了最大危害阶段

42

唯一一种响得能让你也听到的时代思潮是警告说共产主义者想要毁了美国的喧哗论调

超声速飞机在夏日蓝天里轰鸣而过

44

一道银色闪光短暂划过

45

空中巨大的爆炸声象征着声音屏障被再一次突破

46

你从未担心过炸弹或火箭会落在自己身上

那份恐惧，既不来自于爆炸也不来自于核弹攻击，而是来自于脊髓灰质炎

你祖母身上就有这种外国人气息,她大
多数时候仍用意第绪语说话和阅读

周五晚上不会有安息日晚餐,
不会点蜡烛

……丑陋恶魔的化身……

……带来全球性破坏的反人类力量……

……你梦到了一队纳粹步兵……

三位来自棒球领域的显要人物（汉克·格林伯格，阿尔·罗森和桑迪·科伐克斯，桑迪在1955年服役于洛杉矶道奇队），但和正常运动员相比这些人纯属例外，他们存在的意义对于统计学而言不过是一种偏差

57

乔治·伯恩斯曾叫作内森·伯恩鲍姆

58

伊曼纽尔·戈登堡易名为爱德华·G.罗宾逊

59

海德维格·基斯勒易名为海蒂·拉玛

60

60

学习《旧约》里的故事，大多数都十分让你惊恐

查克·贝里、巴迪·霍利和平均律兄弟……把45转的小盘叠在唱片轴上，周围没有人时就把声音按钮旋大……

一屋子青少年随着音乐跳舞的景象令你目不转睛

欧·亨利选集，一度你也沉醉于这些易碎的精巧的故事，沉醉于它们那出乎意料的结局以及跌宕的叙事

《日瓦戈医生》已经译成英文，你出门给自己买了一本……确信这才是可以称得上一流的文学

凯里和妻子露易丝躺在一艘观光游艇的甲板上晒太阳

布拉姆森医生……不再微笑和确信

凯里坐在一张貌似全世界最大的椅子上

你对他握着一只硕大电话听筒的情形感到吃惊

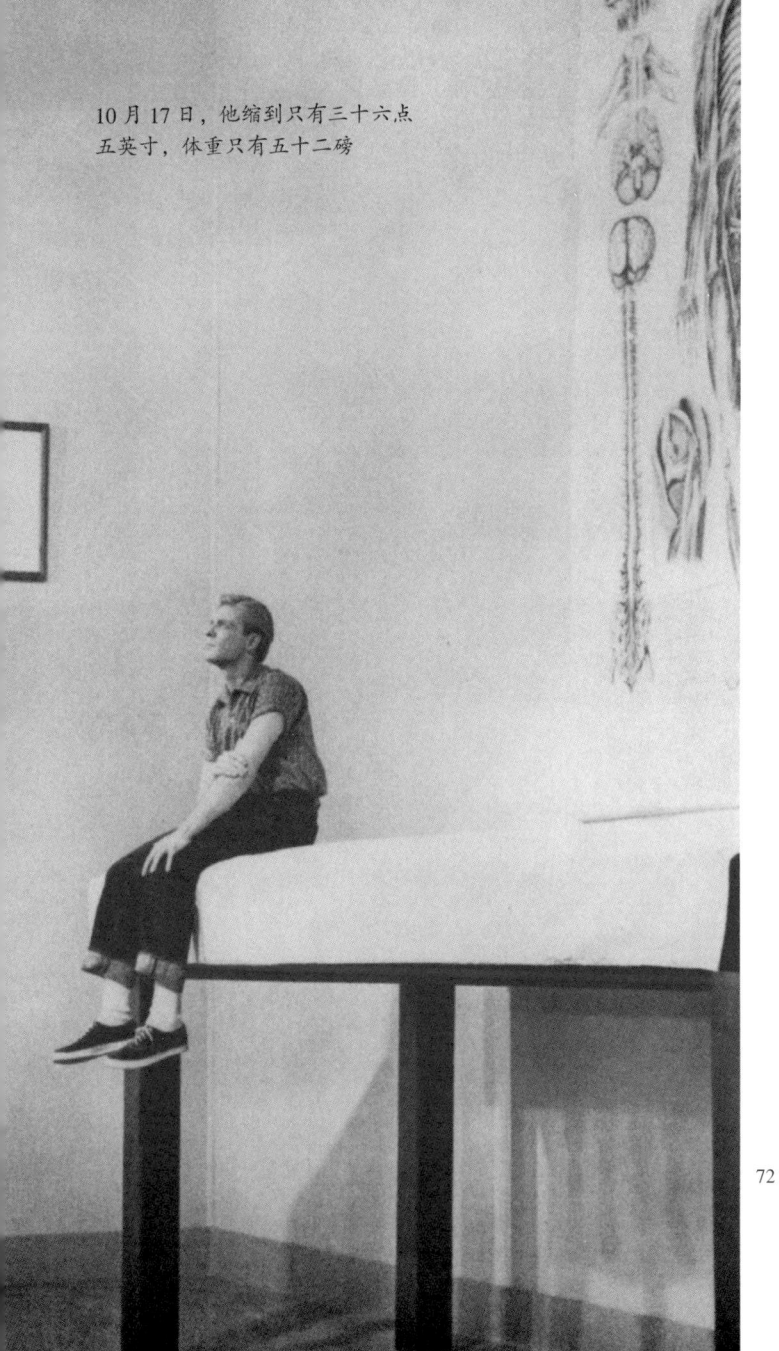

10月17日，他缩到只有三十六点五英寸，体重只有五十二磅

73

因为他住在玩偶的房子里。因为他不到三英寸高

74

缩到了一只老鼠那么大

一个拇指大小的男人在逃命

76

在这个阴冷的郊区地下室里，不管是任何物体或食物，他得自己搞定

77

一个人被剥光了，回到他自己

微型版的奥德修斯或鲁宾逊·克鲁索，靠自己的机智、勇气和足智多谋去生存

79

骑行南方的自由乘车运动者在长途公共汽车上被白人聚众殴打

80

补偿金远征军驻扎在安那考斯平地

不顾艾森豪威尔的反对("我告诉过这个哑巴一样的狗娘养的不该这么做"),麦克阿瑟接受了任务

用枪把闯入者逼出去,把很多窝棚都烧掉了

然后，一切都突然开始出错

85 这些囚犯不比奴隶强到哪儿去

86 他们早上4点钟就被叫醒，然后工作到晚上8点

在炙热的、未开垦的石崖上用锤子凿大石头

88

没人允许顶嘴

89

每晚例行的任意惩罚仪式

90

尽管没有完美策划过,艾伦还是有了个计划

91

一个堕落女人和一个堕落男人之间机智而优雅的对话

92

困住了他的余生

然后,用另一包炸药,他炸掉了一座桥并摆脱了追捕

93

纽瓦克发生了骚乱……黑人民众和白人警察无意间爆发的种族冲突导致二十多人死亡，七百多人受伤，一千五百多人被捕，楼房被夷为平地

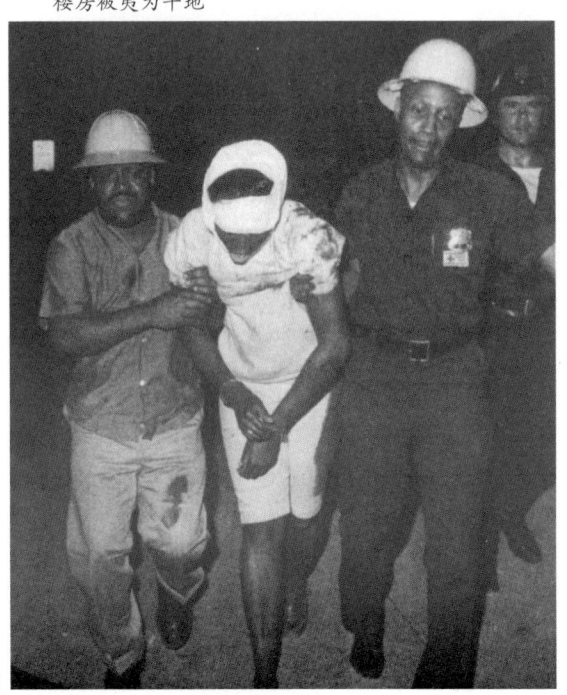

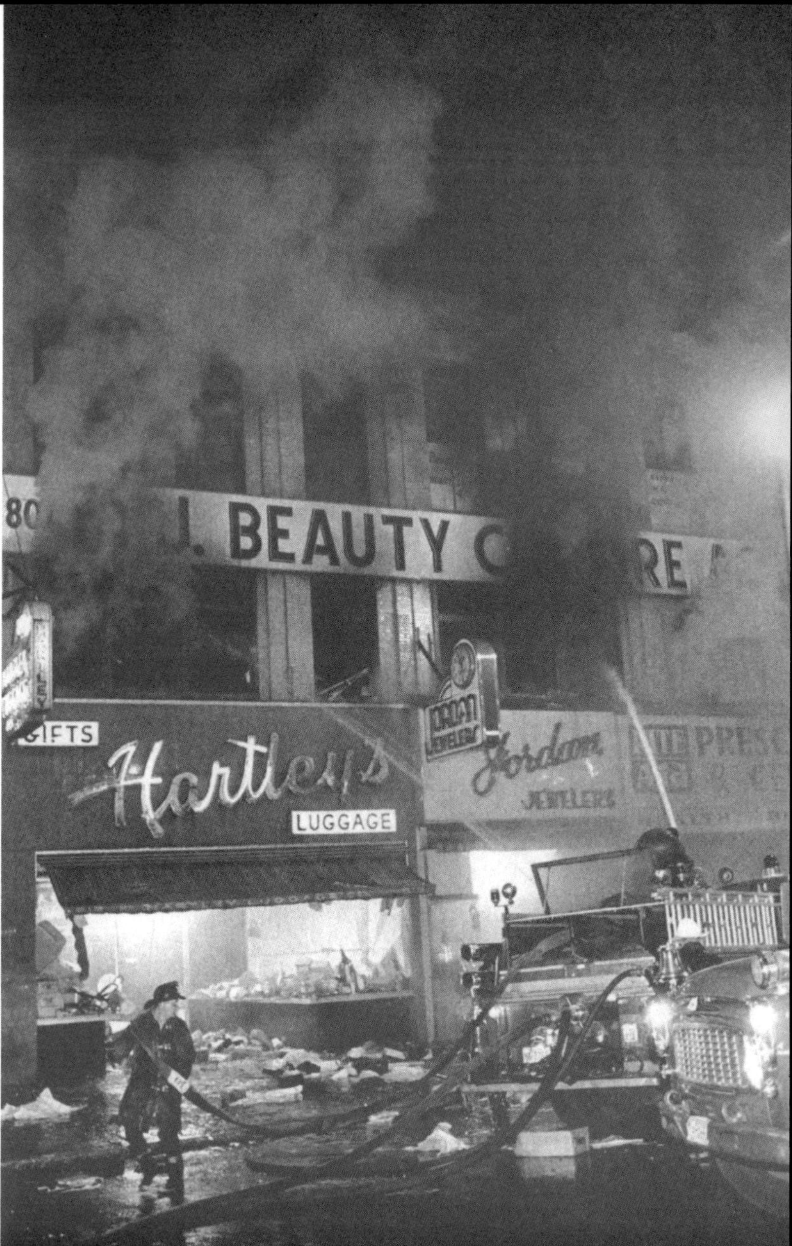
BEAUTY
RE
GIFTS
Hartley's
LUGGAGE
Jordan
JEWELERS

"我抽了'巴黎女人'。你可以花十八生丁买上四支,用蓝色包装纸包着……"

……乞讨并不那么有趣

住在校园对面，4月底那里会成为示威静坐、抗议、警察干预的战地

100

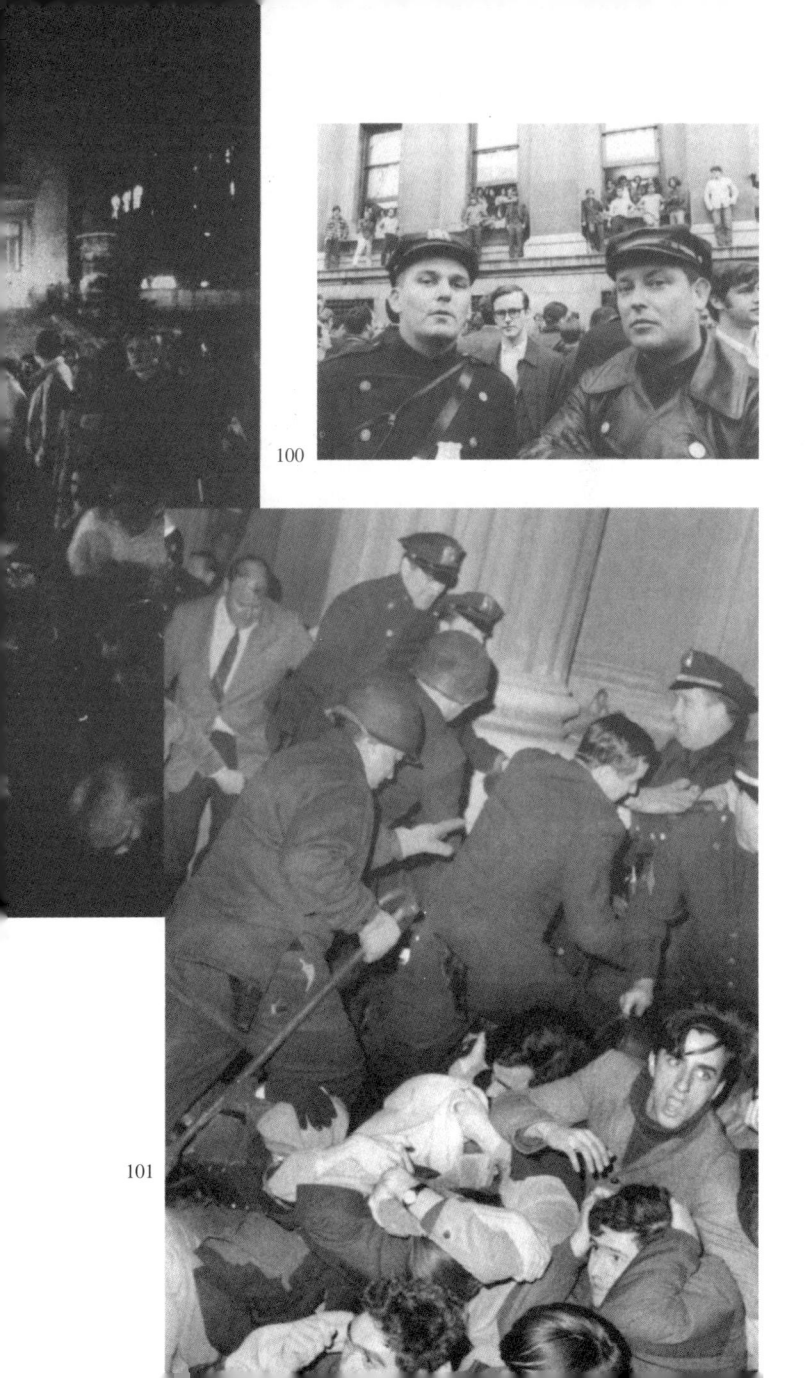

101

102

103

一个不睡觉的堕落人士游弋的荒凉居住地，它的衰败甚至不仅仅因为老旧

我们在内森餐馆吃了热狗和蛤，它就是个用来接收疲倦失眠症患者的会发光的容器

你可能明白地下生活态度的特别之处。它是完全没心没肺的，完全做好准备去遇见挑战，承受任何后果。超越焦虑，超越欣喜，超越无聊

……于是我们结束了运气不佳的冒险，坐到拉特纳餐馆吃三明治

照片来源与版权

1. Courtesy Everett Collection
2. © Bettmann/CORBIS
3. Science, Industry and Business Library, the New York Public Library, Astor, Lenox and Tilden Foundations
4. NASA Photo
5. Felix the Cat in "Oceantics", Pat Sullivan Cartoon
6. "The Window Washers", Paul Terry Cartoon
7. "The Window Washers", Paul Terry Cartoon
8. "Felix in Hollywood", Pat Sullivan Cartoon
9. © Rolf Nussbaumer/age fotostock
10. © Carmen Roewer/age fotostock
11. Courtesy Everett Collection
12. Courtesy Everett Collection

13. Mary Evans/Ronald Grant/Everett Collection

14. Haywood Magee/Moviepix/Getty Images

15. Courtesy Everett Collection

16. Picture Collection, the New York Public Library, Astor, Lenox and Tilden Foundations

17. *Baseball Boy* by Guernsey Van Riper Jr., illustrated by William B. Ricketts

18. *Ten Seconds to Play: A Chip Hilton Sports Story* by Clair Bee

19. Library of Congress

20. Henry W. and Albert A. Berg Collection of English and American Literature, the New York Public Library, Astor, Lenox and Tilden Foundations

21. Mansell/Time Life Pictures/Getty Images

22. Library of Congress

23. © AISA/Everett Collection

24. © Bettmann/CORBIS

25. © Bettmann/CORBIS

26. National Archives and Records Administration

27. © Bettmann/CORBIS

28. © CORBIS

29. © Bettmann/CORBIS

30. © Bettmann/CORBIS

31. Henry Walker/Time Life Pictures/Getty Images

32. Hulton Archive/Getty Images

33. Photo courtesy Ron Ramirez, Philcoradio.com

34. © Laura Wyss

35. Courtesy Everett Collection

36. © Universal History Arc/age fotostock

37. Library of Congress

38. © David J. and Janice L. Frent Collection/CORBIS

39. Library of Congress

40. Courtesy Everett Collection

41. Hulton Archive/Getty Images

42. © Bettmann/CORBIS

43. Image Courtesy of the Advertising Archives

44. NACA/NASA

45. NASA Photo

46. NASA Photo

47. Library of Congress

48. March of Dimes

49. Forward Association

50. © Zee/age fotostock

51. Picture Collection, the New York Public Library, Astor, Lenox and Tilden Foundations

52. Picture Collection, the New York Public Library, Astor, Lenox and Tilden Foundations

53. Picture Collection, the New York Public Library, Astor, Lenox and Tilden Foundations

54. © Bettmann/CORBIS

55. © Bettmann/CORBIS

56. © Courtesy: CSU Archive/age fotostock

57. © Bettmann/CORBIS

58. George Arents Collection, the New York Public Library, Astor, Lenox and Tilden Foundations

59. Courtesy Everett Collection

60. © Lebrecht Music and Arts/Corbis

61. © Bettmann/CORBIS

62. © Arte and Immagini srl/CORBIS

63. Harry Hammond/V&A Images/Getty Images

64. © Michael Levin/Corbis

65. ABC Photo Archives/ABC via Getty Images

66. Print Collection, Miriam and Ira D. Wallach Division of Art, Prints and Photographs, The New York Public Library, Astor, Lenox and Tilden Foundations

67. Courtesy Everett Collection

68. Courtesy Everett Collection

69. Courtesy Everett Collection

70. Courtesy Everett Collection

71. Courtesy Everett Collection

72. Courtesy Everett Collection

73. Courtesy Everett Collection

74. Courtesy Everett Collection

75. Courtesy Everett Collection

76. Courtesy Everett Collection

77. Mary Evans/UNIVERSAL INTERNATIONAL/Ronald Grant/ Everett Collection

78. Courtesy Everett Collection

79. AP Photo

80. © Bettmann/CORBIS

81. © Bettmann/CORBIS

82. © Bettmann/CORBIS

83. © Bettmann/CORBIS

84. Courtesy Everett Collection

85. Courtesy Everett Collection

86. Courtesy Everett Collection

87. Courtesy Everett Collection

88. Courtesy Everett Collection

89. Courtesy Everett Collection

90. Courtesy Everett Collection

91. Courtesy Everett Collection

92. Courtesy Everett Collection

93. Courtesy Everett Collection

94. Courtesy: CSU Archives/Everett Collection

95. © Bettmann/CORBIS

96. AP Photo

97. Hulton Archive/Getty Images

98. Keystone-France/Gamma Keystone via Getty Images

99. New York Times Co./Archive Photos/Getty Images

100. © Richard Howard

101. New York Daily News/ Archive Photos/Getty Images

102. Anders Goldfarb, v1992.48.22, Brooklyn Historical Society

103. Anders Goldfarb, v1992.48.62, Brooklyn Historical Society

104. AP Photo

105. John Duprey/NY Daily News Archive via Getty Images

106. © Ron Saari

107. © Ron Saari

Photo research by Laura Wyss and Wyssphoto, Inc.